Notice

Carbone **est une revue transmédia. Une expérience de lecture augmentée. Et comme toute expérience, celle-ci nécessite la connaissance des protocoles de sécurité pour votre bon plaisir.**

1

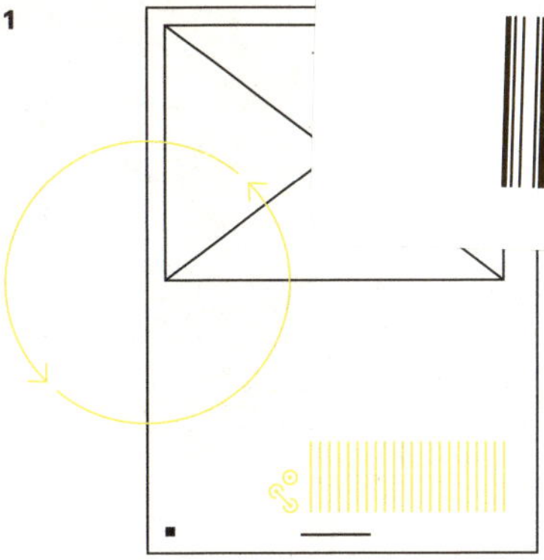

Les histoires sont originales, expérimentales et accessibles. Certaines se disséminent entre les pages. Il vous faut les collecter, les élucider souvent, et les gagner parfois. Vous pouvez les ignorer sans problème.

S'équiper, se connecter

2

2 Cachées au premier regard, des expériences augmentées sont accessibles au cartographe que vous êtes. Il vous faudra pour cela être muni de l'application mobile Carbone**. Et vous tenir prêt à tout moment.**

Carbone **existe sur trois supports distincts : revue papier, magazine Web et application mobile. Chacun d'eux dispose de contenus exclusifs. Des chroniques, interviews, critiques et analyses aux fictions. Sans oublier notre newsletter.**

3

Carbone **est un objet à plusieurs facettes où s'enchevêtrent articles, nouvelles, bandes dessinées, et plus encore. Construit comme une anthologie, chaque numéro propose l'exploration d'un thème, qui est abordé ici à travers une série de portraits entre lesquels vous pourrez naviguer à votre guise. Bonne lecture.**

COMME ON ÉCRIT SUR L'EAU

J'ai découvert le voyage dans le temps par curiosité. Quand j'étais enfant, il m'est arrivé un accident. Nous jouions, avec mon frère et ma sœur. Nous nous battions en duel avec des branches ramassées en forêt en guise de fleurets, nous faisions des potions avec les herbes aromatiques du jardin – n'essayez jamais de consommer autant d'estragon et de ciboulette que nous ! Et nos parents, heureux de ne pas nous voir plantés devant la télévision, nous ont offert des boucliers et des épées de bois achetés à la fête médiévale du coin. Et, surtout, un arc.

▶ p. 54

Édito

par Jérôme Dittmar

« Les choses poussent par le milieu », comme le rappelle notre sujet consacré aux sœurs Wachowski, auteures de *Matrix* et *Sense8*. La phrase est inspirée par le philosophe Gilles Deleuze. Mort en 1997, il n'aura pas connu l'ère dans laquelle nous a fait basculer le mouvement #MeToo à l'automne 2017, et sans qui ce numéro n'aurait sans doute pas pris la même résonnance.

Cette idée du milieu, à la fois simple et complexe, résume bien la volonté de ce troisième volume de Carbone : explorer différents moments d'une histoire -celle du féminisme en pop culture-, à travers une série de portraits. Cette histoire au pluriel est moins celle des Amazones mythologiques, que celle de ce qu'on appellera «les combattantes». Des héroïnes, modernes, de papier ou réelles, qui endossent tous les costumes, qui ont tous les âges et conçoivent leur destin et leur lutte en empruntant parfois des chemins contradictoires.

Chacune à sa manière nous dit quelque chose sur l'époque, nous éclaire sur les questions d'identité ou d'universalité. Toutes nous aident à mieux saisir les aspects multiples d'une lutte pour l'égalité et la liberté. Une vieille rengaine mais dont on doit encore chanter, et surtout inventer, les meilleurs tubes. ×

Sommaire

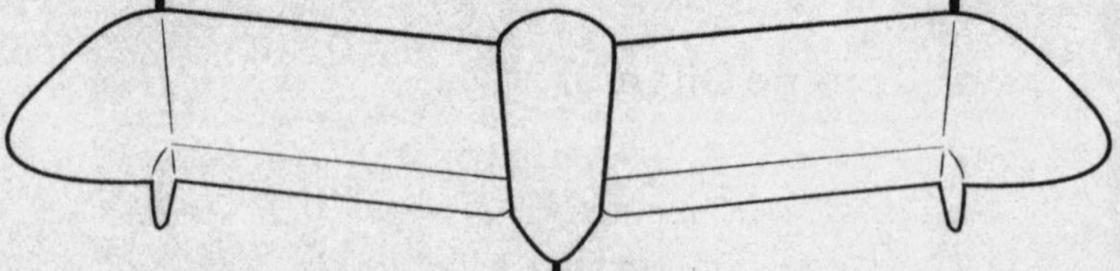

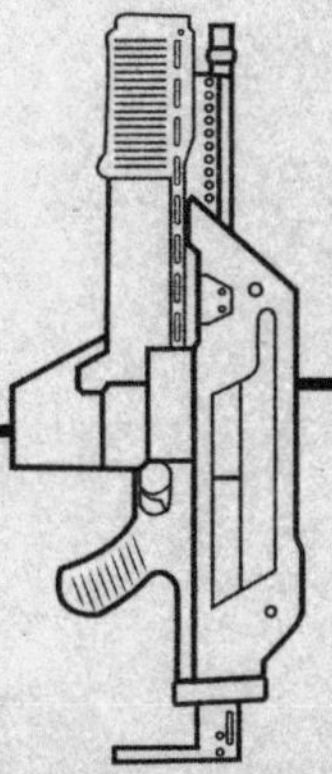

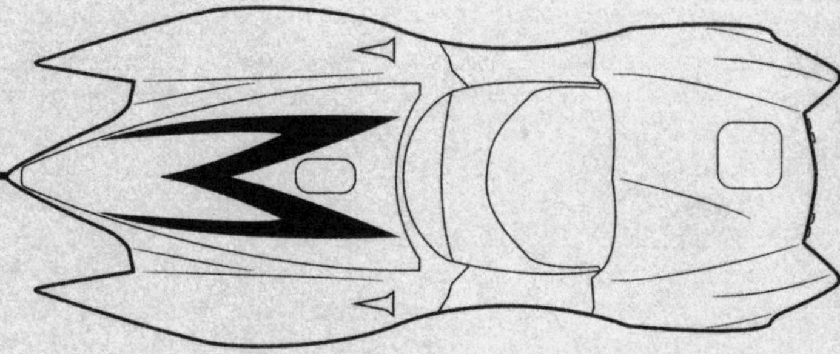

From The Director of "Coffy" and "Foxy Brown"
So Easy to Kill.
So Hard to Love.
Jack Hill's
SWITCHBLADE SISTERS
ROLLING THUNDER PICTURES and JOHNNY LEGEND present
Robbie Lee Joanne Nail "SWITCHBLADE SISTERS"
Asher Brauner Kitty Bruce Janice Karman Marlene Clark and Monica Gayle as "Patch"
music by Medusa costume design by Jodie Tillen
production design by Robinson Royce and B.B. Neel edited by Mort Tubor
director of photography Stephen Katz executive producers Frank Moreno and Jeff Begun
screenplay by F.X. Maier produced by John Prizer directed by Jack Hill
R RESTRICTED
Visit THE MIRAMAX CAFE on the web at: http//www.miramax.com
ROLLING THUNDER PICTURES

Les combattantes

Histoire courte (et impossible) des luttes au féminin dans la pop culture
Par Jérôme Dittmar

Nous voilà bien : d'ordinaire, chaque numéro de Carbone **s'ouvre par un texte dressant un état des lieux du thème choisi. Mais comment faire ici pour prétendre résumer en quelques pages l'évolution des luttes féminines et les représentations qui vont avec dans le champ de la pop culture ? L'exercice donne le vertige. Car, en parlant d'amazones, nous parlons bien de combattantes, de femmes aux profils aussi variés qu'inattendus en action pour leur liberté. Nous préférons donc nous interroger, aller chercher des traces pour essayer de montrer comment notre époque a basculé. Une histoire succincte, discutable, qui vaut comme une porte ouverte et un point d'interrogation.**

■□
Couverture de *Sheena, reine de la jungle*, **une relecture de** *Tarzan* **au féminin, qui sera la première héroïne de comic-book.**
D.R.

□■
Cheng Pei-pei dans *L'Hirondelle d'or* **de King Hu (1966).**
D.R.

Point d'illusions : le milieu n'a guère sa place. Pourtant, moins que confortable ou pire, faible, le milieu est là où poussent les choses, là où tout s'accélère. On dit que le centre serait lâche, la neutralité en politique un point mort. N'est-elle pas à l'inverse l'endroit des possibles ? Là où l'on ne prendra sans doute jamais la place d'un autre, d'un autre sexe, d'une autre race, d'une autre culture, d'une autre identité, d'un autre parti, mais où l'on pourra penser chaque histoire sans la prétention de pouvoir la vivre. La penser pour la regarder, la comprendre, parfois s'y engouffrer, ce qui ne veut pas dire s'y substituer. On se souvient que, dès la cour de récréation, il a fallu se situer (▶ Wachowski, **p. 128**), que l'on n'avait guère le choix, que se sentir au milieu, non pas troublé par un émoi identitaire précoce (cela arrive, mais ce n'est pas le sujet), simplement sans adhérence particulière pour ce qui définirait l'un des deux sexes, semblait impossible. Fille ou garçon, il fallait choisir ; impossible d'échapper au maillage social, bien évidemment, mais aussi à une production culturelle grossièrement balisée (c'est un peu notre sujet). Difficile d'aimer autant Candy que Goldorak, Batman que Hello Kitty – ou peut-être pas tant que ça, en y réfléchissant bien. Quelqu'un s'en soucie vraiment ? L'égalité, c'est avoir le choix de son bord, y compris celui du centre. Sauf que pour les filles, c'est souvent plus compliqué.

Mais reprenons : en attendant d'être tous sauvés par le progressisme de Disney (embrassé avec le pragmatisme du capitalisme), comme toute chose, la représentation de la condition féminine évolue avec le temps – et, au risque de décevoir les plus engagé(e)s, la question de la condition est un problème en soi, qu'il faudrait parfois détacher de l'intérêt des œuvres, qui ne peuvent toutes être rattrapées par nos mises à jour idéologiques. Ce vieux terme de « vision du monde » , peu importe sa polarité, est ce qui nous éclaire et parfois nous guide. Cette banalité, donc, de l'image qui se transforme avec les époques rend presque impossible un résumé de cette évolution dans le champ d'une pop culture bien trop grande : les horizons sont trop vastes et peuvent prendre appui sur une littérature théorique trop abondante et pointue avec laquelle il est compliqué de badiner. Mais on peut se risquer à dessiner un chemin, quelque chose comme une ébauche qui tenterait de se demander pourquoi derrière le thème de ce numéro apparaîtrait l'image de la combattante. Car nos amazones de l'Antiquité sont bien un prétexte – un point d'origine, une matrice aussi, mais surtout un prétexte. La question qui taraude est celle de la lutte, de la défense, de la contre-attaque, de la libération, du défi. Et l'on ne se libère jamais de rien d'autre sinon d'une oppression qui est une histoire – et s'il y a histoire, c'est donc qu'il y a un début et a priori une fin qui ne pourraient pas exister l'un sans l'autre, avec les moments difficiles nourrissant un avenir meilleur. Il y a ce récit que l'on se construit pour défaire et refaire l'Histoire avec une majuscule, en réajustant ses positions. Car, une fois déclamé que les hommes naissent tous égaux, il convient d'aller chercher dans cette universalité les moyens

L’égalité des droits que l’on croyait un tube des années 1960 est allée moins rapidement dans la réalité.

particuliers pour y accéder. Ceux des femmes, donc, qui ne peuvent avoir été sans la vie avec les hommes. Et toutes les œuvres en sont l’illustration à tous les échelons.

Souvenirs

Faisons simple : cette pop culture que l’on voudrait désormais assigner à l’orée des années 1980 démarre longtemps auparavant, au début du siècle, lorsque les littératures de genre, du magazine *Weird Tales* (dans lequel Lovecraft publie ses premières nouvelles) au cinéma de genre en passant par les feuilletons cinématographiques de Louis Feuillade (*Les Vampires, Fantômas* – pas celui avec de Funès) ou encore les premiers strips, envahissent les salles ou journaux. Du fait d’un contexte encore peu propice à voir les femmes s’émanciper du foyer, ce que les médiums connaissent bien (▶ **Carbone#02**, Young and dangerous, ▶ **p. 110**), les hommes nourrissent ces nouveaux imaginaires et les nourriront encore pendant la quasi-totalité du XXe siècle – avec, souvent, des règles de plomb issues de la société bourgeoise comme dans le milieu de la bande dessinée (▶ Quatre filles dans le vent, **p. 122**). Pourtant, qui se souvient que, dans les années 1920 et jusqu’au milieu des années 1950, la maison d’édition américaine Fiction House, spécialisée dans le *pulp* et les comics (c’est là où naîtra *Sheena, reine de la jungle*, la première héroïne de comics), employait massivement des femmes ? Ou qui se souvient, encore, des Tilly Girls, et parmi elles d’Alma Taylor qui, à l’ère du muet, tenait la dragée haute aux entrées d’un certain Charlie Chaplin ? Qui se souvient de cette actrice qui, suivant le mouvement des suffragettes (ces ouvrières britanniques qui seront parmi les pionnières du féminisme), jouera bien autre chose que des rôles de femmes assignées au ménage ? Alma était pour ainsi dire née avec le cinéma (qu’elle commence enfant), cette chose moderne et dont on voudrait désormais revoir l’histoire complète comme un empire phallocrate – ce qui n’est pas complètement vrai. Pareillement, les films de Germaine Dulac, figure célèbre de l’avant-garde et auteure à ses débuts pour le journal *La Fronde* (créé en 1897 et entièrement conçu par des femmes), vont dès 1915 montrer qu’une femme peut se faire une place derrière une caméra. Mais ces places sont rares, et il y aura peu de Dulac, d’Ida Lupino, de Dorothy Arzner (d’autres réalisatrices), et quand le code Hays tombera sur Hollywood (cette censure ultrapuritaine), la situation ne s’arrangera pas – sauf pour les actrices, et en particulier celles de la *screwball comedy* (▶ Material Girls, **p. 204**), qui trouveront ici un tremplin inattendu vers la liberté. Jusqu’aux années 1970, hormis quelques noms comme Agnès Varda en France (*Cléo de 5 à 7*), le cinéma féministe sera fait par des hommes (et il continuera de l’être, si l’on regarde du côté de la comédie). Une idée presque intolérable en 2018. Année au cours de laquelle, pour la première fois, une scénariste remporte le prix Eisner (grande récompense de la bande dessinée, décernée à Marjorie Liu), pourtant créé trente ans plus tôt, non pas dans une époque d’obscurantisme.

Pourtant, qui pourrait dire que les portraits de femmes, en particulier ceux des prostituées du cinéaste japonais Mizoguchi (*La Vie d’O’Haru, femme galante, La Rue de la honte*), ne valent pas un clou ? Ou celui de Jeanne d’Arc, tourné par Carl Dreyer (un joyau du muet avec le poète Antonin Artaud) ? Ou encore ceux des mélos de Douglas Sirk (*Tout ce que le ciel permet, Mirage de la vie, Tempête sur la colline*), qui filmeront eux aussi avec une immense sensibilité le cœur des femmes, autant pour des récits intimes que de société – ce qui est un peu toujours la même chose. À dire vrai, la liste est interminable. On pourrait dresser un panorama de ce cinéma qui n’est pas du côté des hommes alors qu’il est fait par des hommes. Josef Von Sternberg, par exemple, auteur voyageur et baroque qui révéla Marlene Dietrich pour en faire une icône à la féminité triomphante (dans *L’Impératrice rouge*, au hasard). Puis, ce cliché de la femme fatale, qui a tant fait couler l’encre des *gender studies* américaines, plutôt que l’image d’une mante religieuse dans un décor de polar expressionniste, n’est-il pas une forme de divinité, avec ce quelque chose d’irréel, de fantasmagorique, digne des contes ? Et les poupées gonflables de Russ Meyer, le champion

de la série B à gros bonnets, sont-elles des starlettes uniquement sexualisées, ou bien cette hypersexualisation est-elle la consécration d'une certaine féminité (que l'on aime parfois prendre à revers, comme Reese Witherspoon dans *La Revanche d'une blonde*, super avocate jusqu'au bout des ongles manucurés) ? Toujours dans l'œil des hommes, vous en êtes sûr ? Il est vrai que faire de la femme un ange (ou un démon, pardonnez la formule balourde) est aussi un subterfuge bien connu des radicaux : « Mettons-les tout en haut, comme ça, personne n'y touchera. » Pas si simple, c'est sûr, mais nos combattantes ont parfois pu trouver leur voie grâce au regard des hommes. Sans compter celles qui, durant la seconde vague du féminisme, pendant les années 1960 puis 1970, vont prendre le micro pour aller bousculer un monde du rock très mâle, comme les groupes Heart ou The Runaways (avec Joan Jett), en se réappropriant les codes des garçons. Entre autres, car il y a trop d'exemples, trop de destins, trop d'héroïnes aux quatre coins du monde, qui ont dit non, ou bien plutôt oui, au monde et à ses possibilités. Après ou avant d'avoir lu Simone de Beauvoir et Judith Butler, que l'on ne se risquera pas à toucher ici.

Au milieu coule une rivière

L'univers des comics américains, qu'il soit du côté des super-héros ou du quotidien, est peuplé de personnages féminins – et *Captain Marvel*, adapté en film, le rappellera en 2019 en sélectionnant une femme plutôt qu'un homme (le personnage a été des deux sexes sur papier) pour enfiler le costume. L'Histoire préfère retenir Batman que Batgirl, mais le destin de Catwoman n'est pas moins passionnant (Michelle Pfeiffer, qui l'incarne chez Tim Burton, n'a sans doute jamais eu meilleur rôle). Le manga n'a pas seulement bâti un genre pour filles (shōjo), il est peuplé à n'en plus finir d'histoires de filles ou de femmes qui n'ont jamais eu besoin de dialectiser leurs enjeux avec ceux du féminisme (que le pays n'aime guère), comme en témoignent ici nos histoires sur Meiko Kaji (▶ **p. 20**) ou Miyazaki (▶ **p. 28**), auxquels on pourrait ajouter un simple exemple : *Le Conte de la princesse Kaguya*, dernier film en date d'Isao Takahata, une ode bouleversante à la liberté au féminin et qui ne jette pas le bébé de l'universalisme avec l'eau du bain. Ailleurs aussi, le film d'action américain des années 1980 n'aura eu d'yeux que pour les muscles de Schwarzenegger et Stallone, alors qu'à Hong Kong, depuis les années 1970, la parité dans le genre est une question que l'on se pose à peine – qui irait enlever sa grâce à Cheng Pei-pei, actrice star et sublime de *L'Hirondelle d'or* du génie King Hu ? Séries B honnêtes ou douteuses aussi auront eu leurs figure*s* féminines et féministes avec le *rape and revenge*, ce cinéma d'exploitation aux contours discutables, mais dont on peut au moins tirer deux titres : *L'Ange de la vengeance* et *Les Rues de l'enfer*. Dans ce cinéma de mauvaise réputation, où des femmes violées dézinguent leurs agresseurs, se joue quelque chose même de l'époque, la nôtre : une tendance au *revenge porn*, terme détourné par le philosophe Laurent de Sutter pour résumer un nouveau féminisme qui piétine à l'idée de régler ses comptes. Mais peut-être que, comme pour Pam Grier dans *Foxy Brown* (>> Misc 1, p. 90), l'heure de la vengeance sonne encore car rien n'a été suffisamment soldé. N'est-ce pas ? Et l'on pourrait continuer la liste, non pas pour

■□□
Michelle Pfeiffer en Catwoman dans Batman, le défi **de Tim Burton (1992). © Warner Bros.**

□■□
Le Conte de la princesse Kaguya **(2013), une ode à la liberté des femmes et à la simplicité. © Studio Ghibli/ Walt Disney Pictures**

□□■
Le groupe de punkettes The Runaways. D.R.

relativiser les enjeux actuels, mais pour rappeler que nos combattantes ont une histoire, voire des histoires, parfois contradictoires, et que chacune aide à bâtir un mouvement. Car il y a un temps avant #MeToo, un temps avant l'ère des tee-shirts féministes portés aujourd'hui par des filles de tous âges, de six, douze ou vingt-cinq ans, avec pour chacune toutefois peut-être un degré dans la provocation : la dernière préférera un « *Don't trust boys* » au « *I'm the queen* » de la première (c'est du vécu). Un temps qui est celui de toutes celles, innombrables, qui ont traversé la culture du XXe siècle, mais aussi d'avant – il faut lire la passionnante et éclairante histoire des sorcières, telle que la raconte Mona Chollet dans un essai engagé (*Sorcières. La Puissance invaincue des femmes*, éditions La Découverte). Si l'événement bouscule les habitudes, ou plutôt pousse le milieu culturel à se poser des questions (tous ceux qui pilotent des festivals ou des rétrospectives produisent des films, fabriquent des jeux, récompensent des œuvres, etc.), s'il aide aussi la progression de nouveaux visages comme Phoebe Waller-Bridge (actrice et auteure derrière les séries *Killing Eve* et *Fleabag*), prouvant que la télévision n'a jamais été autant du côté des femmes (*Girls, The Handmaid's Tale, I Love Dick, GLOW, The Marvelous Mrs. Maisel, Crazy Ex-Girlfriend*, on en passe pour le pire et pour le meilleur), il fabrique aussi une nouvelle ère où le sexe et sa moralité (un débat sans fin) sont une question que les auteur(e)s doivent désormais gérer à l'aune du moment dans lequel on a basculé. Comment le courant « justicier » du néoféminisme, qui n'est donc pas complètement nouveau, que l'on a déjà pu voir à l'œuvre au cinéma et ailleurs, et que l'on peut contester, ou dont on peut simplement comprendre les raisons, va-t-il évoluer ? Comment la bataille peut-elle se faire, non en vue d'une victoire (écraser l'autre, le dominer), mais en vue d'une pacification qui ne neutralise pas toutes les contradictions du désir (qui n'aime pas toujours être propre sur lui) ? L'égalité des droits que l'on croyait un tube des années 1960 est allée moins rapidement dans la réalité. Alors, qu'est-ce qui va changer maintenant et comment allons-nous raconter cette histoire ? Et qui pour bien l'écrire ? Les femmes ? Les hommes ? Pourquoi pas plutôt les deux ? Ensemble, pour se retrouver quelque part au milieu. ✖

Le corps et le fouet

Wonder Woman, icône pop de la féminité moderne

Par Nicolas Tellop

En 1941, épaulé par le dessinateur Harry G. Peter, William Moulton Marston crée Wonder Woman **à des fins d'édification de la jeunesse féminine. Il est convaincu que les filles ne pourront pas s'épanouir si elles n'ont pas, comme les garçons, des modèles de femmes fortes et libres auxquels s'identifier. Depuis, on la distingue comme la première super-héroïne à avoir compté dans l'histoire des comics : une icône pop de la féminité moderne. Pourtant, semée de paradoxes et de bizarreries, l'histoire de** Wonder Woman **est plus complexe qu'elle n'en a l'air : héroïne féministe pour les uns, pur fantasme érotique pour les autres, les points de vue divergent autant que ses incarnations successives au fil des décennies. Et si, au lieu de représenter un camp plutôt qu'un autre, elle en était l'unificatrice ?**

Contrairement aux autres justicières de l'époque, William Moulton Marston puise la genèse de son personnage dans un mythe bien connu : celui des Amazones. Le psychologue invente une légende apocryphe qui ferait suite au neuvième des douze travaux d'Héraclès : le vol de la ceinture d'Hippolyte, à l'issue duquel le demi-dieu a massacré la reine des Amazones ainsi que son peuple. Dans la version de Marston, Hippolyte et ses concitoyennes survivent, mais, humiliées et violentées, elles sont retenues prisonnières. La reine prie Aphrodite de lui venir en aide et, grâce à son intervention, les Amazones reconquièrent leur liberté. Guidées par la déesse, elles trouvent un refuge éternel sur l'inaccessible île du Paradis, utopie dans la parfaite tradition du genre, où les femmes font régner le bonheur, la paix et la justice. Là, en modelant son image dans la glaise, Hippolyte donne naissance à sa fille Diana, celle qui deviendra la championne des Amazones : Wonder Woman.

Amazones, l'âge d'or

Le concept est si marquant que tous les reboots à venir se conformeront à la vision de Marston, avec de mineures variantes. Au début du premier numéro de *Wonder Woman*, il frappe fort et clair en évoquant « un âge d'or où des femmes fières et magnifiques, plus fortes que les hommes, régnaient sur Amazonia et vénéraient l'immortelle

Aphrodite, déesse de l'Amour et de la Beauté. » L'auteur évacue la violence et la cruauté du mythe antique pour ne retenir des Amazones que leur courage et leur opposition aux dérives masculines. Si elles sont armées, elles le sont uniquement pour restaurer leur dignité et combattre l'injustice.

Il y a d'ailleurs une révolution *riot girl* avant l'heure dans la toute première phrase du comic-book : « L'histoire de Wonder Woman est celle de sa colère. » La morale de l'apologue initial repose sur l'opposition entre Aphrodite et Arès, dieu de la Guerre, les deux se disputant la domination du monde. À travers eux, c'est donc l'amour qui s'oppose au conflit, la sagesse qui tranche avec la force brute, et les femmes qui s'élèvent contre les hommes et leur indignité. Car Wonder Woman n'incarne pas seulement les valeurs féministes naissantes, en rupture avec un patriarcat en échec (guerres mondiales, crises économiques, scandales politiques...), mais aussi la vertu et la vérité, figurées par son lasso magique auquel les impostures ne résistent pas – écho au détecteur de mensonge que Marston a inventé en 1922. En 1943, le scénariste va jusqu'à imaginer un futur utopique dans lequel, en l'an 3000, le progrès est allé si loin que les femmes sont responsables des plus grands succès et Wonder Woman est élue présidente.

Bondage, l'âge d'argent

Pourtant, le progressisme de Marston est controversé. La tenue affriolante de son héroïne tend à l'instrumentaliser comme objet de désir masculin et non comme modèle féminin, et les planches du comic-book ressemblent à celles d'un cabaret, l'action étant prétexte à dessiner des filles séduisantes se trémoussant dans les situations les plus diverses (notamment des corps-à-corps qui ne participent pas qu'à l'intensité dramatique). Le récit conduit régulièrement des jeunes femmes à se retrouver ligotées ou à se ligoter entre elles, au point de véhiculer une image d'asservissement largement érotisé plutôt qu'un éloge des forces d'émancipation de la femme. Le lasso de vérité trahit alors le goût (bien réel) de Marston pour le bondage ainsi qu'une esthétique de la pin-up assez incompatible avec ses intentions affichées.

Rapidement, les aventures de Wonder Woman sous la férule de Marston vont tourner à la SF baroque. Explorant la galaxie à la rencontre de peuples extraordinaires, l'héroïne accomplit des voyages dans la plus grande tradition de *Gargantua* et de Gulliver, mais qui l'éloignent des combats féministes des origines. Après la mort de son créateur, dans les années 1950, elle est cantonnée à un rôle de super-héros américain ordinaire, croulant sous les gadgets et les aventures rocambolesques – et parfois des badinages sentimentaux. Sa féminité n'impacte les récits qu'en ravivant des clichés. Elle est même remplacée un temps par une version adolescente d'elle-même, Wonder Girl, qui exploite son passé mythique sur l'île du Paradis. Ce rajeunissement rompt définitivement avec les problématiques initiales : Wonder Girl est l'incarnation d'une jeunesse compétitive et avide d'expériences, et non plus celle d'un sexe au pouvoir glorifié. Mais ce n'est rien comparé à ce qu'il advient du personnage en 1968. Son destin ne pouvait pas être plus contraire à l'époque de la libération sexuelle et des révolutions culturelles. Par amour, elle renonce à ses pouvoirs et à son uniforme. Symboliquement, c'est comme si elle renonçait à la mission que lui avait confiée Marston : elle devient une sorte de James Bond girl dont on suivrait les aventures. Initiée aux arts martiaux par un vénérable maître asiatique, elle est sans cesse rabrouée, contredite et humiliée. Sa vulnérabilité l'expose à une brutalité masculine continuelle. Wonder Woman n'est plus – il ne subsiste que son avatar du quotidien : Diana Prince.

Concrètement, ces changements successifs traduisent un désintérêt des auteurs pour le personnage. Peu prisée par les stars masculines des comics, Wonder Woman est confiée à qui est disponible et sans trop d'exigence pour la continuité narrative. Preuve en est le scénariste Bob Haney qui, peu concerné par les aventures de la princesse amazone, n'a pas saisi que Wonder Woman et Wonder Girl n'étaient qu'un seul personnage : Wonder Girl rejoint alors les Teen Titans, qui eux-mêmes viennent en aide à... Wonder Woman.

Princesse Diana, l'âge de bronze

Au début des années 1970, la féministe Gloria Steinem contribue au retour d'une Wonder Woman plus traditionnelle – c'est-à-dire plus progressiste – avec super-pouvoirs et costume. Le personnage est devenu un enjeu culturel majeur, symbole revendiqué de la révolution sexuelle. Pourtant, si elle retrouve ses couleurs, elle continuera à subir des infamies. En 1986, dans la saga *Crisis on Infinite Earths* (chargée de « nettoyer » l'univers DC, mis sens dessus dessous par les multivers), le scénariste Marv Wolfman et le dessinateur George Pérez proposent deux

Wonder Woman
à travers les âges
© DC Comics

destinées à Wonder Woman, dans deux mondes différents : dans le premier, elle se range et épouse le pilote Steve Trevor, dans le second elle meurt. Deux renoncements au personnage et à ses valeurs.

Cependant, en 1987 Pérez relance le personnage dans une perspective de renaissance de l'univers DC – et quelle renaissance ! La saga *Dieux et mortels*, dont il est aussi le coscénariste, est un chef-d'œuvre mêlant épopée spectaculaire et intimisme psychologique. En recommençant tout depuis le début, Pérez approfondit la genèse et fait de Wonder Woman un personnage en quête de son identité. À travers la violence et le viol, les questionnements féministes sont abordés de front, en même temps que la guerre froide, les médias et le déterminisme. « Vais-je quitter le monde des hommes en ayant enseigné uniquement mon nom, et rien d'autre ? » se demande-t-elle comme en écho à ses quarante années d'existence contrariées. Médiatrice entre les dieux et les mortels, elle conquiert aussi un rôle d'ambassadrice des valeurs de son île dans le bien nommé « monde des hommes ». Son désir d'y retourner montre que son devoir consiste à faire le lien entre les deux – à unir les femmes et les hommes dans la paix, malgré le fossé qui les sépare. Le lasso y est transfiguré par cette symbolique particulière. Cerise sur le gâteau, Pérez inverse et annule le mythe grec de la première femme, modelée comme Wonder Woman dans l'argile : Pandore. Si cette dernière libère par sa curiosité les maux de la Terre en ouvrant une boîte interdite, la princesse ouvre la Porte du péril dont les Amazones sont les gardiennes, mais pour affronter les démons qu'elle renferme. Wonder Woman n'est pas la première héroïne féministe, mais la première femme réinvestie de son honneur. ✖

Wonder Woman n'incarne pas seulement les valeurs féministes naissantes, en rupture avec un patriarcat en échec, mais aussi la vertu et la vérité.

L'œil de la vengeance

Portrait de Meiko Kaji

Par Victor Moisan

Entre 1970 et 1974, l'actrice japonaise Meiko Kaji a incarné des tueuses cultes qui ont fait sa réputation d'icône populaire féminine (inspirant les Kill Bill de Tarantino, jusqu'à leur bande originale). Dans ces films de genre souvent stupéfiants où résonne l'histoire mouvementée du Japon et de son cinéma, l'actrice sculpte à la lame un seul et même personnage : celui d'une vengeresse inapaisable, qui endosse l'insoumission de la femme moderne ainsi que sa douleur. Retour sur les quelques années qui ont fait de Meiko Kaji une légende.

Le regard de Meiko Kaji est une énigme. On ne saurait dire exactement s'il est vindicatif, apeuré ou conquérant. Il intrigue, dans la ritournelle des gros plans, par son effarante cinégénie. S'il est vrai que les yeux de l'actrice offrent certains des plus beaux regards caméra de l'histoire du cinéma, sans doute faut-il y voir au-delà d'une séduction japoniste (le blanc des yeux de Kaji, injecté de sang sur les bords, rappelle les couleurs du drapeau) qui associe chez nous le kimono et le sabre ou, pour le dire autrement, l'élégance chaste et la violence foudroyante. Davantage qu'une ponctuation esthétique, ce regard tranchant est un agent de la dramaturgie qui accompagne dans le montage des films (et parfois l'y remplace) l'acte de tuer. Il choque le spectateur assistant à la défiguration d'une jeune femme par une force viscérale. « Quand nous tuons, nos visages ressemblent à ceux des démons », dit Akemi (Kaji) à la fin de *Blind's Woman Curse* (1970). Ce joyau grotesque signé Teruo Ishii n'est pas la première incursion de Meiko Kaji dans le *ninkyo eiga* (genre historique consacré aux récits de yakuzas à l'ère Meiji), mais c'est la première fois qu'elle tient le rôle principal d'un film. La jeune actrice y est à la tête d'une bande de femmes dont les dos tatoués composent un long dragon lorsqu'elles se tiennent côte à côte en formation de combat. Patronne intègre, Akemi défend une morale traditionnelle qui est aussi, dans le Japon fraîchement sorti de la féodalité, une forme de progressisme contre le patriarcat (« La réforme doit passer avant le nom de famille », affirme-t-elle) et l'occultisme (ses ennemis sont une sorcière aveugle et un bossu nécrophage incarné par Tatsumi Hijikata, le fondateur de la danse buto). Le film montre des femmes piégées par des hommes scélérats, jetées au fond de puits, ligotées dans des filets et droguées pour être réduites en esclaves lascives. Meiko Kaji devient la pourfendeuse de ces humiliations. Reléguant le héros masculin au second plan, l'actrice se taille un rôle de femme libre et téméraire qui forge sa réputation à la Nikkatsu, alors en quête de fraîcheur.

La cheffe de bande

Visant à séduire la jeunesse, le studio japonais lance les films New Action, dont Kaji, avec son naturel assuré, devient l'un des visages. Ces séries B contemporaines mettent en scène des bandes de loubards qui fréquentent des clubs de rock ou trompent la mort sur des grosses

Meiko Kaji en prison dans *La Femme Scorpion* **de Shun'ya Itō (1972). © Toei**

Stray Cat Rock: Delinquent Girl Boss **de Yasuharu Hasebe (1970). © Nikkatsu**

cylindrées. Ce sont parfois des groupes de jeunes femmes, comme les amazones urbaines emmenées par Kaji, qui cavalcadent à moto dans *Machine Animal* (1970), quatrième opus d'une série de cinq films intitulée *Stray Cat Rock*. En plus d'avoir établi la popularité de l'actrice, ces productions rugueuses, tournées sur une période de quelques mois, ont contribué à moderniser la représentation féminine au sein de la culture populaire japonaise en glorifiant des bandes de filles indépendantes, supérieures aux hommes déloyaux, machistes et impuissants qui les entourent. Les rapports de genres y sont fréquemment inversés : dans *Delinquent Girl Boss* (1970), Kaji tient le couteau pour défendre son petit copain, et lorsque, dans *Sex Hunter* (1970), elle s'aperçoit que ses comparses ont été vendues par son amant crapuleux, elle surgit armée de cocktails Molotov pour les délivrer. À travers cette lutte urbaine des sexes, c'est la femme japonaise qui s'empare de son image par la force.

Les intrigues des *Stray Cat Rock*, dérivées du film de gang à la *West Side Story*, sont marquées par le contexte politique turbulent – en marge du miracle économique – des mouvements de contestation étudiante et des conflits idéologiques qui secouent le Japon. On y croise des milices d'extrême droite inspirées de Mishima (*Delinquent Girl Boss*), des sectes populaires lucratives (*Wild Jumbo*) et des trafiquants de LSD qui cachent un déserteur du Việt Nam (*Machine Animal*). Ces films transgressifs et rageurs doivent beaucoup aux personnalités engagées de leurs réalisateurs, Yasuharu Hasebe (ex-assistant de Seijun Suzuki) et Toshiya Fujita, que Kaji retrouve par la suite. Leur ouverture sur l'Occident fournit une problématisation politique (*Sex Hunter* évoque la première génération métissée du Japon, née de mères japonaises et de pères qui sont souvent militaires dans des bases américaines, dont la présence est contestée) ainsi qu'une fascination pour la culture populaire anglo-saxonne, comme l'attestent les groupes de rock psychédélique qui jouent des intermèdes musicaux.

Autre influence de la vogue occidentale, le western, ici transposé dans le Japon urbain, prête à Meiko Kaji un accoutrement et une posture qui cristallisent sa personnalité cinématographique de

Meiko Kaji et son regard énigmatique dans La Femme Scorpion.
© Toei

Reléguant le héros masculin au second plan, Meiko Kaji se taille un rôle de femme libre et téméraire qui forge sa réputation à la Nikkatsu.

vengeresse à l'arme blanche. À la fin de *Delinquent Girl Boss*, elle chipe littéralement le couteau des mains d'Akiko Wada, icône yé-yé qui tient le premier rôle du film, lui volant la vedette. Les épisodes suivants, avec Kaji à leur tête, cultivent une ressemblance ténue avec le western sauvage à la Peckinpah (à l'image du final sanglant de *Wild Jumbo*) ou avec le film criminel tendance *Bonnie et Clyde*, auquel fait penser la cavale des amants de *Sex Hunter*. Dans ce film, Meiko Kaji porte un large chapeau, un gilet noir et une chemise blanche (un costume dégotté par ses soins, dit-on, dans les friperies de Tokyo), telle une Faye Dunaway asiatique aux allures de cow-girl. Ce style définit ses rôles à venir, comme celui du feuilleton TV *Warring States Rock* (1973) – sorte de variation de *Stray Cat Rock* (Hasebe est au scénario) transposée au XVIe siècle –, dans lequel elle incarne une cavalière hors-la-loi armée d'un fouet et d'un poignard. Kaji a conquis son image d'égérie cool et rebelle, au risque de se voir enfermée dans un seul type de rôle.

Hors les murs

En 1971, l'industrie du cinéma est en crise, affaiblie par l'essor de la télévision. La Nikkatsu se tourne alors vers le *roman porno*, entrant dans un fameux âge d'or de productions de genre à l'érotisme stupéfiant. Kaji, qui refuse de tourner dans ces films, quitte le studio pour endosser le costume de la bagnarde Sasori dans quatre adaptations d'un manga à succès. Il s'agit de son rôle le plus légendaire.

Les trois premiers opus de *Joshū Sasori*, réalisés par Shun'ya Itō, sont des monuments du film de femmes en prison, sous-genre du cinéma d'exploitation. Ils fantasment un cadre carcéral sadique qui satirise la bonne société machiste japonaise, où les détenues sont matées par des hommes armés de fusils à pompe. Violente et résolue, l'héroïne Nami Matsushima fait sauter les verrous de ce fascisme phallocratique. Son instinct d'évasion impitoyable, qui lui vaut le surnom de « Scorpion » (*Sasori*), trouve son expression dans le regard accusateur de Kaji qui incarne une femme bafouée par son ancien amant, un policier ripou. Si elle désire si ardemment s'échapper de prison, ce n'est pas pour retrouver une liberté dont elle a déjà fait le deuil, mais simplement pour exercer sa vengeance. Cinéaste politique, Shun'ya Itō (qui était à la tête du syndicat de la Toei) filme la défloration de Nami dans *La Femme Scorpion* (1972) comme un crime d'État, avec une mise en scène

■□□
Meiko Kaji en Sasori.
© Toei

□■□
Meiko Kaji *cow-girl style*: une certaine idée de l'indépendance au féminin.
© D.R.

□□■
Meiko Kaji sabre dans Lady Snowblood 2: Love Song of Vengeance**.**
© Metropolitan Film Export

distanciatrice rappelant le Nagisa Ōshima de *La Pendaison* : la tache de sang sur le drap s'étend jusqu'à reproduire le drapeau japonais. Cette pénétration cruelle est vengée lorsque, enfin, Nami plante son couteau dans le corps de son ancien amant, sur le toit du commissariat où flotte une banderole cynique : « Le cœur et l'harmonie du Japon magnifique. » Plus symbolique encore, la suite, *Elle s'appelait Scorpion* (1972), est un film de cavale qui résonne fortement avec les opérations violentes de l'Armée rouge unifiée agitant alors le pays. Les plans finaux montrent un groupe d'évadées courant dans la ville, femmes libérées dans le Japon urbain des années 1970.

Il serait cependant hâtif de voir en Sasori la salvatrice des Japonaises contre les hommes. Elle représente plutôt une individualité luttant pour son indépendance, avec le refus viscéral d'appartenir à un groupe. Les années 1970 voient certes les femmes obtenir plus de pouvoir au Japon, mais c'est à l'intérieur du foyer que celui-ci s'exerce surtout – la femme devient ainsi la patronne du ménage, des économies et du salaire de son mari, prenant une position en arrière de la société, d'où elle pourra exercer sa vengeance de ne pas exister. Lorsque les prisonnières renversent les gardiens de la prison à la fin de *La Femme Scorpion*, elles se transforment en sorcières dansant autour d'un bûcher, refaisant dans leur révolte aux hommes ce que ces derniers leur ont fait subir : viol, torture et humiliations (le quatrième film, *Mélodie de la rancune*, va encore plus loin en inventant une prison dirigée par des tortionnaires féminines). La tueuse Sasori refuse ce jeu. Elle incarne la vengeance des « autres » femmes – prostituées, maîtresses délaissées, fillettes abusées – ainsi que le sont ses acolytes dans le troisième volet, *La Tanière de la bête* (1973), qui se déroule dans un immeuble, agissant, sur un mode grotesque, comme une collection de destins féminins misérables.

Le succès de ces films tient à leur mise en scène cauchemardesque, fortement imprégnée d'expressionnisme (cinéma muet allemand, kabuki, etc.) et renforcée par les longs tournages parfois brutaux qu'imposait Shun'ya Itō. « Je devais veiller à ne pas tomber malade, à ne pas me blesser », se souvient Meiko Kaji qui parvient cependant à réécrire son rôle, exigeant que l'on supprime du scénario la plupart des répliques, qu'elle juge trop grossières. Ainsi fait-elle de Sasori un personnage mutique, quasi animal (dans l'ouverture de *La Tanière de la bête*, elle court dans Tokyo, le bras ensanglanté de sa victime balançant au bout d'une chaîne), qui refuse toute objectivation sexuelle et dont l'essence du jeu discursif se concentre dans son regard de femme jetée au purgatoire, pareil à l'œil d'Abel qui regarde Caïn depuis la tombe. Alors que la tueuse surgit dans la ville à la fin des films, vêtue de son emblématique manteau noir, elle est une abstraction de la vengeance. « Je suis habitée par le fantôme d'une femme morte », susurre-

t-elle dans *La Tanière de la bête*, où elle poursuit en songe ses adversaires pour les pousser à se suicider.

La vengeance de l'ashura

Lady Snowblood (1973) et sa suite, *Love Song of Vengeance* (1974), sont conçus dans le but de prolonger le sillon creusé par Sasori, les producteurs de la Tokyo Eiga trouvant dans un manga scénarisé par Kazuo Koike un rôle de *chanbara* sur mesure pour l'actrice. Kaji est alors une star au Japon, adulée également en tant que chanteuse depuis le carton d'*Urami Bushi* (« L'Air de la vengeance »), chanson-titre de *La Femme Scorpion* qu'elle interprète elle-même. Dans *Lady Snowblood*, son mutisme quasi total est contrebalancé par la présence de sa voix dans la bande-son sur l'air de *Shura no Hana* (« La Fleur de carnage »). Tuer en traçant des filets de sang dans la neige devient un acte poétique.

Ces deux films reprennent les motifs récurrents de la filmographie de Kaji en les radicalisant. Ainsi, les héros masculins – s'ils participent à l'intrigue – sont des hommes de lettres qui demeurent en dehors de l'action. On emprisonne les personnages par des surcadrages, entre des barreaux ou derrière des miroirs sans tain. Yuki (« Neige ») naît elle-même dans une prison pour femmes, mise au monde dans le seul but de venger sa mère, maudite par son devoir de tueuse avant même d'avoir vécu. « Oublie la joie, la peine, l'amour et la haine. Oublie tout, sauf la vengeance », lui ordonne le moine chargé de son initiation. Comme le dit le titre original en japonais, elle est une incarnation des *ashura*, ce règne bouddhiste de guerriers qui se situent entre le bien et le mal, demi-dieux du massacre. La froideur reptilienne de Meiko Kaji, ici d'une pâleur d'outre-tombe, renforce davantage le rôle joué par son regard. Plus qu'un gimmick, ses yeux deviennent un effet spécial récurrent. Réalisés par Toshiya Fujita (qui avait déjà signé deux films de la série *Stray Cat Rock*), *Lady Snowblood* et sa suite portent un regard désabusé sur la modernisation de l'ère Meiji, prenant pour toile de fond les deux guerres menées par le Japon au tournant du siècle : contre la Chine en 1894-1895 et contre la Russie en 1904-1905. Cette escalade impérialiste fait écho aux rêves de puissance du Japon contemporain. Le criminel meurtrier poursuivi par Yuki dans le premier opus se révèle in fine reconverti en marchand d'armes à la solde du gouvernement, pur symbole des *zaibatsu*, rappelant que ces groupes d'entreprises qui forment la colonne vertébrale de l'économie japonaise ont été les piliers de son expansion militaro-industrielle. Ce n'est pas un hasard si le film s'achève au Rokumeikan, fastueuse salle de bal qui servait à recevoir des délégations étrangères et à initier la bourgeoisie tokyoïte aux manières occidentales. Sous couvert d'ouverture, la révolution de Meiji est une machine réactionnaire à laquelle s'oppose le progressisme

□■
Meiko Kaji alias Lady Snowblood **de Toshiya Fujita (1973).**
© Metropolitan Film Export

■□
Meiko Kaji entourée de son *crew* dans la série des Stray Cat.
© Nikkatsu

La tueuse Sasori incarne la vengeance des « autres » femmes – prostituées, maîtresses délaissées, fillettes abusées.

paysan incarné par le personnage de Meiko Kaji. Le kimono de Yuki répond à l'habit occidental des milices qu'elle affronte. Cette dimension politique est encore plus flagrante dans le deuxième volet, qui met en scène un anarchiste (incarné par Juzo Itami) et se déroule dans un bidonville : les puissants, cyniques, finissent par y répandre la peste avant d'incendier cette « poubelle humaine ». Le final se déroule dans un sanctuaire à la mémoire des « héros » de guerre, qui ressemble fortement à celui de Yasukuni. Yuki, mortellement blessée, ainsi que son compagnon pestiféré au dernier degré s'y battent à bout de force, pareils à des morts-vivants. Ils sont la colère de la tradition bafouée sur le Japon moderne et corrompu.

Alors que *Lady Snowblood* semble parti pour générer d'autres épisodes, Meiko Kaji raccroche le katana afin de s'orienter – en parallèle à une longue carrière télévisuelle – vers des rôles moins emblématiques (chez Kinji Fukasaku et Yasuzō Masumura, notamment). On peut penser, comme l'écrit Tom Mes dans *Unchained Melody: The Films of Meiko Kaji*, qu'elle prend la décision d'être « une actrice plutôt qu'une image » en quittant les rives du cinéma de genre pour tourner avec les grands auteurs japonais de son époque. Néanmoins, c'est en tant que chanteuse et actrice de séries TV qu'elle reste connue au Japon (dernièrement, elle a joué la guest-star dans le *drama* féminin et carcéral *Joshu Seven*, qui rend hommage à Sasori). Aujourd'hui, Meiko Kaji est une dame élégante de soixante et onze ans, qui apparaît régulièrement dans les émissions de célébrités. Mais lorsqu'une salle d'art et essai lui consacre une rétrospective, comme en juin dernier au cinéma Shin-Bungeiza d'Ikebukuro, c'est le visage de la tueuse qui ressurgit soudain sur les affiches. Et avec lui ce même regard fulminant, bien davantage qu'une image. ✖

La jeune fille et la mamie volante

Hayao Miyazaki au féminin

Par Sébastien Bénédict

C'est à travers ses héroïnes que le géant de l'animation japonaise Hayao Miyazaki n'a cessé de regarder le monde. Toujours à l'affût de sa magie, elles en incarnent aussi toutes les contradictions. Depuis Nausicaä **jusqu'à** Ponyo**, tour à tour jeunes filles en fleur, amazones ou mamies volantes, elles sont à l'image de la filmographie du maître, l'objet de toutes les transformations. Portraits croisés, aux trois âges de la vie.**

« Au commencement était *Nausicaä de la vallée du vent* (1984). La première héroïne de Miyazaki y fait d'emblée corps avec le vent, juchée sur un planeur semblable à un oiseau et déjà souveraine du monde que l'on découvre à ses côtés. Un monde dévasté par la *fukai*, une forêt toxique qu'elle cherche pourtant à protéger, sachant depuis l'enfance la proximité du mal et du remède. Elle partage ainsi l'audace de son homonyme qui, dans *l'Odyssée*, ne reculait pas devant Ulysse défiguré par la mer : même sous ses dehors les plus inquiétants, même malade, la nature peut compter sur elle. Dès les premiers films, l'écologie miyazakienne est placée sous le signe de la féminité. À ceci près que « Mère Nature » a laissé la place à ses filles. Les personnages de mères sont de fait peu nombreux : elles s'effacent pour les laisser aller vivre leur vie (*Kiki la petite sorcière*, 1989), se préfèrent plutôt mamies gâteaux (Dola, la grand-mère pirate du *Château dans le ciel*, 1986, ou encore Zeniba, la jumelle de Yubaba dans *Le Voyage de Chihiro*, 2001), sont recluses à l'hôpital (*Mon voisin Totoro*, 1988), sinon déjà disparues (comme la mère de Nausicaä et celle de Fio dans *Porco Rosso*, 1992). C'est que les personnages de Miyazaki évoluent très tôt dans une matrice évidente, la nature elle-même, proliférante et multiforme, qui ne cherche jamais à s'incarner (sinon la mer, qui est aussi la mère de Ponyo, déesse omniprésente dans le film qui en reprend le nom). Nausicaä, pas plus que ses consœurs vouées d'abord à se réaliser, n'est pas intéressée par la maternité. Est-ce à dire que demeure ici un pesant patriarcat ? Non plus : le père de Nausicaä meurt en lui laissant son royaume, ceux de Kiki et de Ponyo doivent les laisser partir à contrecœur. Quant au père des fillettes dans *Mon voisin Totoro*, bien que présent, il reste en retrait tout le long du film, obligé de se rendre à son travail. L'absence des pères n'engage en rien la volonté de les remplacer : élevée par des hommes, Nausicaä ne leur accorde que peu d'attention. Par conséquent, les amoureuses ne sont pas légion non plus chez Miyazaki ; tout au plus accordent-elles une amitié naissante, conforme à un âge qui peine à quitter l'enfance. Sont bien mieux représentées les guerrières, ou tout au moins de véritables battantes. On aura compris que la filiation est assez peu l'affaire de Miyazaki, bien plus intéressé par ce que vont devenir (ou sont devenues) ses héroïnes. Au reste, beaucoup d'entre elles sont orphelines : Sheeta du *Château dans le ciel*, Fio de *Porco Rosso*, Sophie du *Château ambulant*, sans oublier Chihiro, dont les parents sont changés en porcs à seule fin de la laisser seule commencer son voyage.

Si tu t'imagines fillette, fillette…

Miyazaki, dont la collaboration au long cours avec Isao Takahata (▶ **Carbone.ink**) a débuté dans le cadre de *Heidi* (1974), partage avec son comparse un goût certain pour les récits à base de petites

■□
Kiki la petite sorcière **(1989).**
© Studio Ghibli/Walt Disney Pictures

□■
Croquis de Satsuki et Mei
(Mon voisin Totoro, **1989).**
© Studio Ghibli/Walt Disney Pictures

On aura compris que la filiation est assez peu l'affaire de Miyazaki, bien plus intéressé par ce que vont devenir (ou sont devenues) ses héroïnes.

filles. La première à apparaître ne correspond pas encore à ce mélange de débrouillardise et d'évidence, qui caractérisera ses futures héroïnes, peu enclines à laisser les garçons leur voler la vedette. Sheeta, c'est son nom, est la première énigme du *Château dans le ciel* (1986). Lointaine descendante d'une famille royale liée à la légende de Laputa, cité volante inventée par Swift dans *Les Voyages de Gulliver*, elle ne diffère qu'assez peu du topo de la princesse fragile, en attente du prince à venir. Tombée d'un dirigeable, elle est rattrapée par le vent qui lui fait un lit momentané; sa descente endormie vers la mine où l'attendent les bras providentiels du jeune Pazu, fasciné depuis l'enfance par la légende dont elle est la dépositaire, fait d'elle le lien entre le ciel et les profondeurs de la Terre, un corps conducteur, en somme. Comme tous les enfants chez Miyazaki, elle est la médiatrice entre deux mondes. Ici, celui de Laputa et de la terre ferme, où, pour ainsi dire, c'est la loi de la gravité qui la rend au monde, lui permet de rencontrer Pazu et de prendre son destin en main. Mais elle doit d'abord faire avec son héritage, princesse d'un royaume perdu dont elle sait peu de chose, qu'il lui faudra reconquérir pour n'en plus subir le poids. Miyazaki lui offre ainsi progressivement la liberté de devenir elle-même au fil de l'aventure, et non plus l'héritière d'un imaginaire imposé.

Permettre à ses héroïnes d'être la source de cet imaginaire plutôt que leur jouet sera donc à l'avenir le beau souci de Miyazaki, la preuve recommencée de sa profonde délicatesse à leur égard. Soit le programme explicite du film suivant: dans *Mon voisin Totoro* (1988), le cinéaste accompagne deux sœurs, Satsuki l'aînée et Mei sa cadette, dans leur découverte émerveillée de la campagne nippone d'après-guerre, directement issue de ses propres souvenirs d'enfant. L'enchantement qui nous tient s'accorde ici à la crainte d'un possible deuil: la mère des petites filles est malade, cloîtrée à l'hôpital. Si

Princesse Mononoké **(1997).**
© Studio Ghibli/Walt Disney Pictures

Nausicaä de la vallée du vent **(1984).**
© Studio Ghibli/Walt Disney Pictures

Le Voyage de Chihiro **(2001).**
© Studio Ghibli/Walt Disney Pictures

le merveilleux peut d'abord apparaître comme une manière de s'enfermer dans les songes, les petites filles vont cependant faire des histoires qu'on leur raconte un écrin où rendre leur tristesse acceptable : il leur faut continuer de vivre, comme la nature environnante doit faire avec le cycle des saisons. C'est en vertu de leur pouvoir d'étonnement intact qu'elles seules peuvent voir les *totoro*. Lesquels s'accordent à la nature comme prodiges permanents : s'ils peuvent faire pousser un chêne le temps d'une nuit et d'un possible rêve, une simple pousse sortie de terre au matin en reconduira le miracle aux yeux des sœurs. La beauté du film tient précisément en cela : tout à sa magie, c'est le monde réel que Miyazaki leur apprend à regarder comme un événement.

C'est donc le regard qui, chez Miyazaki, fait la magie du monde : *Kiki, la petite sorcière* (1989) poursuit cette quête du merveilleux niché au sein même du réel. Cette fois, la magie est première (la sorcellerie est montrée immédiatement), mais rendue au quotidien de la jeune Kiki, sorcière de mère en fille. Elle n'accède pourtant au récit qu'à la condition de se séparer de ses parents. Son entrée dans l'âge adulte consiste donc à ne plus céder à la tranquille facilité de ses pouvoirs : il s'agit de leur trouver un usage dans le monde, non plus seulement pour elle. Elle décide ainsi de faire son apprentissage de sorcière au plus près des hommes, en s'inventant livreuse à domicile sur son balai volant. Si le pouvoir de voler lui est naturel, il en va autrement pour les villageois qui, pendant ce temps, s'apprêtent à lancer un dirigeable à l'assaut du vent. Mais aux yeux de Kiki, cette invention humaine vaut bien tous les sorts dont elle serait capable. L'imaginaire des hommes devient pour elle une magie en soi, qui se mesure à l'effort consenti.

De *Porco Rosso* à *Ponyo sur la falaise* (2008), Miyazaki approfondit le caractère révélateur de ses petites filles : à l'inverse des héroïnes classiques qui doivent trouver leur chemin parmi les rencontres, ce sont elles qui vont indiquer aux autres la marche à suivre. Leur initiation progressive, comme celle de Kiki, s'étend à tous ceux qu'elles croisent, en particulier les adultes. Nulle morale ne vient surplomber le récit de leurs aventures, à laquelle elles devraient finalement se conformer. Au contraire, elles révèlent, aux yeux de ceux qui croient leur faire la leçon, un monde qu'elles auront su accorder à leurs désirs. Ainsi, la sorcière Yubaba peut bien considérer Chihiro comme une écervelée à qui donner les clés du monde dans la douleur de la perte (de ses parents, puis de son nom) ; la jeune fille ne cessera de la renvoyer à ses contradictions en lui opposant une obéissance de façade. Poussée jusqu'à l'abnégation, celle-ci lui offre progressivement les capacités de sa révolte, la rend, pour finir, au monde, en méritant son nom au lieu d'en avoir simplement hérité, à l'instar de Sheeta. Dans *Porco Rosso*, la jeune Fio se montre déjà de la même trempe : Porco ne cesse de la voir comme une « gamine », qui pourtant a tout appris de la construction des avions et se révèle une bien plus fiable partenaire que prévu. De fait, Miyazaki lui oppose constamment l'immaturité des pilotes, ces grands enfants qui continuent de se battre comme dans une cour de récréation, sous le regard des femmes qui, malgré le désir qu'elles inspirent, se désolent de devoir les materner. Quant au père de Ponyo, qui la poursuit sur la terre ferme afin de la renvoyer dans le giron dont elle n'aurait jamais dû sortir, il se verra opposer la capacité d'adaptation de la petite fille, obligé pour sa part de s'hydrater en permanence s'il veut survivre au pays des hommes. De poisson rouge en petite fille, le transformisme de Ponyo rend l'existence riche de tous ses possibles : sa forme changeante renvoie à la liberté qui guide chaque enfant dans ses jeux, en recule chaque fois l'horizon.

Les amoureuses ne sont pas légion dans les films de Miyazaki. Sont bien mieux représentées les guerrières, ou tout au moins de véritables battantes.

Les filles du feu

Si la guerre est omniprésente dans le cinéma de Miyazaki, elle se limite à une toile de fond lorsqu'elle est l'affaire des hommes. Ce sont surtout les femmes qui commandent aux armées et que l'on trouve en première ligne dès qu'il s'agit d'habiter le champ de

■□
Le Château ambulant **(2004).**
**© Studio Ghibli/
Walt Disney Pictures**

□■
Ponyo sur la falaise **(2008).**
**© Studio Ghibli/
Walt Disney Pictures**

bataille. De véritables amazones qui, de Nausicaä à Mononoké, s'opposent selon un schéma identique : deux femmes se livrent une guerre sans merci dont la nature est l'enjeu.

Il est notable que pour chaque couple antagoniste, la figure ennemie intéresse Miyazaki davantage que l'héroïne. Ainsi, Nausicaä et San (la princesse Mononoké) sont d'un seul bloc, émissaires de la nature. Beaucoup plus ambiguës, car scindées par leurs désirs contradictoires, Kushana dans *Nausicaä de la vallée du vent* et Dame Eboshi dans *Princesse Mononoké* gardent en elles un mystère qui empêche de les résumer tout à fait. C'est son armure qui distingue tout d'abord Kushana, cheffe de l'armée tolmèque, acharnée contre Nausicaä à détruire la *fukai*. Elle cache ce qui manque en elle et attise son désir de vengeance : son bras, perdu au cours d'une bataille. C'est par ce manque que Kushana est définie, pure force de destruction comme de reconquête. La guerre qu'elle livre a beau être criminelle aux yeux de Nausicaä, Kushana a toutefois ses raisons, même si elle se trompe : trop humaine, en définitive, plutôt qu'authentique « méchante » (nul partage moral tranché ne saurait se voir chez Miyazaki), elle annonce Dame Eboshi, ou plutôt en constitue l'ébauche. Car, contrairement à elle, Eboshi n'est pas seulement mue par le ressentiment. Elle perdra également son bras, mais en toute connaissance de cause : s'en prendre à la forêt est un péché, elle le sait très bien et choisit d'en payer le prix. Sa volonté se heurte aux risques qu'elle prend. Et sa cause n'est pas moins noble que celle de San, son ennemie jurée : la forge qu'elle dirige s'en prend à la *fukai* par nécessité, non par vengeance ; elle a besoin de bois pour construire des arquebuses plus légères, afin de permettre aux femmes de lutter, au même titre que les hommes, contre le seigneur du lieu aux ordres de l'empereur. Pas n'importe quelles femmes : des réprouvées, comme elle, pour la plupart des prostituées. Sa forge se présente comme une société autogérée, égalitaire, véritable avancée sociale dans un Japon féodal encore tout entier soumis au bon vouloir des dieux. La forêt regorge de *yōkai*, ces créatures qui divinisent la nature. À son faîte se tient, majestueux, le dieu-cerf : c'est sa tête que convoitera in fine Dame Eboshi, moins pour elle-même que pour répondre aux vœux de l'empereur et s'en faire un allié plutôt qu'un persécuteur. À la nature ancestrale, elle oppose ainsi l'ici et maintenant de la politique, à l'agriculture soumise aux shoguns, l'invention d'une industrie. Soit le choix d'une société plus horizontale où se soustraire à la hiérarchie, fût-elle celle des dieux. En faisant le choix de tuer le dieu-cerf, Dame Eboshi ne fait rien de moins que le pari de la modernité.

L'art d'être « grand-mère »

Il n'est pas peu dire que les aïeules miyazakiennes n'oublient jamais quelles petites filles elles ont été. Avec elles, les trois âges de la vie forment une boucle, un retour à l'enfance qui les éloigne résolument de la grand-mère japonaise traditionnelle, alliée du patriarcat. Exemplaires à ce titre, Dola la pirate (*Le Château dans le ciel*) et Yubaba la sorcière (*Le Voyage de Chihiro*) n'en font qu'à leur tête. La première forme avec ses trois benêts de fils une confrérie de pirates de l'air, quand la seconde dirige, d'une même poigne de fer au cœur tendre, un établissement de bains réservé aux dieux. Si elles élèvent des fils, chacune à leur manière, elles deviennent pour Sheeta et Chihiro des grands-mères progressivement bienveillantes, qui trouvent en elles un miroir favorable.

C'est enfin Sophie, dans *Le Château ambulant*, qui résume le mieux tous ces personnages : changée en vieille femme par le caprice d'une sorcière, elle y incarne littéralement la sagesse ancestrale des jeunes filles, soit le cœur secret des films de Miyazaki, comme en témoigne, dans *Mon voisin Totoro*, l'intime compréhension qui lie la petite Mei à sa grand-mère. Malgré un corps ployant sous le vécu, Sophie ne cesse d'en référer à sa part d'enfance, consciente de jouer un rôle, s'imaginant sorcière pour mieux le devenir. À l'image de Kiki ou de Satsuki et Mei, elle ne différencie jamais le réel du merveilleux ; et comme les indignes vieilles dames précédemment citées, elle ne fait en aucun cas de sa vieillesse un obstacle. L'humilité de Sophie, son goût pour les tâches quotidiennes au beau milieu de tous les prodiges, font peut-être d'elle une femme au foyer : mais c'est alors le foyer qui fait tourner le monde. ✖

LA PROMESSE

Par Cécile Duquenne
Illustré par Anne-Catherine Ott

Sur les chemins de l'exil, il n'y a qu'un moyen de survivre : résister coûte que coûte. Quitte à perdre sa dignité, mais sans jamais abandonner l'espoir d'une vie meilleure. Voici l'histoire d'Anulika, réfugiée intergalactique, amazone traversant les naufrages pour sauver sa vie et offrir un avenir possible à son enfant.

Auteure de la série des Foulards rouges **(Bragelonne) mêlant steampunk et space opera, Cécile Duquenne nous conte la vie d'une femme, qui fait écho avec l'actualité.**

Cher Directeur de l'Office interplanétaire de protection des réfugiés apatrides, Mesdames et Messieurs les membres du comité d'audition, Chers Représentants du comité de l'Organisation des nations unies de Terra Novae,

Salam.

Mon nom est Anulika Obiesuna. J'ai vingt ans et je suis née à Asmara, en Érythrée. Je fais partie des 37000 réfugiés qui ont atteint l'Europe l'an passé et des 750 clandestins qui ont réussi à embarquer à bord du Salvatore, en partance pour le nouveau monde. Votre nouveau monde, celui dont je veux faire partie. Celui qui, dans les spots publicitaires diffusés sur Terre, « reste à conquérir ».
Mais tout cela, vous le savez déjà : tout est écrit dans les documents que j'ai remplis, dans l'espérance d'être auditionnée pour, peut-être, devenir l'une des vôtres.
Cela fait peu d'espoir auquel se raccrocher, mais, depuis ma naissance, ma vie ne tient qu'à un fil.

Comme tous les enfants de mon pays – un pays de malheur, oublié par le monde, une prison à ciel ouvert dirigée par des dictateurs qui montent des murs tangibles sur des frontières immatérielles –, je porte pour nom le prénom de mon père. Il s'appelait Obiesuna Seyoum. Il prenait des photographies, réalisait des films, écrivait des récits. Il menait une lutte acharnée pour l'indépendance de son pays, alors que cela faisait trois générations que plus personne n'y croyait. Né en Europe mais de sang érythréen, il faisait partie de la vague de descendants de réfugiés politiques qui, pendant la Trêve de 2094, avaient décidé de retourner au pays de leurs ancêtres. Comme lui, le monde retenait son souffle – comme lui, le monde croyait qu'enfin l'Érythrée reprendrait dans son giron les fils et les filles de ses exilés. Mon père avait dans le cœur la graine d'une promesse, celle que la terre de ses racines ne soit plus une plaie béante d'où saignait le pus suintant du désespoir de tous ceux qui n'avaient pu s'en échapper.
Mais le libérateur n'était qu'un nouveau dictateur. Il avait abattu les murs pour mieux étouffer nos droits. Il avait ramené la lumière dans nos cœurs pour faire croire que l'ombre n'existait pas.

LA PR

Comment croire à la nuit, quand notre regard reste abîmé dans la lueur aveuglante du soleil?

Quand j'avais seize ans, mon père a été tué devant moi d'une balle dans la tête. Si son cadavre encore chaud ne m'était pas tombé dessus, le tir qui m'était destiné aurait atteint sa cible. Malgré quatre années de résistance héroïque, avec ma mère et ma petite sœur, nous avons fini par fuir. Nous aimions notre pays, celui où je suis née, mais il était hors de question de mourir pour lui. Ma mère disait toujours: « Fille, si je me sacrifie, ce sera pour que tu vives. »
Elle a tenu sa promesse.
J'aurais aimé en faire autant avec ma petite sœur, mais, Dieu la protège, je n'ai pas pu tenir parole.

Aujourd'hui, je parle devant vous au nom de tous les enfants et parents morts sur les chemins de l'exil. Dans un sens, ou dans l'autre. Ceux qui, comme moi, portent le prénom de leur père pour nom de famille. Ceux qui, comme moi, ont pris leur destin en main, souffert mille souffrances et traversé mille épreuves pour en arriver là où ils sont. Ceux qui, pour la plupart, sont morts en chemin. Ou morts chez eux, avant d'avoir pu oser le moindre pas.

Mon parcours fut chaotique, tout en obstacles et en silences; mais c'est sans détour et sans défense que je dois m'exprimer devant vous. Justifier de mon droit d'exister, d'*exilier*, de vivre sans prendre chaque jour le risque de me faire expulser.
Si je retourne à la case départ, la prison à ciel ouvert sera le lieu de ma mise en terre. Je le sais, et quand l'Office français de protection des réfugiés et apatrides a jugé préférable de me renvoyer « chez moi » après mon audition « chez eux », il m'a semblé opportun de m'enfuir.
Je n'obéirai plus. Ni aux lois absurdes ni aux despotes.
Je suis une femme libre, indépendante. Pas un simple numéro de dossier.
J'ai franchi beaucoup de frontières, enfreint bien des lois et transgressé un nombre incalculable de règles internationales et, désormais, intergalactiques. Tout cela pour avoir le droit de respirer un air qui ne soit pas empoisonné par les vapeurs vénéneuses de la guerre.
En retour, on a franchi mes limites, violé mon corps, entamé ma dignité...
Il m'en reste un tout petit peu. Juste assez pour ne pas ramper devant vous, ni ciller.

Comme à moi-même, je vous dois toute l'honnêteté dont je suis capable. Au départ du Salvatore, je croyais avoir les mêmes droits que ceux qui fuyaient, comme moi, la Terre surpeuplée. J'appartenais à ces seize milliards d'âmes échouées sur une planète sans issue et qui, soudain, grâce à l'ouverture du programme spatial, se voyaient offrir une chance. Celle de vivre sans craindre la famine, la pénurie d'eau potable, les vents contaminés par les centrales éventrées, celle d'engendrer une famille sans payer d'amende – de sauver l'humanité, une vie à la fois – de sauver la Terre, un migrant à la fois.
Naïvement, je me sentais faire partie du même exode que ces femmes et hommes fertiles envoyés dans l'espace. Je me sentais à ma place… dans mon droit. Les propos du passeur allaient en ce sens : il disait que tous les volontaires étaient les bienvenus. Que Terra Novae ne manquait pas de place, mais de bras. Que les officiels, une fois « là-haut », ne pourraient pas faire la fine bouche.
Il nous mentait, comme tous les autres avant lui, mais c'était ça ou rien. Il fallait continuer d'avancer, ou reculer jusqu'à notre point de départ. Jusqu'à la tombe.

Alors, si vous m'octroyez le droit d'habiter sur Terra Novae ; si je deviens citoyenne légitime et non plus clandestine, croyez-moi, je mettrai toute ma force, ma résilience et ma rage à votre service. Vous n'aurez pas de femme plus déterminée à coloniser ces terres fertiles. Je serai plus Terraenne que toutes celles qui sont arrivées dans la légalité, parce que j'aurais toujours l'impression d'avoir quelque chose à prouver pour continuer d'avoir le droit d'exister.
Comme c'est le cas en cet instant.

Saviez-vous, chers membres de l'OIPRA et de l'ONU-TeNo, que nous, les femmes, sommes encore plus vulnérables aux dangers des chemins de l'exil ? Que notre corps fait de nous des cibles faciles ? Des cibles dociles ? Apeurées, aussi étiolées qu'un veau en partance pour l'abattoir, nous finissons, par habitude, par résignation, par accepter tout ce que l'on nous demande en échange d'un chemin ouvert sur la liberté.
Et je m'en doutais, en fuyant avec ma mère et ma petite sœur. Par la suite, je n'avais plus aucune illusion à ce sujet. Quand j'ai demandé le prix de ma liberté pour échapper à ces institutions terriennes qui voulaient me renvoyer vers ma mort, je savais ce qu'on me répondrait. On voulait mon argent. Mon corps. Plus d'une fois.

LA PR

L'enfant que je porte à terme aujourd'hui n'a pas été conçu sur Terre. Quand j'étais là-bas, je faisais attention; je prenais la pilule du lendemain. Dans la rue ou les camps, il y avait toujours un médecin pour la délivrer sans poser de question. Une âme charitable qui savait ce que c'était d'être une femme seule dans le monde, une femme seule dans l'exil.
Mais dans un vaisseau spatial où votre passeur est un soldat qui vous garde prisonnière dans la soute, entre les enclos de vaches, de poules et les réserves de grain, vous n'avez pas de médecin. Vous n'avez pas même la lumière du jour. Vous n'avez rien que l'espoir d'arriver assez vite pour avorter ou donner à adopter l'enfant de votre violeur, lui qui vient tous les soirs vous ensemencer, vous empoisonner et vous violenter.
Mais à cause d'une avarie, le voyage stellaire a duré plus longtemps que prévu.
Sept mois de plus que prévu...
Et les migrants sont sortis de l'ombre quand les moteurs se sont tus.
Les clandestins se sont mélangés aux légitimes, qui n'imaginaient pas qu'on puisse passer un mois dans un caisson de marchandises, prostré tel un fœtus dans le ventre de sa mère; à pleurer dans le noir de la matrice migrante; à se laisser toucher, ballotter, souiller de fluides par des inconnus qui partagent le même désespoir et la même violence que soi. Un mois à se demander où on est, où on va. Un mois entre deux rives, deux terres, deux mondes. Un mois déjà très long, qui se transformait en huit mois d'incertitudes. Un mois à se demander si l'on n'allait pas nous jeter par le premier sas venu, avec les déchets, autour du vaisseau, et au sein desquels, parfois, souvent même, on distinguait une forme humaine, un visage horrifié, surpris d'avoir été éjecté.

Sous prétexte de m'héberger, le passeur m'a accueilli chez lui.
Quand j'ai compris que les secours étaient là et que les rats quittaient le navire, j'ai hurlé, de toutes mes forces, qu'on me libère moi aussi.
Qu'on me sorte de cette chambre dont je n'avais pas la clé. J'ai été entendue. Pas parce que j'avais ma pauvre existence à défendre, mais parce que celui ou celle qui grandissait en moi méritait qu'on lui accorde une chance.
Ceux qui m'ont sortie de mon trou puant ont compris que cet enfant n'était pas juste un migrant, mais un arrivant, et j'ai...

Inspiration sifflante. Le goût métallique du sang envahit sa bouche. En grande quantité. Plus que d'habitude. Il y a aussi la douleur sourde qui pulse dans son ventre. Plus que d'habitude. Un souffle… une poussée. La reprise.

Quand on m'a sortie de là, je croyais avoir oublié jusqu'à la transparence de la lumière du jour. Même « chez moi », en Érythrée, j'avais le droit à la lueur du jour. Dans ce vaisseau, les néons n'avaient ni sa chaleur… ni sa douceur.

Inspiration sifflante.

Votre soleil, lui… est rouge. Réchauffe. Et caresse. Comme sur Terre. Je l'aime… Beaucoup.

L'image tressaute. Comme si le comité n'était qu'une illusion. Et au fond, Anulika le sait : rien de tout cela n'est réel. Chaque fois que la douleur enfle, l'image saute. On lui crie : « Pousse ! Pousse ! » Mais elle a juste envie de continuer à répéter son discours. Dans sa tête. Car tout doit être parfait pour l'audition de demain. Celle qu'elle attend depuis plus d'un mois dans ce camp de réfugiés qui n'a rien à envier à ceux d'Europe. La planète est différente, le soleil est différent, mais la boue, l'odeur et la misère sont les mêmes. La technologie, la médecine de pointe, c'est pour les légitimes. Pas les clandestins. Elle, elle est une bête parquée dans un enclos ; une prison à ciel ouvert ; une femme seule, perdue dans le vaste univers.
Voyager si loin pour en arriver là… revenir à la case départ.
Un ailleurs, mais pareil…

LA PR

Inspiration sifflante.

Cher Directeur de l'Office interplanétaire de protection des réfugiés... Chers Membres du... comité d'audition... du comité de l'Organisme des nations unies de la... du...

Non. Non ! Elle a perdu le fil. Le mince fil de ses espoirs. En nage, elle reprend, à voix haute : « Cher Directeur de l'Office interplanétaire de Protection des Réfugiés et Apatrides, murmure-t-elle au soleil qui la réchauffe, la caresse, la prend dans son étreinte rassurante, pareille à celle de sa mère. Cher Directeur, souffle-t-elle, mon enfant ne portera pas le prénom de son père en nom de famille. »
Puis, du bout des lèvres, comme une prière : « Qu'on lui donne le mien... »

Anulika sourit, car elle a donné naissance à une fille, pour qui elle a sacrifié ses dernières forces, ultime épreuve au bout des chemins de l'exil. Une fille qui portera son prénom en nom de famille, conçue dans le ventre d'une mère apatride, mais née sur une terre vierge qui fera d'elle une femme libre. Légitime. Car c'est une terre où le droit du sol existe. Où le futur est possible et le bonheur se conjugue au présent.
« Salam, Nurak Anulika, murmure sa mère lors de son dernier souffle. Salam, et bienvenue chez toi. »

Once a thief

Cat's Eye, ou quand les filles mènent la danse
Par Erwan Higuinen

Paisibles tenancières d'un café le jour, les trois sœurs Kisugi se changent en de redoutables voleuses d'œuvres d'art lorsque la nuit tombe. Tel est le principe de Cat's Eye**, manga de l'auteur de** City Hunter **devenu une série animée au début des années 1980. Au cœur de cette œuvre pop et scintillante, la vision d'une féminité aussi agile que conquérante.**

Mais de quel œil est-il question ? Est-ce celui du chat comme le titre voudrait nous le faire penser ou bien celui de l'homme qui cherche la femme (les femmes) ? Est-ce celui du spectateur incrédule devant les prouesses athlétiques et gracieuses des sœurs Kisugi (Chamade en français, ce qui, quand elles font battre notre petit cœur un peu vite, ne leur va pas si mal) et peut-être plus précisément l'œil de la fillette déjà un peu grande qui se cherche une héroïne, un modèle ? Du manga au singulier (*Cat's Eye* de Tsukasa Hōjō, lequel créera un peu plus tard *City Hunter/Nicky Larson*) à la série animée au pluriel en V.F. (*Signé Cat's Eyes*, 1983-1985), les yeux se sont démultipliés. Cela ne veut pas nécessairement dire qu'on y voit beaucoup plus clair.

Cat's Eye raconte l'histoire de trois sœurs, Rui (Cylia en V.F., l'aînée), Ai (alias Alex, la benjamine, à peine 14 ans quand on fait leur connaissance) et Hitomi (Tam), qui se sont mis en tête de réunir la collection d'œuvres d'art ayant appartenu à leur père, un artiste et collectionneur allemand du nom de Michael Heintz, mystérieusement disparu quelques années plus tôt. Et tant mieux si cela implique de déployer des trésors d'ingéniosité

Cat's Eye opère un fascinant renversement des rôles habituels.

pour prendre d'assaut musées et collections privées toujours très bien gardés. Avant chaque opération, les demoiselles informent d'ailleurs la police de leurs intentions en lui envoyant une carte signée, donc, Cat's Eye. En parallèle et en guise de couverture assez discutable, les sœurs tiennent un café baptisé, lui aussi, Cat's Eye. Dont l'un des habitués, Toshio Utsumi (Quentin Chapuis chez nous), se trouve être à la fois le petit ami pas très dégourdi de Hitomi et l'inspecteur en charge de l'enquête à rebondissements sur les vols de Cat's Eye. Autant dire que tout cela est passablement embrouillé.

Le corps et l'esprit

À l'écran, *Cat's Eye* est une série de casse, improbable héritière pop et scintillante de films comme *L'Ultime Razzia*, *Quand la ville dort* ou *L'Inconnu de Las Vegas*. D'abord viennent les préparatifs des trois filles qui vont tenter de dérober un nouveau tableau comme de la police qui, une fois encore, est bien décidée à ne pas les laisser s'en tirer. Puis, c'est le passage à l'action avec, souvent, un petit accroc qui oblige les sœurs à modifier leur plan, mais sans que cela ne se mette en travers et empêche sa réussite. C'est une série de casse mais aussi une comédie sentimentale où nos drôles de grandes dames brunes aux ongles vernis se révèlent systématiquement plus malignes et matures que ce pauvre Toshio, toujours ébouriffé, balbutiant, dépassé. Mais mignon, au fond. Car, dès les années 1980, loin des stéréotypes, *Cat's Eye* opère un fascinant renversement des rôles habituels. Ici, la force, l'audace, le goût du risque et en même temps la maîtrise sont du côté des femmes, alors que les hommes – Toshio en tête, mais aussi le chef de la police et plusieurs des « méchants » qui se succèdent d'un épisode à l'autre – se révèlent faibles et impulsifs, dépassés par les événements et aveuglés par leurs passions.

Aveuglés ? Encore une histoire d'œil ? Précisément. « Je suis irrésistiblement attiré par une autre fille », avoue un jour Toshio à Hitomi, qui sourit. Il est celui qui ne peut ou ne veut pas voir, celui qui aime deux femmes (Hitomi et « Cat's Eye », donc) sans comprendre qu'elles ne font qu'une, que ce sont deux aspects, deux dimensions de la même femme, celle qui bavarde gentiment avec lui au café et celle qui, sautant, courant ou planant dans son costume de super-voleuse, réalise des prouesses physiques dans la nuit. Tout rapport avec l'incapacité de notre grand dadais à faire évoluer leur relation au-delà d'un stade purement platonique – lorsque la série commence, Toshio et Hitomi, bien qu'en quasi-couple depuis le lycée, ne se sont même pas encore embrassés –, à faire se rencontrer deux idées, se superposer deux images, à unifier son désir, à rassembler le corps et l'esprit n'est pas nécessairement fortuit.

Donne-moi tes yeux

Dans l'un des premiers épisodes de la série, Toshio perd provisoirement la vue et se retrouve coincé au fond d'un puits en compagnie de Hitomi, à qui il est menotté. Pour lui, elle est *Cat's Eye* et non sa petite amie, qu'il n'a pas reconnue. Il la découvre. Physiquement, il n'avait jamais été aussi proche d'elle. « Tu seras mes yeux », lui dit-il, tel le sculpteur perdant la vue joué par Sacha Guitry dans l'un des plus beaux films du cinéaste et dramaturge français, *Donne-moi tes yeux* (1943). Se reposer sur le regard de l'autre et se laisser guider, c'est déjà un bon début pour l'homme qui se croyait chasseur – on ne compte plus les scènes montrant Toshio lancé à la poursuite de Hitomi que, dans l'ombre, il ne reconnaît pas. Un homme qui, tout bien pesé, était plutôt la proie, l'objet du désir féminin. La souris mâle avec laquelle s'amuse presque négligemment le chat (la chatte).

Dans le dernier épisode de la série, les trois sœurs sont amenées à se déguiser en « Cat's Eye ». En elles-mêmes, donc. Dans cette savoureuse et bondissante histoire de super-héroïnes défiant les conventions sociales en général et la masculinité en particulier, le masque est étrangement identique au visage lui-même. Le flou, l'incertitude, le brouillard sont dans l'œil, sont chez l'homme, ce charmant incapable. Attrape-moi si tu peux, chuchote la chatte agile et intrépide avant de disparaître dans l'obscurité. C'est elle, pour toujours, qui mène le jeu. ✖

Pedrosa.

La Belle est la Bête

La saga Alien, une odyssée de la féminité
Par Louis Blanchot
Illustration d'ouverture par Cyril Pedrosa

On attend chaque année son come-back, mais il va falloir se résoudre à la laisser tranquille : Ripley, l'indocile employée de Weyland-Yutani, ne croisera plus le fer avec son ennemi juré, l'alien. La faute en revient à Ridley Scott, d'abord, qui a récemment fait main basse sur la franchise (Prometheus**,** Alien: Covenant**) pour l'emporter sur les rives brouillardeuses du blockbuster méta. Mais c'est la faute du destin aussi, qui en quatre films semble avoir trouvé un idéal point d'achèvement au voyage homérique de son personnage. Un voyage dans l'espace, dans le temps, mais surtout dans la propre chair de Ripley.**

■□□
Aliens, le retour **de James Cameron (1986).**
© 20th Century Fox

□■□
Alien 3 **de David Fincher (1992).**
© 20th Century Fox

□□■
Alien de **Ridley Scott (1979).**
© 20th Century Fox

Ridley Scott aime régulièrement le rappeler : à la fin d'*Alien, le huitième passager* (1979), peu s'en est fallu que le lieutenant Ripley, *« last survivor of the Nostromo »*, soit tué sans même avoir combattu le monstre. Un veto des cadres de la 20th Century Fox, en fait, soucieux d'offrir à ce huis clos horrifique et économiquement prometteur un horizon déclinable (nous sommes à la fin de l'année 1978, et le studio a déjà lancé le second volet de leur nouvelle poule aux œufs d'or : *Star Wars*). Dans la perspective d'une suite, il serait impératif que Ripley survive, à rebours des plans originels du réalisateur britannique qui souhaitait déverser sa noirceur glaciale et pessimiste jusqu'aux portes du générique de fin. Un épilogue alternatif imaginait ainsi Ripley s'endormir en biostase dans la capsule de la navette de secours où elle s'était réfugiée, avant que la caméra ne dévoile la présence du xénomorphe, tapi dans un recoin sombre de la pièce, attendant les premiers ronronnements de la Belle pour s'en débarrasser. Son méfait accompli, la créature se serait alors approchée de l'ordinateur de bord, sur l'écran duquel le spectateur aurait pu lire la destination du vol : la Terre.

Mais le destin en a voulu autrement : dans le film, Ripley repère le passager clandestin juste avant de se mettre au lit (souvenez-vous : en fait de pyjama, elle ne porte alors plus qu'une petite culotte) et parvient in extremis à l'expulser dans l'espace à travers le sas de décompression (non sans avoir entre-temps enfilé une combinaison). Un répit, en vérité, pour un personnage qui, d'un épisode à un autre, n'aura de cesse qu'il n'efface l'alien de son existence. Car à la faveur de ce seul et ultime duel du premier volet, Ripley gagne davantage que le droit de demeurer en vie : elle gagne le droit de devenir une héroïne. Héroïne presque par accident (à l'origine, le personnage devait même être masculin) d'une saga qui, par ailleurs, portera toujours le nom d'un autre, et même de l'Autre par essence : l'alien – l'étranger, celui qui vient d'ailleurs.

Le deuxième sexe

Encore aujourd'hui, on sent bien que Ridley Scott n'a jamais digéré de voir sa chimère suppléée par une humaine : en effet, au moment de relancer une nouvelle saga en forme de quête des origines (d'où vient l'alien ?), le réalisateur ne manquera pas une occasion d'humilier ses actrices, ersatz d'héroïnes couillues qui invoquent directement le souvenir de Ripley. Dans *Alien: Covenant*, on découvre le triste sort réservé à la professeure Elizabeth Shaw de *Prometheus* (Noomi Rapace), utilisée comme cobaye par l'androïde David (Michael Fassbender) : son cadavre est retrouvé poitrine ouverte par la jeune Dani (Katherine Waterston), qui subira à la fin de l'épisode le trépas que Scott promettait originellement à Ripley (être asphyxiée impuissante dans un caisson). Le clin d'œil peut faire sourire, mais son cynisme dépasse largement le cadre de la référence, puisque la succession de préquelles sans queue ni tête dirigée avec diligence par le réalisateur octogénaire (qui a déjà signé pour un nouveau chapitre) barre délibérément la route depuis des années au lancement d'un cinquième volet prévu avec... Sigourney Weaver, l'interprète inoubliable de Ripley.

L'air de rien, en accaparant une franchise dont il veut saigner les mamelles jusqu'à sa mort, le vieux briscard tient sa revanche sur son héroïne, coupable d'avoir cherché à tirer la couverture à elle. Il s'agit quasiment d'un test de paternité (« J'ai créé l'alien », murmure presque Scott à travers la bouche de David, son robot frankensteinien). Rancunier et sournois, Scott semble en fait ne jamais pouvoir pardonner à Sigourney Weaver de lui avoir fait un enfant dans le dos avec son concurrent direct, James Cameron, qui réalisa le second volet en 1986. Entre les fans, la querelle est d'ailleurs aussi déterminante : lequel, d'*Alien : le huitième passager* et d'*Aliens, le retour*, est le meilleur épisode ? Ou, tout du moins, quel film signe l'acte de naissance de la saga ? Il y a, d'un côté, ceux qui ne jurent que par la pureté indépassable du chef-d'œuvre du futur réalisateur de *Blade Runner*, qui récolta toutes les forces vives de son époque (attrait pour le slasher d'auteur avec le succès tonitruant des *Dents de la mer*, revalorisation de l'imaginaire science-fictionnel avec le carton *Star Wars* de George Lucas) pour les agglomérer en un ouvrage racé, soigné, majestueux, à l'épure. Et il y a, à l'inverse, ceux qui sauront éternellement gré à Cameron d'avoir décelé dans cet univers l'ADN d'une odyssée – celle, homérique, d'une femme condamnée à ne jamais pouvoir retourner chez elle, prisonnière d'un duel sans cesse rejoué avec un démon qui l'éloignera peu à peu du genre humain.

Wondermom

Par-delà cette redéfinition du mythe, Cameron sera surtout jugé coupable d'avoir fait avec *Aliens, le retour* tout ce que Scott s'était interdit de faire dans le film originel : démultiplier les apparitions du monstre (quand le premier *Alien* faisait de sa raréfaction le pivot de sa mise en scène) et même personnifier cette créature sans visage, sans œil, sans âme, en lui constituant une sorte d'organisation sociale, au sommet de laquelle trône la Reine. Nouvelle apparition dans le bestiaire du parasite (après le *facehugger* qui s'enroule autour de sa victime pour lui pondre une chimère, le *chestburster* qui éclôt de son hôte en lui perforant la poitrine et la forme adulte du xénomorphe, imprévisible et dévastatrice), la Reine ne répond pas uniquement au besoin de créer une nouvelle attraction monstrueuse justifiant l'écriture d'un second chapitre horrifique. Dessinée et conceptualisée par Cameron même, elle revêt la fonction pratique et symbolique de doppelgänger de Ripley – une femelle alpha, avec qui elle se disputera notamment la vie d'une orpheline, Newt.

Dérivant en hypersommeil après les péripéties catastrophiques du premier épisode, Ripley se réveille au début d'*Aliens, le retour* avec une nouvelle qui lui ferait presque regretter sa survie : sa jeune fille, dont elle se réjouissait de pouvoir célébrer l'anniversaire à son retour, est morte logiquement de vieillesse (l'errance spatiale de sa mère a duré cinquante-sept ans...). Une tragédie de la maternité qui ouvre un double-fond au souvenir du *chestburster* dont Ripley est assaillie chaque nuit depuis son retour parmi les vivants : au début du film, on découvre en effet la rescapée alitée dans une chambre d'hôpital, prise soudain de violentes convulsions qui font émerger de ses entrailles la silhouette monstrueuse d'un alien. À travers ce cauchemar, l'angoisse de la grossesse monstrueuse du premier épisode se double donc du traumatisme du matricide : si le prédateur sexuel de Scott a échoué à tuer la jeune femme en sous-vêtements, il s'en prend désormais à la conscience maternelle qui est en elle. Tramée entre les lignes d'un film outrageusement

militarisé, une aventure intime voit ainsi Ripley replonger dans l'antre de la Bête pour reconquérir ce statut de mère dont elle a été dépossédée. Avec, en climax, un duel de *wondermoms* (entre une Ripley augmentée d'une armature de métal et une Reine aux proportions démesurées), qui offre au personnage endeuillé l'occasion d'arracher son nouvel enfant aux griffes mêmes de sa némésis (« Mommy » lâchera spontanément, comme une récompense, la petite orpheline dans les bras de Ripley).

Requiescat in pace

Une maternisation des enjeux que viendront préciser et consolider les deux volets suivants avec un remarquable souci de cohérence, dans un crescendo qui fera d'abord de Ripley la porteuse d'une Reine (la poussant au suicide à la fin d'*Alien 3*), avant que Jean-Pierre Jeunet ne ressuscite la damnée dans le mouvement final pour en faire l'Ève des xénomorphes. Après Sarah Connor dans *Terminator* (1984) du même Cameron, Alien dépeint donc une nouvelle fois la lutte d'une femme dont le sacerdoce maternel est contrarié par une force cauchemardesque venue d'un autre monde, à la fois double et négation de l'humain (une hydre née de nos propres entrailles dans *Alien*, un robot surpuissant recouvert d'une peau d'homme dans *Terminator*). L'ironie voudra que ces deux mères harcelées soient inexorablement condamnées à sceller un pacte avec leur démon : à la mutation biologique progressive du personnage de Ripley (dans les veines duquel finira par couler le même sang acide que chez les aliens) répond une alliance inattendue entre l'homme (ou plutôt la femme) et la machine dans la saga *Terminator*. Boogeyman sans états d'âme dans le premier épisode, l'automate assassin envoyé du futur par Skynet devient avec l'assentiment de la mère l'ange gardien de John Connor, l'enfant prophète de *Terminator 2 : Le Jugement dernier* (1991). Alors que Sarah Connor est sans conteste l'un des plus beaux personnages de mère et de femme de l'histoire de la science-fiction, elle revêt dans la mythologie de la saga une fonction utilitaire qui la condamne à n'être que la procréatrice et la protectrice du messianique John – et la progressive déliquescence de la franchise tient peut-être moins à la médiocrité des réalisateurs ayant pris le relais de Cameron qu'à l'étiolement de cet enjeu maternel structurant. A contrario, la quadrilogie *Alien* s'est ingéniée à faire de Ripley le baromètre et le cœur battant d'une épopée du féminin aussi limpide que protéiforme – comment survivre au milieu du Mal et du mâle ?

Ripley n'est pas seulement une femme virilisée par les nécessités combatives de la lutte contre un fléau extraterrestre, elle est un personnage dont la féminité (dans un monde techno-industriel dominé par le masculin) et la matricialité (face à un agresseur structurellement parasitaire) orchestrent et définissent les linéaments de chaque péripétie – encore aujourd'hui, quelle saga hollywoodienne peut s'enorgueillir d'avoir été portée jusqu'à son terme par un corps féminin ? Dans *Alien*, la procréation n'est pas qu'un fardeau, une mission ou un adjuvant ; elle représente plus globalement une malédiction de la chair et de l'existence – dans ses différents modes opératoires, chaque attaque de l'alien renvoie à une forme d'agression sexuelle, chaque naissance à un meurtre. Aussi cette malédiction matricielle répétée (on ne se nomme pas « *replay* » pour rien) dessine-t-elle autour du personnage une série de zones concentriques de plus en plus étouffantes, annihilant chez lui toute pulsion vitaliste : certaine de donner un jour naissance à son propre cancer, Ripley n'aspire à rien d'autre qu'à l'apaisement de la disparition. Dans le film de Scott, tous ses collègues l'appellent d'ailleurs « Rip » (l'abréviation de *Requiescat in pace*), un surnom bien ironique pour une femme qui se retrouvera sans cesse agressée, tuée, ressuscitée, transbahutée à travers le temps et l'espace, n'émergeant du sommeil et de la mort que pour s'enfoncer encore plus profondément dans le gouffre d'un cauchemar sans fin : « Tu es dans ma vie depuis si longtemps que je ne me souviens de rien d'autre », confesse-t-elle dans *Alien 3* à son

Dans Alien**, la procréation n'est pas qu'un fardeau, une mission ou un adjuvant, elle représente une malédiction de la chair et de l'existence.**

■
Alien, la resurrection
de Jean-Pierre Jeunet (1997).
© 20th Century Fox

démoniaque compagnon de songe, alors qu'elle porte l'un des siens dans son ventre.

Le mâle est fait

Il est troublant d'observer que cette essentialisation progressive du personnage (Ripley = la Mère) aille paradoxalement de pair avec une libéralisation par étapes de sa sexualité : dans le premier épisode, certaines séquences tournées mais finalement non montées sous-entendaient une relation convenue, presque programmée par un logiciel de scénario, entre le lieutenant Ripley et le capitaine Dallas, son supérieur hiérarchique ; dans *Aliens, le retour*, Ripley s'entiche d'un militaire au sang froid et au regard rassurant (joué par le même acteur qui, jadis, protégea Sarah Connor dans *Terminator*), avant que les impératifs maternels ne le remisent sur le banc de touche du final (un homme, si charmant soit-il, n'a rien à faire dans un duel de mères) ; dans *Alien 3*, Ripley campe une Marie Madeleine débarquée malgré elle dans une sorte de monastère pénitentiaire, entre les murs sacrés duquel elle entretiendra crânement une relation sexuelle avec un trouble médecin ; dans *Alien, la résurrection* (1997), elle ira jusqu'à manifester un désir ambigu et dominateur à l'endroit d'une jeune femme se révélant être un androïde (Winona Ryder), comme s'il s'agissait pour cette amazone désabusée de faire comprendre qu'elle ne nourrissait plus le moindre désir pour l'homme – l'humain comme le mâle.

Un épilogue en forme de renoncement et de sublimation, qui affranchit cette féminité désenchantée de tout déterminisme procréateur, mais aussi de tout lien avec le masculin – lequel n'aura cessé de la rejeter, que ce soit à travers la division de marines virilistes d'*Aliens, le retour* (qui la traitera comme un boulet) ou les violeurs en repentir d'*Alien 3* (qui verront en elle un succube). Il faudra d'ailleurs que Ripley s'emploie régulièrement à dissimuler cette féminité honteuse ou inspirant la défiance – en atteste l'évolution capillaire que le personnage connaîtra durant les trois premiers films : des cheveux longs dans le premier épisode, une coupe à la garçonne dans le deuxième, une boule à zéro dans le troisième. Addendum quasi parodique, *Alien, la résurrection* permettra à Ripley d'accéder enfin à une forme de féminité toute-puissante et ostentatoire (en plus d'une force herculéenne,

■□□
Sigourney Weaver pose pour la promo d'*Alien*.
© 20th Century Fox

□■□
Ripley face au monstre dans *Alien 3*.
© 20th Century Fox

□□■
L'équipe du Nostromo au complet dans *Alien*.
© 20th Century Fox

Évidemment, nous n'aurions pu être plus ravis. Les parents se sont inquiétés plus d'une fois de ne pas nous voir revenir au crépuscule, et nous débarquions fourbus, les joues rougies par le froid, prêts à dîner. On nous grondait un peu de revenir aussi tard, mais aucun de nos parents n'avait l'air vraiment fâché : l'un comme l'autre appréciaient la paix, avant que la tornade (nous) fasse trembler la maison (et eux avec).

Jusqu'au moment où j'ai pris une flèche dans l'épaule.

▶ p. 90

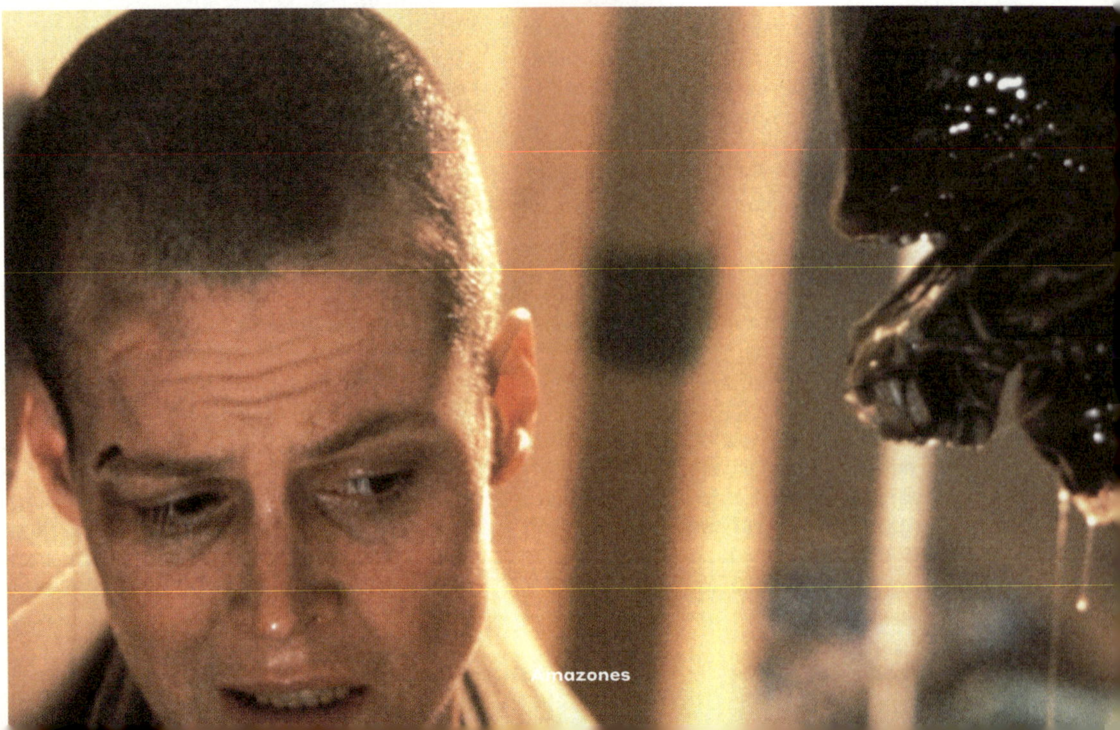

Dans Alien 3**, Ripley campe une Marie Madeleine débarquée malgré elle dans une sorte de monastère pénitentiaire.**

elle y retrouve ses belles boucles brunes). Mais le cœur n'y est plus : immortelle, revenue de tout, glissant au-dessus des cadavres et des événements comme une divinité grecque, elle prête main-forte à une meute d'humains en panique tout en leur promettant à chaque réplique une mort certaine.

Une étrangère

Méfiante vis-à-vis de l'humain en général et de l'homme en particulier, Ripley trouve donc paradoxalement la condition de son indépendance dans une manière d'hybridation avec l'alien (« Maintenant je fais partie de la famille », susurre-t-elle avec ironie dans le mal-aimé *Alien 3*). Sa résurrection dans le quatrième épisode croise en effet son patrimoine génétique avec celui du xénomorphe, et inversement (l'alien devient vivipare, comme les mammifères, et son « visage » est dorénavant creusé par des yeux qui lui confèrent une émouvante expression d'humain difforme). Mais aux âmes damnées, le destin est têtu : mère à jamais, Ripley demeure acculée au pied d'une impasse tragique qui l'obligera à fusionner son chagrin de mère contrariée avec la destinée du prédateur extraterrestre. Rejouant l'expulsion matricielle du premier épisode, la fin d'*Alien, la résurrection* voit ainsi Ripley pleurer l'agonie désespérée d'un alien humanoïde, qui se meurt tout en suppliant son aïeule de le sauver. La boucle est bouclée : dans un même élan, comme deux cauchemars que l'on refermerait l'un sur l'autre, l'amazone se débarrasse de sa progéniture et de sa némésis.

Affranchie de ce démon récalcitrant comme du poids de la maternité, Ripley se retrouve enfin libre – mais pour quelle vie, désormais ? Lors des dernières secondes du film, on l'observe pour la première fois fouler le sol d'une Terre désolée par l'Apocalypse. Elle tente vainement, à travers sa mémoire abîmée par les morts et les résurrections, d'y arracher les souvenirs de la femme qu'elle fut peut-être un jour. Elle confesse alors à son amante androïde : « *I'm a stranger here myself* » – mais elle aurait très bien pu dire : « *I'm an alien.* » Si le constat semble résigné, il faut savoir lire à travers l'épais rideau de désillusion une certaine forme de soulagement. Un apaisement, un murmure – « Enfin, je ne fais plus partie du monde des hommes. » ✖

Sept princesses combattantes

Aux origines des Vivian Girls de Henry Darger
Par Xavier Mauméjean

Les Vivian Girls sont sept sœurs blondes qui traversent l'épopée guerrière de l'écrivain et peintre Henry Darger. Leur beauté est telle qu'aucun artiste ne peut la retranscrire, nous dit Darger qui ne cessera pourtant de le faire au travers de ses romans, Dans les royaumes de l'Irréel **et** Nouvelles Aventures à Chicago**, ainsi que dans ses centaines de toiles et dessins. Leurs aventures, à la fois atroces et naïves, offrent un mixte parfait de l'Apocalypse selon Jean et du** Magicien d'Oz **de Lyman Frank Baum.**

Filles de l'empereur Robert Angelic Vivian et d'Annie Trecia, les Vivian Girls ont entre sept et onze ans ; certaines sont probablement jumelles. Lors de leur première apparition, Violet, leader de la sororité, énumère : « Je m'appelle Violet, et voici mes sœurs : Joice, Jennie, Evangeline, Daisy, Hettie et Catherine. » Maintes fois décrites comme proches de la perfection, elles forment un sujet collectif paré de toutes les qualités. Expertes en armes et cavalières émérites, elles peuvent se déplacer à une vitesse hallucinante. Le sort de la guerre, livrée contre la terrible nation de Glandelinia qui massacre les enfants, est entre leurs mains. Au volume IX des *Royaumes de l'Irréel*, le message de leur père est clair : « Il dépend de vous que l'armée chrétienne échappe à la défaite. » Par ailleurs, en filles de bonne famille, elles sont également des musiciennes et danseuses accomplies.

« The Seven Vivian Girls » est ainsi une désignation qui a valeur de concept, un ensemble dont les éléments partagent les mêmes propriétés. À aucun moment, Darger n'indique l'origine de leur nom. « Vivian », du latin *vivianus*, le fait de persister à vivre, pourrait renvoyer à sainte Viviane, martyrisée à Rome au IVe siècle sous le règne de Julien l'Apostat, fouettée à mort par deux bourreaux au moyen de cordes plombées. Le contexte catholique et le mode de torture correspondraient bien à l'imagerie sacrificielle de Darger. Pas plus n'explique-t-il pour quelle raison elles sont au nombre de sept. Ce chiffre présente une symbolique marquée dans la tradition chrétienne (septième jour qui accomplit la création, sept péchés capitaux, sept vertus catholiques...) et est largement présent dans l'Apocalypse de Jean, livre dont on sait qu'il est une source d'inspiration pour Darger.

Peinture des Vivian Girls **par Henry Darger.**

Les filles d'Oz

L'influence la plus probable, au moins quant à la représentation des sœurs, est certainement le cycle d'Oz de Lyman Frank Baum. Dans *La Route d'Oz* apparaissent Polychrome et ses sœurs, au nombre de sept, blondes et belles, leurs robes reproduisant les couleurs de l'arc-en-ciel. De même, la générale Jinjur, héroïne du *Merveilleux Pays d'Oz*, commande une armée entièrement composée de filles. Jeanne d'Arc – béatifiée le 18 avril 1909 et canonisée le 6 mai 1920, faits strictement contemporains de Darger qui travaillait comme homme à tout faire dans des hôpitaux catholiques – est une influence possible des Vivian Girls, comme le pense Saitō Tamaki dans son essai *Beautiful Fighting Girl*. Quoi qu'il en soit, les Vivian Girls forment un groupe insécable dont l'action est essentiellement collective.

Lorsqu'un général, John Manley, lance sa charge contre elles, Violet pointe son pistolet, mais c'est Catherine qui lui loge une balle en plein front. À la bataille de Lester De Pester, leur frère félon, le général Germania Vivian, est déchiré par une salve de mitrailleuse Gatling. En apprenant la nouvelle, les sœurs sont choquées et fondent en larmes, avant de se reprendre dans un bel ensemble : il n'y a pas lieu d'être attristé par la mort d'un être aussi méchant, même s'il s'agit de leur frère. Princesses combattantes, elles affrontent tous les dangers, multipliant les activités d'espionnage et de guérilla. Les fillettes font de la guerre un jeu, pratiquant ce que Bob Hughes a appelé « l'adultération », activité ludique pervertie par le comportement des adultes. Ainsi jouent-elles dans un camp de concentration, anticipant de façon sinistre les observations menées en 1969 par les époux Opie, sociologues ayant rassemblé les témoignages d'enfants détenus à Auschwitz, et qui s'adonnaient au « jeu de la chambre à gaz ».

Des héroïnes immuables

Les Vivian Girls sont au cœur de la fiction et en forment le chœur. Dans son acception antique, le chœur commente le récit et y intervient, non pour le modifier mais afin de s'assurer que le drame se déroule selon sa propre modalité. Il en va de même chez Darger. À la fois témoins et actrices du drame, les Vivian Girls sont totalement conformes à elles-mêmes. Elles sont imperméables à l'imprévu, au lâcher-prise, et ne perdent jamais contenance. Les situations vécues n'entraînent aucune réaction inattendue, mais au contraire suscitent des comportements adéquats. Les princesses donnent toujours l'impression de tenir un rôle, celui des Vivian Girls. Après tout, c'est encore elles qui le jouent le mieux.

L'intrigue ne permet pas de développer le caractère des sœurs Vivian, et leur caractère n'appelle aucun développement de l'intrigue.

Princesses combattantes, les Vivian Girls affrontent tous les dangers, multipliant les activités d'espionnage et de guérilla.

Darger raconte, et raconte encore, sans jamais révéler de nouveaux aspects de ses héroïnes, simplement des variations d'une unité qui est déjà intégralement là et demeure, se confirme identique à travers les changements. Pour les Vivian Girls, les événements ne sont pas des obstacles à surmonter en vue de vivre enfin, puisqu'elles n'ont rien d'autre à vivre que surmonter les obstacles. C'est à peine si elles ont un passé, rarement évoqué et toujours pour les mêmes faits. La guerre n'ajourne pas leurs projets, ne diffère aucune perspective d'avenir, collectif ou individuel. Simplement parce que les sept princesses n'ont aucune vie en dehors de la guerre.

Chaque épisode de leurs aventures forme ainsi un *standalone*, récit complet qui contient tous les éléments nécessaires à sa compréhension. Par ailleurs, les princesses répondent à la distinction établie par Umberto Eco entre « consommation » et « consumation ». Ne connaissant aucun changement qui viendrait altérer leur nature, et donc les consumer, les Vivian Girls peuvent faire l'objet d'une consommation continuelle. En ce sens, les héroïnes de Darger semblent tributaires des comic strips, notamment de la série *Little Annie Rooney* de Darrell McClure, référence insigne de Darger qui voit une fillette orpheline enchaîner malheurs et infortunes, n'entraînant aucune modification dans sa situation, et sans que les années de parution ne provoquent son vieillissement. De même, les Vivian Girls évoluent dans un processus d'itération où leurs aventures, dont les enjeux nous sont pourtant présentés comme à chaque fois fondamentaux, sont une reprise d'un même motif continuellement décliné. En demeurant elles-mêmes, les sept princesses s'opposent à l'entropie qui gagne continuellement leur monde.

Ensemble seulement

Ailleurs, les Vivian Girls ne pourraient exister ; c'est pourquoi il n'y a pour elles aucun ailleurs. Du moins est-ce le cas dans *Dans les royaumes de l'Irréel*. Il en va tout autrement dans *Nouvelles Aventures à Chicago* où Evangeline envisage un futur hors de la sororité. Lectrice assidue, elle veut plus tard devenir écrivain. Un souhait que Darger va lui faire payer cher, lui qui n'a connu d'autre lecteur que lui-même. Evangeline est enlevée à Chicago. Privée de la force collective que lui assurait le groupe, réduite au statut de simple fillette, elle sera violée, fouettée avec une ceinture cloutée de cow-boy, attachée à un cactus en pleine tempête, forcée de boire de l'eau croupie. Evangeline est réduite par son tourmenteur aux tâches d'une épouse-esclave et dépérit, perdant progressivement sa dignité de princesse combattante. L'acharnement à la rabaisser, elle qui a fait montre de caractéristiques singulières en dehors du groupe, signifie bien qu'une Vivian Girl n'a de sens, et pour seul sens, qu'en tant qu'élément de l'ensemble. Isolée, Evangeline n'est qu'un individu, une particularité négligeable comme il en existe tant. Un esprit solitaire qui se rêve écrivain. Autrement dit, un double fictionnel du romancier.

Après avoir envisagé un temps de tuer les Vivian Girls en date du 4 juillet 1919, Darger les fera monter au paradis. Délivrées de la répétition des massacres qui garantissaient leur identité tant que s'enchaînaient les péripéties, les princesses se fondent dans un état de stase, parachèvement de la stabilité mobile qui figeait leurs exploits. Les Vivian Girls sont alors destinées à être éternellement consommées. Dès les premiers volumes, Violet l'avait prédit sans passion : « Il n'y aura jamais de fin à nos maux. » Le ciel, comme l'enfer, rend tout acceptable. ✖

ISOLA™
Long dream't Crown
Awakens four
Mark haunted hearts
To Isola's shore

SSSSSS-SSSSSSSSS--

-SSSSSS-SSSS-SSSSS

Olwyn ?

NON !
NON !
Tout est ma faute.
TU VAS ME LE PAYER ! TU M'ENTENDS ?

VOTRE MAJESTÉ.
J'AI PRÉPARÉ DES LAPINS POUR LE PETIT-DÉJEUNER.
L'ASSAISONNEMENT LAISSE SANS DOUTE À DÉSIRER.
PARDONNEZ-MOI.
CE N'EST PAS CE À QUOI VOUS ÊTES HABITUÉE.

QUATRE JOURS DE MARCHE ENVIRON NOUS SÉPARENT DE KASING, OÙ NOUS POURRONS NOUS RÉAPPROVISIONNER.
J'Y DÉNICHERAI UN LIVRE SUR LES PLANTES SAUVAGES.
LA GRAND-ROUTE EST PLUS DIRECTE, MAIS J'AIMERAIS RESTER AU SUD DES LACS.
ET DES... *HEM*... CLANS DE CHASSEURS.
LE BEAU TEMPS SEMBLE SE MAINTENIR.
FINIE LA PLUIE. POUR UN TEMPS, DU MOINS.
VOTRE MAJESTÉ ?

NOUS NE POUVONS REGAGNER MAAR. DÉSOLÉE, MAIS C'EST IMPOSSIBLE.
NUL NE VOUS RECONNAÎTRAIT SOUS CETTE FORME DE... DE... FÉLIN.
À PEINE AURONS-NOUS FRANCHI LES PORTES DE LA VILLE QU'IL VOUS AURONT TUÉE. ET MOI AVEC, SANS DOUTE.
JE VOUS DEMANDE DE ME FAIRE CONFIANCE... ENCORE UN PETIT PEU.
JE PEUX TOUT ARRANGER.
ISOLA EXISTE, VOTRE MAJESTÉ.
J'EN SUIS PERSUADÉE.
MAIS JE RESTE VOTRE HUMBLE SERVITEUR.
ET J'AGIRAI SELON VOS DÉSIRS.

-hmf-
DE PAR LES PLAINES OÙ PÉRISSENT LES COLSAA
-hmf-
ET PAR LES SABLES OÙ VOLENT hmm hmm
-hmf-
Hm hm... hm ?
QUE... ?
QU'Y A-T-IL ?
AAH !

THUM THUM
... par tous les dieux de...
RESTEZ DERRIÈRE MOI !
THUMM

hff
Purin

PURIN !
REGARDEZ-MOI ÇA !
JE... GRAAAHHHH
DEUX JOURS QU'ON VOYAGE ET DÉJÀ LAMINÉES !
COMMENT POURRAIS-JE RÉUSSIR QUOI QUE CE SOIT...
... QUAND JE NE COMPRENDS PAS UN FOUTU MOT DE CE QUE VOUS RACONTEZ ?!
JE N'AURAIS PAS DÛ DIRE ÇA. JE...
J'AI PARLÉ SANS RÉFLÉCHIR.
JE N'AVAIS JAMAIS VU PAREILLE CAVALCADE.
JE ME DEMANDE CE QUI A PU LES...

... par les dieux.

TOUT CE SANG...
ÇA ALORS... ET MOI QUI LES CROYAIS *IMMORTELS*.
POURQUOI VOLAIT-IL SEUL ?
ILS NE SONT PAS CENSÉS... ?
À TERRE !

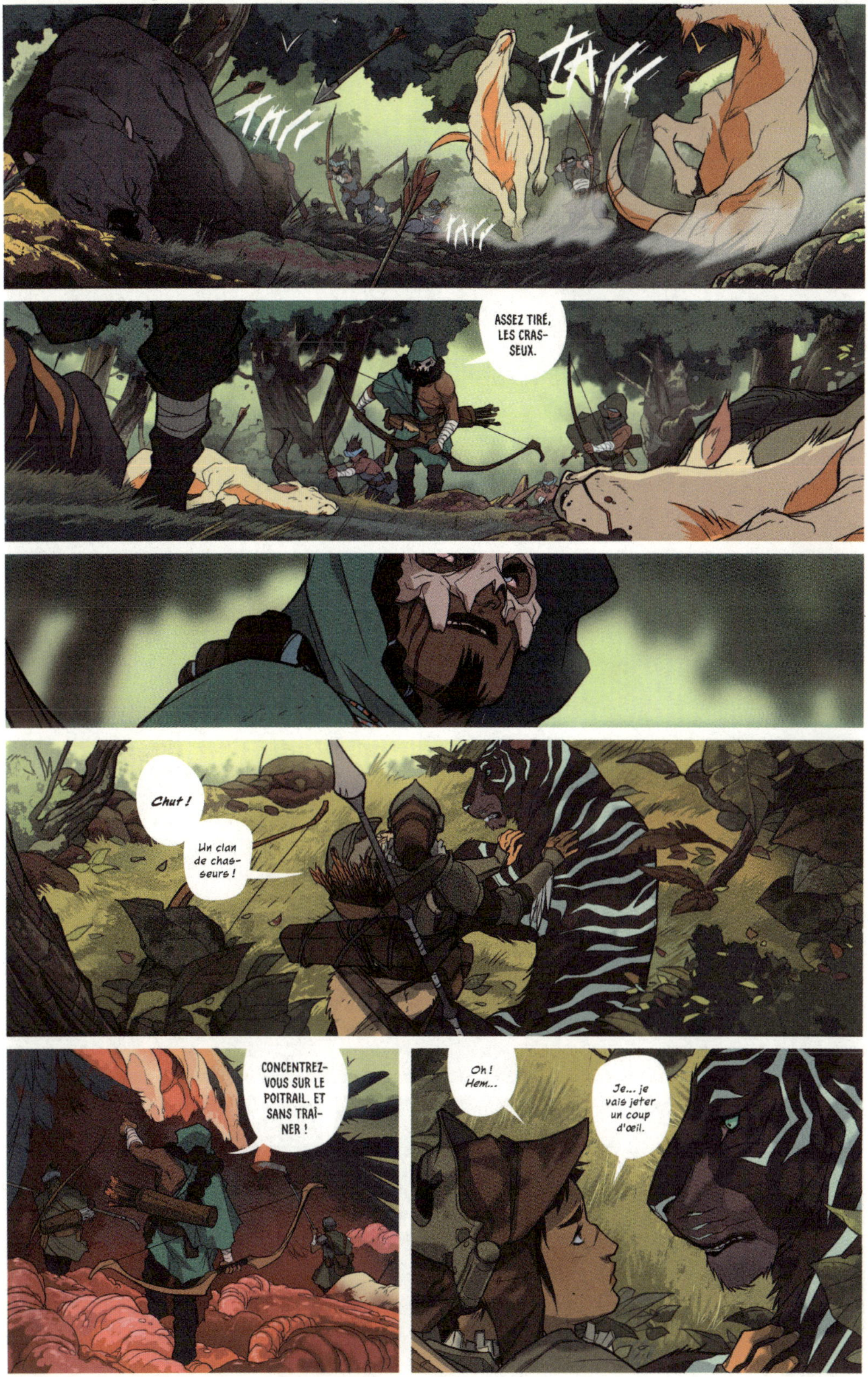
ASSEZ TIRÉ, LES CRAS-SEUX.
Chut !
Un clan de chas-seurs !
CONCENTREZ-VOUS SUR LE POITRAIL. ET SANS TRAÎ-NER !
Oh ! Hem...
Je... je vais jeter un coup d'œil.

OUAIS, JE LES CONNAIS, CES TYPES.
DES ARCS LONGS.

ÇA ME REND MALADE.
PAR LEUR FAUTE, LA COLÈRE DES DIEUX VA S'ABATTRE SUR NOUS TOUS.
... PURIN.
MAJESTÉ... NOUS ALLONS DEVOIR CHANGER D'ITINÉRAIRE. J'AI CRU VOIR QUELQUE CHOSE. J'IGNORE QUOI, MAIS CETTE VALLÉE EST TROP DANGE-REUSE. ON POURRAIT VOUS ABATTRE DE MILLE FAÇONS.
AVEC VOTRE PERMISSION, MIEUX VAUT QUE VOUS ATTENDIEZ ICI QUE...

SKLWSH
SKLWSH
Puisses-tu nous pardonner, Hallum.
Et puisse ton esprit retrouver le chemin d'Isola.
LE TIEN AUSSI, PETIT CAPUCIN.

VOTRE MAJESTÉ ? VOUS AVEZ FAIM ?
REINE OLWYN ?
Bons dieux, Rook.
Ressaisis-toi.
OH, ho HO !

QUI EST LÀ ?!
Hou-TCHOU !
HA-ha ha !
TCHA !
NE BOUGE PAS ! ENCORE UN PAS ET JE TE TROUE LA PANSE, ÉTRANGER !
Ha.
JE TE JURE QUE...
MAJESTÉ.
GRAND, TRÈS GRAND HONNEUR POUR PRING, VOTRE HUMBLE SERVITEUR.

HÉ !
LÈVE LES YEUX ! SI TU VEUX PARLER, TU ME PARLES À *MOI* !
ATTENDAIS MA DAME DEPUIS LONGTEMPS. *SAVAIS* QU'ELLE VIENDRAIT.
HÉ !
OH, VOTRE VISAGE...
SI TU LA TOUCHES, JE TE...
HMMM, SANG DE HALLUM.
MA PAUVRE, MA *PAUVRE*. PAS PU S'EMPÊCHER DE GOÛTER À CHAIR DÉCHUE.
TANT DE NOUVEAUX INSTINCTS À DOMINER. VOUS AIDERONT, À TERME. VOUS GUIDERONT.
NOUS GUIDERONT *TOUS*.
PRING A BEAUCOUP DE CHANCE.
hhhhh

PARLE, SOLDAT.
QUELQUE CHOSE À DIRE ? DIS. TROP DE PENSÉES. TROP DE CONFU-SION.
COMMENT SOLDAT PEUT L'AIDER ? HM ?
COMMENT SOLDAT PEUT SAVOIR ?
COMMENT SOLDAT PEUT LA SERVIR, HM ?
REINE EST DAVANTAGE, DÉSORMAIS.
Tu es un Moro.
DEPUIS COMBIEN DE TEMPS NOUS SUIS-TU ?
DEPUIS MAAR ?
MORO ONT APPRIS TCHOU POUR COMPRENDRE QUATRE-PATTES.
PRING PEUT INI-TIER.
TCHOU TCHOU !
PEUT INITIER N'IMPORTE QUI. MÊME TÊTE DE MULE COMME TOI. Ha.
TES YEUX SONT D'ACIER TREMPÉ, MAIS VIBRENT D'AMOUR, SOLDAT.
PRING LES REMARQUE ENTRE LES ARBRES.
TCHOU TCHOU !
Ha ha ha !
!
hkk

WALF !
LA SORCIÈRE A PLANTÉ WALFIE !
agkkk...
TIREZ-VOUS !
VITE !
CETTE TERRE DÉPEND DE LA COURONNE. VOTRE CONTRAT NE S'APPLIQUE PAS ICI !
CONTRAT ?!
ON N'EST PAS EN CHASSE, SORCIÈRE.
MAIS TU NOUS DOIS TON TIGRE OU TON SANG, MAINTE-NANT.
APPROCHEZ-VOUS D'ELLE ET, PAR LES DIEUX, JE VOUS HACHE MENU.
"Elle" ? La proie-rayée serait une femelle ?
Ça vaut le double sur les marchés, mon vieux Brottie.
AU DIABLE LES MARCHÉS.
CE SANG-LÀ COULERA POUR WALFIE !
HNNH !
AAAAARCKK !

HMF... COINCÉE...
OÙ SE CACHE CE PURIN DE MORO... ?
... BONS DIEUX !
ohhhhhh puriiiiin...
... minou minou.
Ne... ne me tue pas...
NE ME TUE PAS !
NON ! REV... HMF !
REVIENS ICI ! JE NE VAIS PAS...
PURAAHHH!
MAIS VOUS ATTENDEZ QUOI, BONS DIEUX ?
FONCEZ ARRACHER LA TÊTE DE CE CRASSEUX AVANT QU'IL PUISSE AVERTIR SON CLAN DE...
V... VOTRE MAJESTÉ.
JAMAIS JE N'AURAIS DÛ ME PERMETTRE DE VOUS PARLER AINSI.
J'AI MANQUÉ DE...
Veuillez m'excuser.

hnf
hnf
hnf

ISOLA

CITY

Scénario : Brenden Fletcher
Dessin : Karl Kerschl
Couleurs : MSassyK
Traduction : Maxime Le Dain

Transformée en tigre par celle qui lui a volé son trône, la reine Olwyn va devoir aller jusqu'à Isola. À ses côtés pour atteindre cette île située à l'autre bout du monde, connue comme étant la terre des morts, son garde du corps, le capitaine Rook.

Publié pour la première fois en avril 2018 aux éditions Image Comics après un prélude édité deux ans plus tôt (dans Motor Crush), Isola est un projet que ses auteurs, le scénariste Brenden Fletcher (Gotham Academy) et le dessinateur couronné d'un prix Eisner Karl Kerschl (Gotham Academy, The Abominable Charles Christopher), portent depuis la cour de récréation.

Accompagnés de la coloriste MSassyK, ils livrent ici un univers solide dont les premières pages au style racé ne sont pas sans rappeler quelques passages de Princesse Mononoké.

En partenariat avec Urban Comics, Carbone a le plaisir de vous présenter *Isola* en français, en avant-première nationale.

QU'ELLES VIENNENT DU CINÉMA, DE LA LITTÉRATURE, DE LA BD OU DU JEU VIDÉO, LES COMBATTANTES ONT MILLE VISAGES, MILLE HISTOIRES, MILLE MANIÈRES DE TRANSFORMER LE MONDE. PORTRAITS.

⧗ C'était une après-midi d'automne comme les autres, et nous avions renâclé à faire nos devoirs. Quand nous fûmes tous trois libérés, nous partîmes – comme toujours – dans les bois pour vivre nos aventures. Mais en voulant protéger mon petit frère, je subis la vindicte de ma sœur, qui décocha par inadvertance la flèche qu'elle se gardait de lâcher.

Nous avions retiré les embouts molletonnés des projectiles pour tirer dans un vieux tronc pourri et recouvert de mousse. Aussi la pointe de bois se ficha-t-elle dans ma chair, traversant les vêtements, mordant dans la peau.

● misc#01

Bayonetta

Corps de pin-up monté sur le visage d'une *office lady*, Bayonetta a tout, en apparence, de l'héroïne de jeu vidéo hypersexualisée. Pourtant, tout la sépare ou presque de Lara Croft (si on exclut l'aventurière dernière génération). Reine d'un diptyque d'action au gigantisme affolant (un troisième jeu est prévu), Bayonetta a beau prendre des poses suggestives à tout bout de champ, montrer ses fesses, dresser son flingue entre ses cuisses, elle n'est jamais un corps à disposition du regard masculin. Mais un corps en pleine possession de lui-même, un corps indépendant, que chaque autre personnage respecte, qui maîtrise son destin, et qui impose une absolue égalité. Créée par des hommes (le studio PlatinumGames), elle est pourtant l'une des stars les plus féminines du jeu vidéo. ✖

● misc#02

Katniss Everdeen

Si le genre ne date pourtant pas d'hier, le *young adult* affole depuis des années les éditeurs américains. Fortes des succès en librairie, les adaptations au cinéma n'ont cessé de pleuvoir, de *Twilight, Harry Potter, Percy Jackson* au *Labyrinthe* en passant par *Nos étoiles contraires*, et bien sûr *Divergente* et *Hunger Games*. Ces deux derniers, en mettant en scène des combattantes, dépeignent des mondes futuristes hantés par des régimes totalitaires. Chaque fois, la femme, qu'elle s'appelle Katniss Everdeen ou Beatrice Prior, prend les armes pour renverser par la force l'oppression. Si la lutte armée peut sembler un automatisme étrange, il est aussi l'indicateur d'une jeunesse qui, peu importe l'époque, sait que l'on entrave toujours quelque part ses libertés. ✖

● misc#03

Pam Grier

Avant que Quentin Tarantino ne la redécouvre et ne la sublime pour toujours dans *Jackie Brown*, Pam Grier végétait dans des rôles sans relief, seuls quelques auteurs comme John Carpenter ou Michael Mann se rappelant qu'elle fut la reine de la blaxploitation, ce cinéma avec des Noirs, pour les Noirs, mais parfois tournés par des Blancs. Car, dans les années 1970, Pam Grier s'appelait à l'écran Foxy Brown ou Coffy (la panthère noire de Harlem) et bottait le cul des dealers l'arme au poing, prête à se faire passer pour une prostituée si besoin était – et tant pis si alors elle enfonçait la tête de sa communauté dans des stéréotypes que cette dernière cherche à fuir. Pam Grier y est une étoile noire qui sera adoptée par nombre de féministes pour sa capacité à se venger des hommes qui barrent son chemin. ✖

● misc#04

Maeve Millay

Maeve, c'est Thandie Newton dans le remake télévisé de *Westworld* diffusé sur HBO. Relecture philosophique et cryptique du film de Michael Crichton où les robots d'un parc d'attractions se révoltent contre les humains, la série explore et analyse comme personne les rouages à l'œuvre avec le jeu vidéo. Plus encore, il s'interroge sur ce qui nous rendrait humains, prenant comme chef-lieu la mémoire. Dans cette équation à personnages multiples, Maeve joue la mère blessée. Prostituée star de ce western pas si virtuel, elle se souvient d'une enfant qu'elle n'a pu sauver lors d'une vie précédente, sans cesse prise dans une boucle meurtrière due au programme ou aux joueurs – tous des hommes. Inutile de chercher plus loin : Maeve devient une amazone puisant sa révolte dans les réminiscences de sa maternité bafouée. ✖

● misc#05

Edwige Fenech

Du *giallo*, thriller horrifique italien, on a parfois oublié de dire que les meilleurs films n'étaient pas toujours ceux de Dario Argento et de Mario Bava. Souvent éclipsés, sauf pour les amateurs du genre, les films ayant en tête d'affiche Edwige Fenech – *Toutes les couleurs du vice*, *Les Rendez-vous de Satan* ou encore *L'Étrange Vice de Mme Wardh* (la plupart signés Sergio Martino) – ont donné à l'actrice des moments d'une intensité inoubliable. Bien plus que pour sa plastique souvent dénudée qui pourrait faire croire à un érotisme bon marché, Edwige Fenech traverse chaque film avec une beauté énigmatique qui renvoie le regard masculin à la révolution sexuelle alors en cours – et dont les productions cinématographiques feront parfois presque malgré elles leur sujet. Magnétique, troublante, elle est un révélateur. ✖

MARKE

Faire le tour du monde

Nellie Bly, pionnière du journalisme d'investigation
Par Ursula Michel

S'infiltrer pour enquêter, gommer son identité pour en endosser une autre, se glisser clandestinement là où l'on ne vous attend pas, tel est l'objectif des journalistes d'investigation. Si ce milieu apparaît souvent comme éminemment masculin, de nombreuses femmes ont pourtant brillé dans ce difficile exercice : Pam Zekman, qui a fait tomber un vaste réseau de corruption à Chicago en 1977 ou Barbara Ehrenreich, dont le livre, L'Amérique pauvre. Comment ne pas survivre en travaillant**, étrille les conditions de travail dans les Walmart. Des femmes différentes dans leurs approches, leurs méthodes et pourtant toutes héritières d'une seule, la pionnière de ce journalisme incarné : Nellie Bly.**

Tout commence il y a presque 140 ans par un article de presse : « Ce à quoi sont bonnes les jeunes filles » (« *What Girls are good for* »). C'est le titre de cet article paru dans le *Pittsburgh Dispatch* qui fait bondir la jeune Elizabeth Jane Cochran. Du haut de ses seize ans, et signant « l'orpheline solitaire », elle rédige une lettre assassine au journal, pour exprimer sa colère vis-à-vis de cette misogynie ordinaire qui voudrait enfermer la gent féminine dans ses uniques prérogatives domestiques et familiales. Il faut dire qu'en 1880, aux États-Unis (et ailleurs aussi), les perspectives d'émancipation pour les femmes frôlent le néant. Pas de droit de vote (il faudra attendre 1920 au pays de l'Oncle Sam, 1928 au Royaume-Uni et 1944 en France). Une vie sociale cantonnée au rôle d'épouse et de mère, et une existence juridique intrinsèquement liée à son statut conjugal (les femmes célibataires n'ont pas, au XIXe siècle, le droit de gérer leurs avoirs et leurs revenus ni de posséder une propriété en leur nom). Or Elizabeth ne l'entend pas ainsi. Elle, que l'on destine à une carrière de dame de compagnie, se rêve en écrivaine ou en poétesse. Et ce sont bien les mots qui vont lui ouvrir des horizons inattendus.

Absolument épaté par la fougue de sa prose, George Madden, le rédacteur en chef du *Pittsburgh Dispatch*, lui propose d'écrire dans ses colonnes. Le divorce et son impact sur les femmes, la vie difficile des ouvrières... Les sujets qui intéressent Elizabeth, rebaptisée Nellie Bly par Madden, questionnent inlassablement sur la place des femmes dans la société américaine et les conditions de travail dans le monde ouvrier. Après un long voyage au Mexique en 1886, où elle écrit son premier livre *Six mois au Mexique*, avec lequel elle veut tordre le cou aux idées reçues de ses compatriotes sur leur voisin hispanophone, elle quitte Pittsburgh pour tenter sa chance à New York.

Direction New York

En cette fin de XIXe siècle, le monde de la presse est en pleine révolution, et l'affrontement des deux magnats de l'époque que sont William Randolph Hearst et Joseph Pulitzer en est l'une des clés de voûte. D'un côté, Hearst, l'héritier. À la tête de la fortune minière de son père, l'homme, qui a inspiré Orson Welles pour créer son premier film, *Citizen Kane*, est à la recherche de nouvelles voies de développement industriel ; il décide alors d'investir dans la presse. Il prend la tête du *San Francisco Examiner* en 1887 et s'attaque à la côte Est huit ans plus tard en rachetant le *New York Morning Journal*, créé par Albert Pulitzer, le jeune frère de Joseph. De l'autre, Pulitzer, l'immigré hongrois naturalisé en 1867. Armé d'une plume talentueuse et nanti d'une immense ambition, Pulitzer gravit doucement mais sûrement les échelons journalistiques : d'abord à Saint Louis où il fait ses armes, puis dans la Grosse Pomme où il acquiert, en 1883, le *New York World* alors en difficultés financières. Pour relancer son journal et pour contrer Hearst, son concurrent direct, Pulitzer développe le *yellow journalism* ou journalisme jaune : un melting-pot éditorial d'articles de fond, de titres à scandale, d'informations biaisées ou orientées et de dessins de presse. L'ancêtre des tabloïds est né, et la rivalité opposant Hearst et Pulitzer va dynamiser leurs titres respectifs jusqu'alors moribonds (le *New York World* avoisine ainsi le million d'exemplaires quotidiens).

■□
Jeu de l'oie inspiré du tour du monde de Nellie Bly.

□■
Portrait de Nellie Bly.
© Bettmann/Corbis

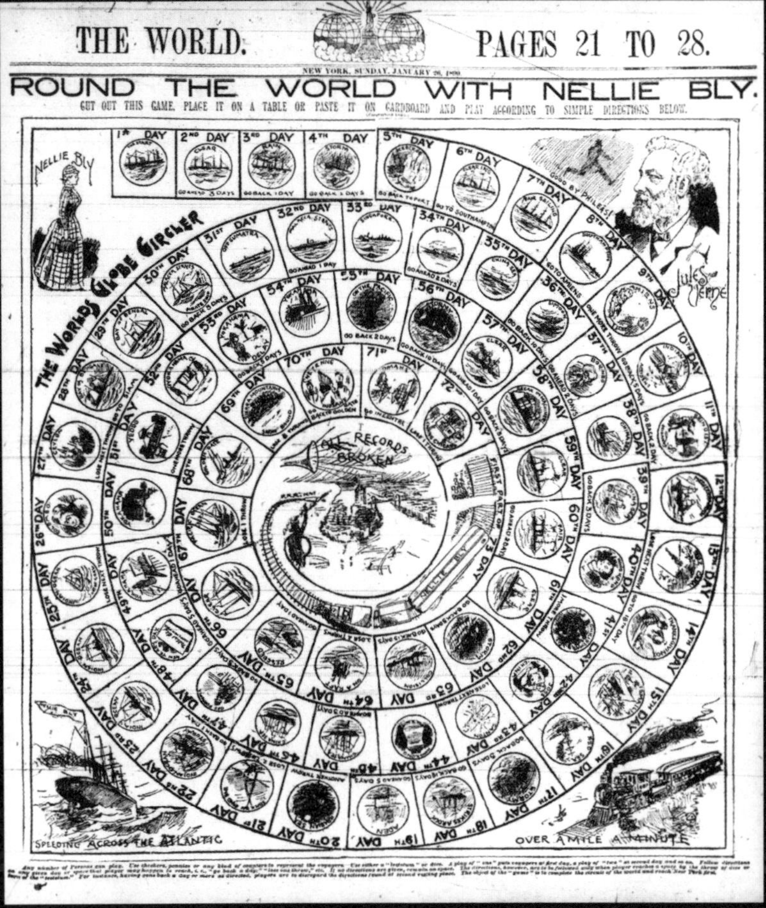
THE WORLD. PAGES 21 TO 28.

NEW YORK, SUNDAY, JANUARY 26, 1890.

ROUND THE WORLD WITH NELLIE BLY.

CUT OUT THIS GAME, PLACE IT ON A TABLE OR PASTE IT ON CARDBOARD AND PLAY ACCORDING TO SIMPLE DIRECTIONS BELOW.

⧗ Direction les urgences avec un morceau de bois qui dépasse du tee-shirt : chaque cahot de la voiture, chaque virage, était un petit calvaire, mais je me mordis la lèvre et l'intérieur de la joue jusqu'à sentir le goût du sang. Mais je ne voulais pas chialer : j'étais une dure, et je devais assumer ma bêtise.

Les larmes et les sanglots ne vinrent que quand l'urgentiste me demanda de raconter.

▶ p. 109

C'est dans ce contexte que la journaliste Nellie Bly, vingt-trois ans, débarque à New York en mai 1887. Elle a beau se présenter dans les rédactions de la ville, postuler au *New York Times* ou au *New York Tribune*, le milieu, éminemment masculin, lui est plutôt hostile. Mais Pulitzer est malin. Quand il rencontre la demoiselle, qui frappe à toutes les portes sans discontinuer, il flaire son potentiel et la publicité que cet oiseau rare pourrait lui rapporter. Il lui propose un marché pour le moins étonnant : si elle parvient à infiltrer le Blackwell's Island Hospital, un hôpital psychiatrique pour femmes sur Roosevelt Island, et à en ramener un témoignage exclusif, il l'engage dans sa rédaction. Déjà rompue à l'exercice de l'immersion (Nellie s'était fait engager dans une usine à Pittsburgh pour y observer les conditions de travail des ouvrières), la jeune femme passe la nuit devant son miroir pour parfaire ses expressions, ajuster sa voix, préparer son plan. Le matin suivant, elle s'installe dans une maison de travailleuses, joue son rôle à la perfection et se fait rapidement embarquer par la police. Après un passage express devant un juge qui la considère comme instable, elle est transférée dans le fameux asile.

Elle en ressort dix jours plus tard, grâce à Pulitzer. Son reportage (une version intégrale est publiée en France : *Dix jours dans un asile*, Éditions du sous-sol), qui dépeint un univers insalubre fait d'humiliations et de brutalité, rencontre un immense succès qui conduit même jusqu'à l'augmentation du budget alloué aux établissements psychiatriques et à un changement des critères d'évaluation avant internement. Le courage de Nellie Bly, prête à plonger clandestinement dans les milieux les plus sombres de la société américaine pour rendre compte d'une réalité peu connue (et volontiers ostracisée), s'exprime de nouveau en 1887. Sur les conseils de l'administrateur du *New York World*, elle infiltre l'entourage d'Edward Phelps, un trafiquant notoire. Aucune arrestation ne suit la publication de ses révélations, mais Nellie gagne ses galons d'enquêteuse et prouve, à ceux qui en doutaient, qu'une femme talentueuse peut s'imposer dans un milieu phallocrate.

Toutefois, malgré sa notoriété grandissante et la qualité indéniable de son travail, elle doit sans cesse faire ses preuves et lutter contre la misogynie ambiante. Elle essuie ainsi un refus du financier du journal l'année suivante, quand elle évoque la possibilité de battre le record de Phileas Fogg, le personnage créé par Jules Verne en 1872 dans son roman *Le Tour du monde en quatre-vingts jours*. « Vous n'y arriverez jamais ! Vous êtes une femme, vous aurez besoin d'un protecteur, et même si vous voyagez seule, il vous faudrait tant de bagages que cela vous ralentirait. En plus, vous parlez uniquement l'anglais. Rien ne sert d'en débattre : seul un homme peut relever ce défi ! » Le retour de bâton est violent. Elle, la journaliste qui a côtoyé des malfrats, qui s'est fait interner pour témoigner d'une situation inacceptable dans une démocratie, elle qui porte si haut les valeurs de liberté d'expression et d'émancipation, voilà qu'un homme la réintègre dans tous les clichés qu'elle s'est évertuée à démonter depuis son plus jeune âge. Mais le temps fait son œuvre, Nellie ronge son frein et, un an plus tard, le rédacteur en chef Julius Chambers lui offre enfin l'occasion de prouver que Jules Verne avait tort !

Par sa ténacité et sa hardiesse, Nellie Bly a battu en brèche les clichés sur le sexe faible, métamorphosé le regard que les hommes portaient alors sur les femmes et profondément modernisé le métier de journaliste.

Nellie autour du monde

Le 14 novembre 1889, dans un port du New Jersey, Nellie, seulement chargée d'un petit sac, embarque seule à bord de l'*Augusta Victoria*. Six jours plus tard, elle accoste à Southampton (Royaume-Uni). Au lieu de se rendre directement à Calais, où l'attend un train pour l'Italie, la jeune femme fait un crochet par Amiens pour aller prendre le thé avec Jules Verne en personne. Ayant eu vent de l'expédition

de cette jeune Américaine, l'écrivain brûle de lui être présenté afin de l'encourager à relever le défi qu'il a lui-même imaginé : « Si vous le faites en soixante-dix-neuf jours, je vous applaudirai des deux mains ! » Brève mais intense rencontre donc, rapidement écourtée car il faut encore rallier Brindisi (Italie), y prendre un paquebot pour Colombo (Sri Lanka), changer de flottille à Hong Kong, puis cap à l'est vers Yokohama (Japon) avant d'appareiller vers San Francisco, où elle pose le pied le 21 janvier 1890, soit soixante-huit jours après avoir quitté New York. Quatre jours seront nécessaires à Nellie pour traverser le continent en train, affrété par Pulitzer, certain maintenant de tenir une histoire en or. Quand elle saute sur le quai de la gare de Jersey City le 25 janvier, la journaliste est devenue une star. Les comptes rendus de son périple ont tenu en haleine des millions d'Américains. Des paris ont été organisés pour miser sur la réussite ou l'échec de son projet fou. Sur la dernière partie ferroviaire de son voyage, des orchestres jouent sur son passage, des journalistes l'interviewent à chaque arrêt, on lui offre des fleurs et des chocolats, partout on l'applaudit et on l'acclame, des coups de canon sont même tirés à son arrivée à New York. Bly incarne à ce moment l'héroïne « qui fait voler en éclats le romantisme en rendant la réalité plus désirable que nos rêves ». Incroyable symbole que cette jeune fille « mince comme une allumette et d'une physionomie enfantine », selon les propres mots de Jules Verne. Par sa ténacité et sa hardiesse, elle a battu en brèche les clichés sur le sexe faible, métamorphosé le regard que les hommes portaient alors sur les femmes et profondément modernisé le métier de journaliste.

Si l'univers de la presse continue de faire fantasmer les lecteurs, on peut évidemment remercier le cinéma. D'Alan J. Pakula (*Les Hommes du président*) à David Fincher (*Zodiac*) en passant par Steven Spielberg (*Pentagon Papers*), nombre de réalisateurs ont mythifié le journaliste, ce héros des temps modernes. Mais derrière ou devant la caméra, on ne peut que constater l'omniprésence masculine dans cette frange cinématographique. Heureusement, le parcours de Nellie Bly prouve que, si la fiction ne rend que peu hommage aux femmes, certaines ont durablement marqué la réalité. ✖

Les filles de l'eau

Les ama, amazones du fond des mers
Par Victor Moisan

Les pêcheuses japonaises qui plongent seins nus pour cueillir des ormeaux (parce que, dit-on, elles résistent mieux au froid de la mer que les hommes) sont depuis deux millénaires l'objet d'innombrables fantasmes. Au XXe siècle, alors que leur métier ancestral s'éteignait à petit feu, les photographies de ces nageuses aux rondeurs dorées ont donné le cliché d'une tribu matriarcale, image teintée d'érotisme que la culture populaire s'est amusée à contrefaire davantage, au cinéma notamment, en une extravagante représentation du mythe de la plongeuse *ama*.

■□
Affiche d'un *roman porno ama* de la Nikkatsu au cinéma.

□■
Le Rêve de la femme du pêcheur
(Hokusai, 1814).

« En plus du fantasme occidental de la Japonaise féminine et sexualisée, passive, enfermée dans une société patriarcale, on fait parfois mention de femmes encore plus sexy : les plongeuses de perles », écrit Dolores P. Martinez dans *Identity and Ritual in a Japanese Diving Village* (2004). « Au Japon aussi, de nombreuses idées reçues sur les *ama* sont entretenues par les préconceptions occidentales, poursuit l'anthropologue américaine. L'image de femmes fortes, robustes et indépendantes – que l'on imagine sexuellement libérées – est répandue dans la culture populaire japonaise. » Ces amazones aux seins nus, dont on a souvent dit à tort qu'elles raclaient les fonds marins en quête de perles, traversent des pans de la tradition littéraire et artistique japonaise, emportant dans leur sillon toute une suite de mythologies.

L'*ama* est par exemple un personnage récurrent du *Man'yōshū*, la première anthologie de poèmes japonais, datée du VIIIe siècle. Les poètes y admirent le rivage tacheté de barques d'où plongent ces femmes qui égayent les paysages typiques de l'archipel ; les silhouettes de leurs baquets flottant dans l'eau font au soleil l'illusion d'une activité féerique. Les femmes ainsi décrites ne sont plus tout à fait humaines ; ce sont des sortes de sirènes (auxquelles on compare aussi les *haenyeo,* leurs équivalentes coréennes), dont la figure gracieuse a inspiré les estampes d'Utagawa Kuniyoshi. Au XIXe siècle, l'artiste illustre à plusieurs reprises la fuite de Tamatori-Hime, la valeureuse *ama* qui vole une perle au dragon Ryūjin, roi des océans, et qui, poursuivie par l'armada des créatures marines, s'ouvre la poitrine pour y cacher le trésor. Cette légende du VIIe siècle fait de la plongeuse une déesse téméraire et sacrificielle.

Ainsi, pour les Occidentaux qui sont souvent tentés de projeter sur les Japonais l'image d'un peuple primal surgi des flots, le mythe de l'*ama* offre de quoi alimenter un fol imaginaire. Lorsque l'Italien Fosco Maraini entreprend de retrouver les dernières plongeuses traditionnelles du Japon sur l'île reculée de Hekura dans les années 1950, il les présente comme « les véritables enfants de la mer ». « Leurs corps bronzés avaient une lueur dorée dans la chaleur du crépuscule », écrit-il dans son passionnant récit de voyage *L'Isola delle pescatrici* (« L'Île des pêcheuses », 1960). « Si quelqu'un avait dit qu'elles étaient nées de la mer, il aurait été difficile de le contredire. » Au-delà d'une fascination pour les paradis perdus qu'évoquent ces corps de *bons sauvages* sculptés par les vagues et la lumière du bord de mer, on voit darder dans ces propos le regard érotique que suscite – chez l'homme – la figure de la plongeuse. Il faut se souvenir que le personnage central du *Rêve de la femme du pêcheur,* la célèbre *shunga*

> **Pour les Occidentaux, qui sont souvent tentés de projeter sur les Japonais l'image d'un peuple primal surgi des flots, le mythe de l'***ama* **offre de quoi alimenter un fol imaginaire.**

(estampe érotique) réalisée par Hokusai en 1814, est une *ama*. On y voit une femme étendue dans le creux d'un rocher, abandonnée aux étreintes d'un poulpe géant, dont la bouche rime avec la vulve de la plongeuse sur laquelle elle est posée. Ces deux facettes de l'*ama*, à la fois simple pêcheuse et apparition sexuelle, ne sont pas antinomiques. On les retrouve associées dans les célèbres photographies en noir et blanc de Yoshiyuki Iwase qui, à partir des années 1930, capture ces plongeuses dans leur environnement, comme expulsées par des vagues dont la moiteur salée projette sur leur peau des reflets sensuels.

L'anti-geisha

Le romantisme des clichés d'Iwase, dont la mise en scène flagrante magnifie les *ama* et leurs bustes à la façon de pin-up, ne travestit pas pour autant la nature paysanne de ces femmes. « Les paysannes japonaises étaient elles aussi seins nus dans les champs, la nudité ne posait aucun problème avant la modernisation », nous livre Dolores P. Martinez. Dans son acceptation générale, le terme d'*ama* englobe une communauté d'hommes et de femmes (associée dans certaines régions aux intouchables japonais), qui sont les travailleurs de la mer. Pendant que les hommes pêchent et naviguent, ce sont les femmes qui plongent en apnée pour récolter des algues et des ormeaux, mollusques adulés. « Les jeunes d'aujourd'hui situent les *ama* en dehors de la dialectique masculin-féminin, à cause de leurs corps robustes qui les excluent du stéréotype féminin moderne », nous dit la photographe Nina Poppe, qui a publié le livre *Ama* après avoir passé deux semaines dans une communauté vieillissante de plongeuses en 2010. Si le caractère rural du métier le rend ingrat pour les nouvelles générations, qui s'en détournent, il ne nourrit pas moins une figure japonaise populaire. Pour Martinez, l'*ama* représente l'anti-geisha, une femme que tout oppose à la sophistication citadine et au talent artistique des dames de compagnie japonaises avec lesquelles elle partage cependant une essentialité nationale.

Lorsque Yukio Mishima écrit *Le Tumulte des flots* en 1954, il fait d'une petite communauté de plongeuses de la baie d'Ise le symbole d'un Japon rural et pur. Hatsue, l'adolescente qui entretient une liaison secrète avec le fils d'une *ama*, est confrontée à une rivale qui revient après avoir étudié à la ville en important sur l'île sa perfidie urbaine. Dans son évocation des *ama*, Mishima donne à la nudité des vertus symboliques de bonté d'âme et de vie saine. Ainsi décrit-il les « poitrines larges et fermes » des plongeuses : « Leur aspect disait que ces seins s'étaient développés chaque jour sans honte sous le soleil, mûrissant comme des fruits. » Dans l'après-guerre, ces seins vinrent à la fois à représenter le cliché de l'ama-zone (pour ceux qui voulaient les photographier) et être le signe d'un archaïsme (pour une large partie des Japonais, qui ne souhaitaient pas que l'on associe leur pays moderne à cette imagerie peu civilisée). Les pêcheurs n'étaient pas les derniers à s'emparer des progrès techniques (tel le sonar) pour faire évoluer leur métier.

La combinaison blanche intégrale devint l'uniforme officiel des *ama*, qui l'empruntèrent aux plongeuses employées par l'industrie de la perle à Ise depuis la fin du XIXe siècle. Néanmoins, en raison du déclin de la profession, les régions de pêcheuses comprirent qu'elles pourraient tirer profit d'un stéréotype qui n'existait déjà plus. « Dans les années 1980 et 1990, les villages d'*ama* étaient particulièrement soucieux du tourisme local, se souvient Martinez, qui étudiait à cette époque les femmes de la côte de Toba. Elles étaient conscientes de leur image *érotique* et en jouaient par intérêt touristique, par exemple en tenant compagnie aux clients dans les auberges locales à la manière de geishas, ou en envoyant des jeunes filles qui n'avaient jamais plongé poser pour des séances photo. »

L'icône érotique

Dans son ouvrage, Fosco Maraini raconte combien il est difficile, dès les années 1950, de trouver de véritables *ama* qui ne sont pas des villageoises qu'on loue à l'heure pour être photographiées en tenue traditionnelle. Le tourisme folklorique fait son beurre sur les reporters qui accourent sur les côtes, parmi lesquels les réalisateurs de *cinema mondo,* ces documentaires occidentaux montant pêle-mêle des vignettes sensationnelles tournées aux quatre coins du globe. En 1963, le film italien *La Femme à travers le monde* (dont l'affiche promet que la caméra y « déshabille » son sujet) montre ainsi des *ama* rieuses s'élançant contre les vagues, tandis que les hommes les regardent depuis le rivage en attendant de récolter le fruit de leur pêche. La même année sort *Violated Paradise*, pour lequel Maraini a tourné des prises documentaires associées à un montage racoleur qui narre en voix off – sous prétexte d'informer le spectateur – les déboires d'une jeune Aïnu quittant son Hokkaido natale pour rejoindre la capitale. Le film mélange des images de cabarets de Tokyo et des portraits de geishas (que l'on associe allègrement à de la prostitution) tandis que, sur la mer du Japon, un village d'*ama* joue le rôle de contrepoint idyllique à la ville. Ainsi cette image de la sauvageonne japonaise aux seins nus, qui contraste avec la folle modernité du pays et s'infiltre dans les plus hautes sphères de la culture populaire, est-elle diffusée chez nous. Ian Fleming s'en inspire pour créer la James Bond girl Kissy Suzuki dans *On ne vit que deux fois*, interprétée par Mie Hama (en bikini blanc) dans l'adaptation cinématographique de 1967.

■□
Au fond des mers (Fosco Maraini).

□■
Une *ama* phographiée par Yoshiyuki Iwase en 1960.

Au Japon aussi, le cinéma s'empare de la figure de la plongeuse traditionnelle. La première adaptation du roman de Mishima, en 1954, fait des émules. À sa suite sont produits des films qui insistent sur l'érotisme de l'*ama* et trouvent leur star en la personne de Michiko Maeda, actrice à la poitrine avantageuse. Celle-ci crée la sensation en devenant la première Japonaise à se dévêtir à l'écran dans *La Vengeance de la reine des perles* en 1956, amorçant une série de films à petit budget produits par la Shintōhō, qui mettent en scène des bandes de plongeuses prises dans des

rivalités féminines et des histoires de crime ou de sentiments. Progressivement, l'*amagi* blanc et le masque de plongée supplantent le bikini pour devenir un costume à forte connotation érotique. Sous-genre du cinéma d'exploitation, l'*ama eiga* passe à l'heure du *roman porno* de la Nikkatsu au milieu des années 1970. Les affiches montrent des jeunes femmes à la peau humide, barrées de titres flashy qui comparent leur sexualité à la salinité de gastropodes (*Les ama giclent*, 1979) ou qui soulignent la légèreté de leurs mœurs. Dans *Ama excitées : festival du string* (1981), cinq bimbos citadines sont envoyées dans un village portuaire pour remédier à la pénurie d'*ama*. N'attirant que le désir des pêcheurs, elles donnent lieu à d'innombrables saynètes de gaudriole d'une inventivité d'autant plus saisissante qu'une pléthore de films d'« amasploitation » est déjà passée avant elles.

Il faut attendre le milieu des années 1980 pour que l'*ama* cinématographique devienne autre chose qu'une joyeuse nymphomane, sans pour autant se départir d'un érotisme qui se fait de plus en plus troublant. En 1984, *La Légende de la sirène* de Toshiharu Ikeda conte la vengeance d'une plongeuse qui s'abat sur les assassins de son mari. En reprenant le mythe de la mante religieuse, le film met en scène une tueuse d'hommes, démone à la combinaison blanche maculée de sang. Dans le célèbre *Tampopo* de Jūzō Itami, sorti l'année suivante, on trouve une drôle de scène où un gangster assis sur une plage (Kōji Yakusho) regarde une *ama* d'une douzaine d'années sortir de l'eau pour lui faire dévorer une huître. Rendu nerveux par l'érotisme du coquillage, il se coupe la lèvre. La nymphette s'approche alors pour lécher sa blessure, tandis qu'une troupe de doyennes médusées les observe. Dans un pays vieillissant, l'*ama* vient à représenter la fougue sexuelle – trouble et interdite – d'une jeunesse fantasmée.

L'ama ordinaire

« Lors d'une exposition où je diffusais cet extrait de *Tampopo* à côté de mes photos, on m'a accusée de glorifier la pornographie pédophile, s'amuse Nina Poppe. Je ne faisais pourtant qu'illustrer le cliché masculin des *ama*, en lui opposant mon travail. » À présent que les survivantes ne sont plus que des vieillardes qui plongent en combinaison isothermique, on serait tenté de penser que le mythe érotique de l'*ama*, quelque part entre l'utopie féminine et le fantasme naturiste, a définitivement triomphé du réel (le personnage semble toujours à la mode sur les jaquettes des DVD pornographiques, par exemple). Cependant, il est une autre *ama* qui est apparue ces dernières années dans le but d'attirer la jeunesse vers cette profession quasiment éteinte. La série *Amachan,* produite après la catastrophe du Tōhoku, a été le phénomène télévisuel de 2013, à tel point que l'on se plaisait alors à reprendre son patois local dans tout l'archipel. On y suit une jeune Tokyoïte qui se rend dans la région dévastée pour devenir plongeuse. Sa célébrité rétablit l'attrait touristique de la côte, dans la série comme dans la réalité. Depuis la diffusion d'*Amachan*, on voit de temps en temps des reportages sur de rares plongeuses apprenties qui reprennent le flambeau de leurs aînées. Sorties de l'eau, ces femmes sont maquillées comme n'importe quelle Japonaise de vingt ans. L'*ama* représente donc aujourd'hui en quelque sorte l'*idol* de la mer, mais c'est avant tout une jeune fille ordinaire qui ne se rêve plus du tout en amazone. ✖

Space cow-girl

Retour sur Contact de Robert Zemeckis
Par Yal Sadat
Illustration d'ouverture par Simon Bournel-Bosson

Recalé du panthéon des films cultes en dépit de son succès en salle, Contact **laisse un souvenir mitigé. La philosophie à gros sabots et la bluette entre Jodie Foster et Matthew McConaughey l'ont sans doute empêché de survivre aux années 1990. Son cas est pourtant singulier : porté – pendant vingt ans ! – par les hauts idéaux pédagogiques, positivistes et féministes des auteurs Ann Druyan et Carl Sagan, ce rejeton illégitime de 2001 recèle mille couches sémantiques, ajoutées successivement par le couple et Robert Zemeckis. Ce dernier en fit un objet foisonnant et paradoxal : non seulement un film de science-fiction opposé à l'idée même de science-fiction, mais aussi un vrai faux** woman's picture **inspiré par de fortes figures de femmes, ainsi qu'un trip stellaire et individualiste entièrement accordé au féminin.**

À l'origine de *Contact* se trouve un projet gonflé de multiples ambitions prosélytes. À la fin des années 1970, un couple de scientifiques rendus célèbres par leurs compétences en vulgarisation, Ann Druyan et Carl Sagan, rédige un script pour Hollywood. L'idée est venue à l'esprit de Sagan grâce aux travaux de son confrère Kip Thorne sur les trous de ver. Les amoureux du cosmos connaissent bien Sagan : jusqu'à sa mort, en 1996, ce spécialiste des arcanes intersidéraux n'a cessé de populariser les découvertes d'astrophysique, diffusant son scepticisme d'un média à l'autre tout au long des années 1980, dans une Amérique en plein renouveau religieux (et de manière plus douce que le biologiste anglais Richard Dawkins, l'autre grand chantre médiatique de l'athéisme). En produisant la série documentaire *Cosmos*, diffusée en 1980, sa future épouse Ann fera de Carl un passeur de savoir extrêmement populaire, reconnaissable grâce à son regard bienveillant, ses vestes en tweed ouvertes sur des sous-pulls aux couleurs discutables et son talent didactique teinté d'un profond humanisme. Lancés donc dans la dramaturgie de cinéma avec leur traitement d'une centaine de pages, pas encore titré *Contact*, Druyan et Sagan entendent évoquer l'éternel bras de fer entre rationalisme et religion. Mais surtout, leur objectif est de débarrasser la science-fiction des raccourcis ayant dilué la question de la vie extraterrestre dans une mare de fantasmes apocalyptiques ; pour les auteurs, ce film devra rompre avec les codes du fantastique pour embrasser l'étendue des connaissances contemporaines, et ainsi ramener le grand public vers la science. Et ce, en promouvant une autre cause qui leur est chère : l'égalité des sexes dans la recherche en astronomie. Leur personnage principal sera une femme ou ne sera pas.

La voie de la flèche

La quête de signaux extraterrestres étant d'après eux le meilleur véhicule pour colporter leur message, les époux Sagan choisissent de s'inspirer d'une chercheuse du projet SETI (Search for Extraterrestrial Intelligence), nommée Jill Tarter. Née en 1944, celle-ci se trouve sur le front depuis le début des années 1970 : après des études à l'université Cornell (où elle est la seule fille du département de génie physique), elle se lance dans l'important chantier SERENDIP lancé par Berkeley, consistant à traquer les ondes émises par de probables formes de vie alien. Sous l'égide

Les radars du SETI (Search for Extra-terrestrial Intelligence) scrutent l'espace.
D.R.

Ann Druyan et Carl Sagan, les auteurs à l'origine de *Contact* en 1984.
© Mickey Adair/Getty Images

Jodie Foster plane dans *Contact* de Robert Zemeckis (1997).
© Warner Bros.

Dans mon lit d'hôpital, je pus lire quantité de choses. Notamment sur l'archerie. (Oui, j'étais têtue, et non, l'envie ne m'avait pas passé.) J'appris le paradoxe d'Achille et de la tortue : une flèche qui jamais ne rattraperait sa cible, malgré une vitesse supérieure ! Il suffisait de diviser le temps… Diviser le temps. Voilà ce qui causa mon obsession pour la science. Et plus particulièrement celle qui traitait du temps.

▶ p. 186

De ses prémices jusqu'à sa concrétisation en images, l'épopée d'Ellie Arroway dans Contact **sera restée en soi une cahoteuse aventure impulsée par une hubris intellectuelle et artistique parfaitement décomplexée.**

du SETI, mais pour le compte de la NASA, elle s'impliquera plus tard dans le High Resolution Microwave Survey, consistant à scanner dix millions de fréquences à l'aide de radiotélescopes (ces immenses capteurs paraboliques dodelinant vers le ciel, que l'on verra à l'œuvre dans le film). Symbole de pugnacité féminine au sein d'une corporation bien peu paritaire et d'entêtement vis-à-vis d'un domaine de recherche regardé souvent de haut, Tarter est un modèle parfait pour Druyan et Sagan. Elle sera rebaptisée Eleanor « Ellie » Arroway, en hommage à Eleanor Roosevelt – Druyan voue une admiration à la plus féministe des premières dames américaines – et à Voltaire (dont le vrai nom est « Arouet »), pour l'esprit des Lumières. Mais ce patronyme, au-delà des références qu'il porte, sied parfaitement à l'amazone ordinaire : « *Arrow way* », le chemin de la flèche, quoi de plus *badass* pour un personnage d'ingénieure seule contre tous ?

La gestation du projet prenant un tour laborieux une fois dans les tuyaux de Warner Bros, Sagan entreprend de transformer le script en roman. Il sera publié sous le titre *Contact* en 1985. Le succès du livre accélère la machinerie : après maintes batailles avec le producteur Peter Guber pour préserver l'intégrité de leur vision, Druyan et son époux voient le script passer de mains en mains au fil des années. La préproduction sera entamée puis abandonnée deux fois de suite. D'abord par Roland Joffé, puis par Robert Zemeckis, qui reproche au scénario son final façon *Rencontres du troisième type* au rabais : Ellie Arroway finit par tomber sur ses lointains correspondants au gré d'un spectacle son et lumière que le cinéaste juge impossible à filmer sans balourdise. C'est alors que, en 1993, George Miller entre en scène. Vingt-deux ans avant *Mad Max: Fury Road*, l'Australien voit une occasion de mettre en scène des héroïnes à la tête dure. Il engage Jodie Foster, qui passe plusieurs semaines auprès de Jill Tarter au SETI. Il approche également Linda Hunt pour jouer la présidente des États-Unis – rôle abandonné dans les moutures suivantes du scénario, mais on imagine bien l'actrice menue (dont l'image la plus rémanente est sa caricature par Brad Bird dans *Les Indestructibles*) renverser l'incarnation hollywoodienne classique des cimes du pouvoir. Les contours du film se dessinent, mais Miller explose le budget et les délais de préparation. Il est renvoyé et Warner revient voir Zemeckis en lui proposant le final cut. Après plusieurs réécritures, l'auteur de *Forrest Gump* appose sa signature. L'homme qui vient d'être oscarisé pour l'autre défi d'adaptation (et de technique, toutes proportions gardées) qu'était *Forrest Gump* trouve l'opportunité de pousser deux crans plus loin son goût pour l'expérimentation *next-gen*. Comment ne pas voir dans cette production une manière d'hommage, voire d'actualisation de *2001, l'Odyssée de l'espace* – en temps réel, car on touche au changement de millénaire ? Malade mais toujours impliqué dans la production (il disparaît neuf mois avant la sortie du film), Carl Sagan avoue qu'il serait ravi « d'atteindre la portée de tir de *2001* ». Le grand opus monolithique devient, de fait, la référence des techniciens de Zemeckis sur *Contact*, tant en matière d'identité visuelle que de vista illusionniste. De ses prémices jusqu'à sa concrétisation en images, l'épopée d'Ellie Arroway sera restée en soi une cahoteuse aventure impulsée par une hubris intellectuelle et artistique parfaitement décomplexée.

Fréquence

Le climat « fin de siècle » régnant au moment du tournage, étalé sur 1996 et 1997, rend opportun un tel récit de lutte entre les croyances. La pensée contemporaine s'est alignée sur le paradigme postmoderne, et l'Occident bascule dans une

La chercheuse Jill Tarter, qui a inspiré le personnage incarné par Jodie Foster. D.R.

rumination sur l'apocalypse, annoncée sous diverses formes – fin de l'Histoire, choc des civilisations, crainte d'un bug informatique géant rappelant à quel point l'ordre mondial est soumis au diktat des puissances numériques. La trajectoire d'Arroway/Tarter, à qui le film bricole une romance houleuse avec un fervent chrétien joué par Matthew McConaughey, décrit idéalement la position des femmes et des hommes de science en ce millénaire finissant : ce sont des oracles respectés, responsables d'une méthode d'explication du monde faisant désormais autorité, mais dont les découvertes ne font que complexifier les mille et une grilles de lecture posées çà et là sur un monde indéchiffrable. D'où un brouhaha global, un salmigondis de signes caractérisant la postmodernité, que *Contact* affronte à travers le motif de la fréquence. Le film s'ouvre sur une image de la Terre vue du cosmos, accompagnée par le grésillement assourdissant que produit une humanité affolée par la grande transition : le timbre d'Elvis Presley, le tube « Wannabe » des Spice Girls, un discours d'Hitler (qui prendra son importance dans la suite de l'histoire) et des dizaines d'autres messages portés par les ondes se superposent dans une cacophonie effroyable – équivalent anarchique de la sonorité noirâtre, mais distincte et régulière, que les extraterrestres envoient au SETI (et que l'on entendra martelée à tout bout de champ au cours du film). Zemeckis tient sa note d'intention avec ce prologue : alors qu'il vient de documenter les chambardements idéologiques aux États-Unis des années 1960 à 1980 à travers les yeux d'un nigaud prodigieux, le voilà qui étend sa radiographie au monde entier, peut-être à l'Univers. Mais la sensibilité du cinéaste l'a porté jusqu'ici vers des récits de prouesses folles, arrimés à une critique des mouvements de masse doublée d'un éloge du libre arbitre de ses héros solitaires ; la tendance ne fera que se confirmer avec *Contact*. Fatalement, Zemeckis envisage la bataille d'Arroway de manière moins évangéliste que Sagan – car le scepticisme colporté par le script originel est en soi une idéologie collective parmi d'autres. Il en ressort donc un film peut-être moins péremptoire que prévu, aux vertus moins didactiques que discursives ; une odyssée (de l'esprit, plutôt que de l'espace) refusant catégoriquement de se ranger et de transformer cette ascension vers les étoiles en parabole pédagogique. Sans trahir le rationalisme de Sagan et Druyan, Zemeckis va en effet voir en Arroway le prototype du *loner* affrontant les bruits du monde (les clameurs produites par les débats et les hordes de fondamentalistes de tout poil), bien décidé à s'offrir une échappée métaphysique et atteindre un cocon silencieux, loin du tohu-bohu humain – d'où, peut-être, l'idée de concevoir *Contact* comme un film sur l'écoute et le son : le but du héros zemeckisien est toujours d'isoler une seule fréquence, la sienne, parmi des milliards d'autres – et ainsi de trouver sa voie.

Cette conception solipsiste, réaffirmée par l'île de *Seul au monde* ou le fil aérien de *The Walk*, n'empêche pas Zemeckis de faire honneur à la portée progressiste voulue par Sagan, bien au contraire. Seulement, son éloge du scepticisme

■□
Un trou dans l'espace ? Image issue de Contact.
© Warner Bros.

□■
Matthew McConaughey et Jodie Foster dans Contact.
© Warner Bros.

et de la puissance féminine va se nouer de façon subtile à d'autres enjeux : le combat d'Ellie acquiert une dimension féministe dans la mesure où son sexe, implicitement, est ce qui permet à ses contempteurs (experts en sécurité nationale et autres bureaucrates acides) de discréditer ses convictions en les assimilant peu ou prou à des croyances de « bonne femme ». Arroway tient bon, rappelant la différence (chère au couple Sagan) entre science et science-fiction devant un panel de financiers qui accueillent avec morgue son projet d'écoute radiotélescopique : « J'ai l'air de parler de science-fiction, mais je vous demande d'avoir un semblant de vision et de regarder le tableau dans son ensemble. » On croirait alors voir un personnage d'Ayn Rand (philosophe et romancière, dont l'œuvre a nourri le mouvement politique libertarien) vent debout contre les restrictions imposées par l'ordre social. La structure de *Contact*, qui mène Ellie d'un chantier à l'autre à mesure que ceux-ci sont démantelés par les autorités, n'est d'ailleurs pas sans rappeler celle du *Rebelle* de King Vidor, adapté de Rand : dépossédé de sa vision et vilipendé dans des bureaux staliniens, Gary Cooper finissait lui aussi par régler ses comptes dans une longue scène de procès. Ironie : face aux sceptiques de l'establishment industriel et politique, l'ardente promotrice du rationalisme se retrouve paradoxalement dans la position de la pseudoscientifique. À l'autre bout du spectre, les intégristes chrétiens s'opposent à ce qu'une athée entre en contact avec d'autres civilisations : la voilà au contraire réduite à une âme techniciste, dénuée de spiritualité. Le film invite bien sûr à renvoyer dos à dos ces groupes toxiques et à rappeler que tous ces positionnements sont affaire de croyance. Si Arroway peut triompher, ce n'est pas parce que ses convictions sont plus proches de la vérité, mais parce qu'elle a conscience de poursuivre, elle aussi, une forme de croyance – mais singulière et honnête.

Pionnière

L'adversité tient évidemment à la féminité d'Arroway : Jill Tarter l'avoue régulièrement aux médias, elle fut forcée de s'endurcir en raison de sa condition d'unique femme du SETI, au point de s'être longtemps considérée comme un homme parmi d'autres en ignorant la cause des femmes scientifiques. Aussi Zemeckis accentue-t-il le moteur conflictuel de la narration en renvoyant discrètement l'héroïne à cette identité de « marginale », mais pour mieux l'amener à la transcender. Le choix de McConaughey en amant dévot, par exemple, semble annoncer une version moderne du *woman's picture* (ces films de l'âge d'or centrés autour de femmes tourmentées par des idylles souvent impossibles) : s'il n'a pas encore commencé à collectionner les comédies romantiques, l'acteur se nourrit alors d'une image de jeune premier taillé pour les flirts tiédasses. Mais ses amours avec Ellie seront contradictoires, voire concurrentielles (il sera le premier à dénoncer son manque de piété), et leur empoignade s'achèvera par une relative victoire de la jeune femme – l'amoureux se dit prêt à croire en la rencontre d'Ellie avec une intelligence extraterrestre, en dépit de leurs divergences idéologiques. Ramenant un homme dans son

Jodie Foster écoute l'espace dans *Contact*.
© Warner Bros.

propre idéal hors norme, l'héroïne quitte le rail de l'amour courtois et se voit ainsi rendue à son destin premier : celui d'une pionnière. Pionnière comme l'est Jill Tarter, et comme le sont tous les héros de Robert Zemeckis (rien d'étonnant de la part d'un metteur en scène lui-même installé sur le trône de pionnier de l'imagerie ILM depuis alors plus de dix ans).

C'est sur ce point, au fond, que la bataille solitaire d'Arroway contre le monde prend tout son sens : être pionnier suppose de mener la guerre seul et d'assumer son isolement devant tous les dogmes renversés. Le voyage dans le trou de ver qui tient lieu de climax (relecture évidente du franchissement de la porte stellaire dans *2001*) est ainsi une manière pour Ellie d'accéder à ce précieux statut : si la fameuse séquence de dialogue avec le grand Autre n'évite pas complètement le dérapage mélo (la leçon de morale dispensée à l'humanité depuis une réplique de lagon hawaïen a certes quelque chose de lénifiant), Zemeckis en fait tout de même un apogée de trip individualiste, en même temps qu'une conquête, existentielle et spatiale – prenant ainsi au mot le projet de « Nouvelle Frontière » de John Kennedy, qui entendait chercher dans les étoiles le nouvel horizon de sa nation, et de l'Occident entier. Dans cet accomplissement libérateur, directement puisé dans l'imaginaire américain de l'exploration, Arroway trouve le salut et se légitime comme pionnière, ou bien comme guide, désormais à même d'apprendre à la jeunesse à formuler ses propres hypothèses vis-à-vis du brouillard épais de l'existence. Si *Contact* n'aura pas départagé sceptiques et religieux, comme l'espéraient Druyan et feu Sagan, il atteint tout de même une réussite inédite : faire d'une discrète et anonyme chasseuse de Martiens la première véritable cow-girl de l'histoire de l'humanité. ✖

« Arrow way », quoi de plus *badass* comme nom pour un personnage d'ingénieure seule contre tous ?

SUPER-
VISION

Par Ketty Steward
Illustré par Anne-Catherine Ott

L'esprit humain est une chose dangereuse. Arme contre les autres ou contre soi-même, il est un outil tranchant que l'on doit manipuler avec précaution… à moins que vos intentions soient mauvaises.

Ketty Steward, auteure de science-fiction et poétesse engagée, nous livre ici un récit d'anticipation aux échos glaçants avec la réalité post-Gamergate (>> Gamergate, p. 212) et des incels.

Elle est apparue dans mon holocabinet comme d'autres montent sur scène. Grande, large d'épaules et juchée sur de hauts talons, elle portait une simple tunique en textile anti-UV d'un blanc immaculé. Le contraste avec sa peau noire, très foncée et impeccablement maquillée, m'a frappée. Une personnalité !
Elle a regardé à droite, puis à gauche, évaluant ma simulation : la décoration, la disposition des lieux, la qualité des accessoires, qui ont tous eu l'air de lui convenir.
Elle a ensuite considéré le divan avec intérêt, mais ce n'était, cette fois, qu'une image projetée. Je lui ai indiqué le fauteuil souple :
« C'est un premier rendez-vous. Nous allons tâcher de faire connaissance et vous m'expliquerez pourquoi vous êtes venue. »
Pendant que l'agencement des billes du fauteuil s'adaptait à sa morphologie, j'ai pris note des signes extérieurs de sa nervosité : un ongle porté à sa bouche, des mouvements involontaires...
À ce stade, évidemment, ça ne voulait rien dire. Tout le monde ressent de l'anxiété à la première visite chez le psy. Même les autres psys.

*

« Bien, vous avez souhaité une supervision...
— Oui. C'est un peu particulier. Je connais la loi. Je sais que vous allez être obligée de me dénoncer aux autorités, mais je vous demande une faveur : laissez-moi aller au terme de mon récit. J'ai besoin du cadre pour lui donner forme.
— Voilà qui n'est pas ordinaire, en effet.
— Acceptez-vous de m'entendre jusqu'au bout ?
— Je sens que je ne devrais pas, mais vous avez piqué ma curiosité. Après tout, nous aurons besoin d'un certain temps pour séparer le vrai du faux et le vécu du fantasmé...
— Merci. »

*

Je me souviens de chaque seconde de cette première séance, tant je me la suis repassée depuis, cherchant ce qui, dans ses choix de mots et de postures, avait pu orienter le jeu dès le départ.
Sur le moment, j'ai pensé que Maelle ne venait pas tant pour une supervision que pour une confession. Je comprenais pourquoi elle s'était adressée à moi plutôt qu'à un psystème expert ou à un coach personnel. Sa demande, remettre de l'ordre et du sens dans son récit, était simple,

presque banale. Mais chaque individu est unique, n'est-ce pas? Chaque singularité mérite que l'on s'y penche. Chacun porte son mystère et, avec lui, en lui, une clé qu'il nous appartient de retrouver. Aujourd'hui, je ne sais plus. Rien n'est simple.

*

« J'avais treize ans lorsque la loi antisexiste a été adoptée dans tous les pays de l'ONU. Si vous voulez tout savoir, mon enfance a été plutôt heureuse. Pas d'événement particulier, pas de traumatisme. Un grand frère et puis Kiki, un chat augmenté de compagnie ; une scolarité correcte.
— Les animaux améliorés ont perturbé toute une cohorte d'enfants.
— Pas moi. Je trouvais plus intéressant de discuter avec mon chat que de me bagarrer avec mon frère. Dommage que les bestioles aient été rappelées, puis interdites ! Je n'ai pas de souvenir des relations entre hommes et femmes avant la loi Weinstein, mais j'ai vécu toutes les tensions consécutives : d'un côté, les hommes qui s'estimaient brimés, et de l'autre, les femmes, désormais chargées de collecter des preuves suffisantes contre les indélicats pour obtenir des peines exemplaires.
— Ces tensions vous ont affectée ?
— Pas que je sache. C'est tout de même un contexte fort. Personne n'a oublié cette ambiance de guerre, avec la multiplication des féminicides de masse suivis, en réponse, de raids punitifs antimasc. Plus grand monde n'était tranquille, mais on s'adapte à tout, n'est-ce pas ? On vit, on devient adulte, on fait ses choix. Moi, j'ai choisi d'étudier la psychologie.
— Quelle spécialité ?
— Je me suis inscrite en psycho du travail. C'était déjà une discipline obsolète, seulement les cours me passionnaient : les rapports de force, les interactions, les formes de résistance, les collectifs de travail... Puis, il a fallu intégrer une entreprise. Entre la généralisation du revenu universel et l'avènement de l'individu-société, je ne trouvais pas de poste en France. Je suis allée exercer au Brésil, et j'avoue que j'ai déchanté. Motiver ou, au besoin, forcer les travailleurs, les pousser à partir quand on inventait un appareil plus efficace qu'eux... J'ai expérimenté le pire de la torture psychologique et j'ai connu un terrible burn-out. Alors, j'ai tout plaqué et je suis rentrée.
— Ici, plus personne n'est obligé de travailler. Vous y êtes pourtant revenue.
— Oui. Si le salaire des machines a permis de créer l'allocation de base, ça ne vous donne pas de quoi vous offrir un peu de superflu. Et puis,

on ne parle pas assez de l'utilité sociale ! J'acceptais occasionnellement des missions de service public, mais ça ne me suffisait pas. Le reste du temps, je me divertissais. J'ai appris le dessin, j'ai pratiqué la danse, le yoga, j'ai repris la capoeira, la vie de loisir pendant trois ans. Jusqu'à ce que, enfin, on m'appelle !

— Le volet médico-psychosocial ?

— Tout juste. Vous vous souvenez ? Quand, après la candidature de Bernard Content à l'élection présidentielle, ils ont autorisé les mouchards personnels et instauré le suivi obligatoire des délinquants sexistes, on a rappelé tous les psychologues sans emploi. Les cliniciens, bien sûr, mais aussi les psys d'école ou de la finance, les neuropsys, et même les psychologues du travail.

— Vous proposez donc de la rééducation antisexiste.

— Oui. C'est cette activité qui m'a montré qu'on pouvait agir concrètement pour rendre le monde meilleur.

— Très bien. Restons-en là pour aujourd'hui. Débranchons sur cette note positive. »

*

Pour la deuxième séance, j'ai loué un studio holo dans le même immeuble, malgré une offre moins onéreuse dénichée par mon courtier. J'ai imprimé le divan comme pour offrir un cadeau à Maelle. J'ai également projeté mon hologramme exact, sans aucune des légères modifications dont nous usons pour mettre les clients à l'aise ou les placer au plus près de leurs conflits existentiels. Je souhaitais qu'elle me voie telle que j'étais.
Ce choix aussi, j'aurais peut-être dû l'interroger. Je ne sais pas.
Si je ne contrôlais pas tous les paramètres du cadre, c'est que quelqu'un d'autre s'en chargeait. Elle ?
Je me suis préparée à cette séance avec l'impatience fébrile et curieuse d'une amatrice de séries en immersion à l'approche d'une nouvelle saison.

*

« Quand j'ai commencé la rééducation, après une formation flash de deux heures, je n'en menais pas large. La théorie datait du temps de mes études, et je n'avais guère exercé qu'en entreprise. Heureusement, on ne me donnait que des cas faciles : des types qui ne voyaient pas ce qu'il y avait de problématique dans les blagues sexistes, par exemple, ou d'autres qui trouvaient normal de formuler des commentaires non sollicités sur l'apparence de femmes inconnues. Le plus compliqué consistait à articuler

SUPER-V

la prise en charge avec l'obligation légale. On ne cherchait pas à susciter de faux repentirs, mais à obtenir que ces messieurs changent profondément d'opinion. On utilisait des techniques simples : groupes de soutien, jeux de rôle et discussions pour les plus réceptifs. Les autres étaient placés en réalité virtuelle dans des tranches de vie de femmes harcelées, insultées ou battues.
— Vous dites "on"...
— Les premiers mois, j'ai fait équipe avec Daniella. Ensuite, comme je me débrouillais bien, j'ai pu travailler seule, et aussi en face-à-face avec ceux qui avaient résisté aux séances en VR.
— Les moins empathiques, en somme.
— Oui. Ceux qui, non seulement se pensaient dans leur bon droit, mais encore se permettaient de se montrer agressifs envers les psys. Nous étions majoritairement des femmes.
— Vous pouviez déconnecter !
— C'est le service public, vous savez ! Nous ne possédons pas de matériel sophistiqué comme le vôtre. En revanche, nous avons des locaux, mal entretenus, mais vastes et disponibles. Nous nous trouvons donc en présence réelle de l'individu, dans la même pièce, protégées seulement par un gilet pare-balles et un écran perforé. C'est censé suffire, mais l'un de mes clients s'est mis en colère et a brisé une vitre de ses poings. Les mêmes poings qui battaient sa femme. »

*

Avait-elle réellement besoin d'un bilan ? Elle s'allongeait sur le divan, regardait directement dans le capteur et se mettait à parler. Son récit des événements, bien maîtrisé, se déroulait sans aucune hésitation ni confusion. Maelle, à bien y réfléchir, ne devait pas être si perdue que ça. Un besoin de raconter, oui, sans doute. Ça devait lui peser de tout garder pour elle. Encore que je n'en sois pas si sûre. Je n'ai jamais réussi à croire à sa prétendue fragilité.

*

« L'homme se montrait désagréable, plein de morgue et pétri de haine. Plusieurs fois, j'ai eu besoin d'activer mes obturations d'oreille pour me calmer. À un moment, n'en pouvant plus de l'entendre dégoiser des horreurs contre les femmes, ces êtres inférieurs, j'ai même lancé mon coach subliminal de capoeira pour me défouler mentalement.
— Vous ne pouviez plus l'écouter ?

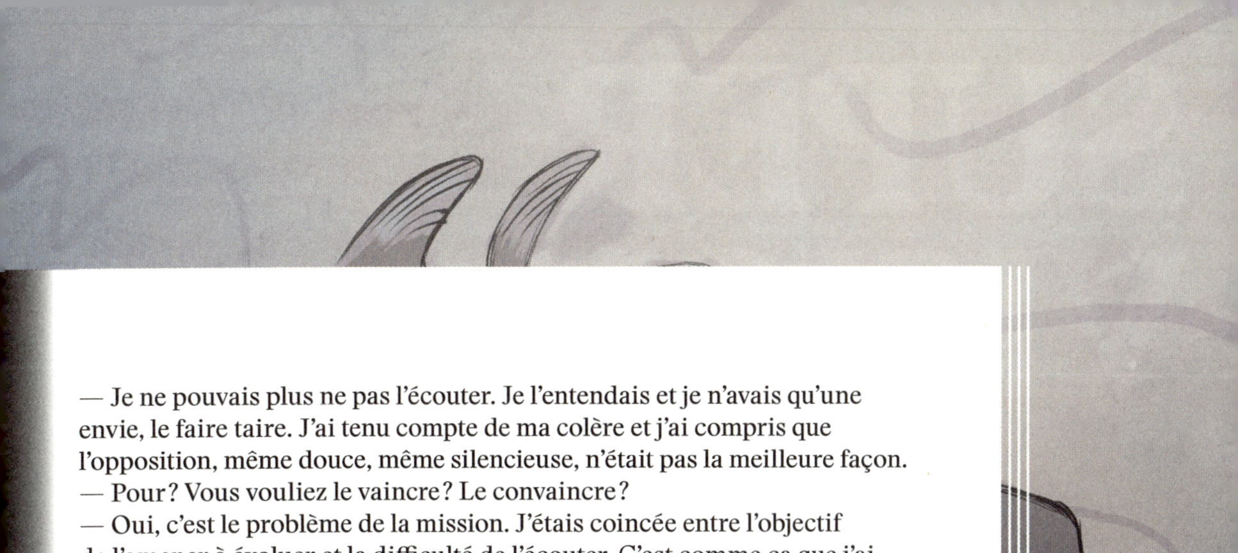

— Je ne pouvais plus ne pas l'écouter. Je l'entendais et je n'avais qu'une envie, le faire taire. J'ai tenu compte de ma colère et j'ai compris que l'opposition, même douce, même silencieuse, n'était pas la meilleure façon.
— Pour ? Vous vouliez le vaincre ? Le convaincre ?
— Oui, c'est le problème de la mission. J'étais coincée entre l'objectif de l'amener à évoluer et la difficulté de l'écouter. C'est comme ça que j'ai glissé vers une forme de mensonge. Lasse de lutter, je me suis effacée et j'ai commencé à approuver ses propos.
— C'est la neutralité bienveillante préconisée par Freud, non ?
— Je ne me sentais pas du tout bienveillante. Dire à cet homme qu'il avait raison, qu'on ne pouvait plus rien dire et qu'il appartenait, en effet, aux mâles de se battre pour exister en toute virilité ne visait, au départ, d'autre but que celui de hâter la fin de la séance. Il a fini par s'apaiser, voyant que je ne résistais plus. Lorsqu'il a baissé ses barrières, je l'ai perçu et j'ai attaqué.
— Attaqué ?
— L'expérience acquise au Brésil m'est revenue d'un coup, naturellement. J'ai accédé assez facilement à ses données d'applications. Ces hommes n'ont peur de rien. Ils portent toutes leurs informations personnelles en halo non sécurisé, tellement ils sont fiers de leurs choix de vie et de leurs opinions ! Je l'ai ensuite interrogé, l'air de rien, sur les faiblesses que j'ai pu déduire de ses activités. N'était-ce pas trop pénible de devoir s'entraîner tous les jours pour garder un corps à peu près acceptable ? Avait-il envisagé de remédier à cette calvitie naissante ? Non, ce n'était pas laid, mais ça pouvait le devenir… J'ai volontairement appuyé sur ses angoisses narcissiques.
— Sur la peur du changement, aussi…
— Oui. Et de la mort lente ! Un grand classique chez ces “vrais hommes” qui veulent pouvoir tout contrôler. J'ai enfin insinué qu'il n'était peut-être pas adapté au monde actuel, un monde hostile aux gens qui lui ressemblent. Je l'ai revu quatre fois après ça. Il hurlait de moins en moins, mais montrait des signes évidents de troubles anxio-dépressifs. La séance d'après, il était hospitalisé. Il a fini par se donner la mort. Pendaison, je crois.
— Et vous vous sentez responsable de sa mort, c'est ça ? Sa dépression était larvée…
— Je l'ai poussé. D'une voix douce, je l'ai poussé, comme j'ai poussé les suivants dans leurs maladies mentales respectives, qu'ils n'avaient qu'à l'état latent. »
Maelle Robert était persuadée d'avoir tué neuf hommes. « Le dixième

ne saurait tarder », avait-elle ajouté. Dix délinquants sexistes qui ne manqueraient pas à grand monde.
Je n'avais que sa parole, mais j'avais tendance à la croire. Je pouvais alerter la police sans bouger de ma console. En désynchronisant mon hologramme projeté dans le cabinet, je disposerais même d'une bonne minute pour livrer la criminelle, sans qu'elle s'en doute. Mais je ne le fis pas.

*

« Vous n'avertissez pas les autorités ?
— Votre récit n'est pas terminé.
— Vous dites ça à cause du dixième homme ?
— Lui et aussi les suivants...
— Tôt ou tard, le lien sera établi entre leurs décès et mes consultations.
— Pas s'il en survenait d'autres, ailleurs. On ne pourrait que constater que les faibles préfèrent toujours se retirer du jeu quand ils comprennent qu'ils ont perdu.
— Allez-vous me prêter main-forte ?
— Il est temps que le monde change.
— Combien vous dois-je pour la supervision ?
— Rien. Je ne vous ai jamais reçue. »

*

Ce que j'ai fait, je l'ai fait de mon plein gré. À tout moment, j'ai eu le choix de mes actes.
Bien entendu, ça m'a fait tout drôle de découvrir que Maelle appartenait à un groupe international, mais elle ne m'a jamais caché qu'elle avait tout appris au Brésil. J'ai aussi senti un pincement au cœur en comprenant que nous étions plusieurs libérales à avoir été recrutées de la même façon. Le désir d'exclusivité fait partie du transfert.
J'ai beau tourner les choses dans tous les sens, je ne vois pas comment je pourrais en vouloir à quelqu'un qui m'a révélé qui je suis et de quelle façon je peux, très simplement, œuvrer à rendre le monde meilleur.
Vous m'avez écoutée jusqu'au bout, je vois... Vous ne nous dénoncerez pas ? Comprenez-vous que, de la sorte, vous devenez complice, vous aussi, de nos agissements ?

Quatre filles dans le vent

Les héroïnes de la bande dessinée franco-belge
Par Nicolas Tellop

Les personnages féminins ont longtemps été persona non grata dans la bande dessinée franco-belge. Il n'en fallait pas davantage pour brandir des accusations de misogynie, de sectarisme ou de puérilité indigente. Stigmatisée produit d'expression masculine, la bande dessinée a encore aujourd'hui du mal à se défaire des stéréotypes réducteurs, et ce malgré l'arrivée d'héroïnes toujours plus nombreuses et l'incursion d'autrices dans ce domaine. S'il est indéniable que la féminité est longtemps restée tabou en ce territoire, elle n'en était pourtant pas totalement étrangère. La preuve par quatre portraits.

■
La présence de la Schtroumpfette crée quelques tensions au village (La Schtroumpfette, **Dupuis).**

Deux exemples canoniques suffisent à établir l'image d'une bande dessinée européenne exclusivement masculine à la mi-temps du XXe siècle. Dans *Tintin*, le seul personnage féminin d'envergure (sans mauvais jeu de mots) est la Castafiore. Or il est difficile de trouver des qualités à la castratrice cantatrice malgré le sens de son nom (« chaste fleur »). Dans les aventures de *Blake et Mortimer*, d'Edgar P. Jacobs, la couverture d'un magazine représentant une ballerine a valu des problèmes à son auteur (pourtant un infime détail au détour d'une case de *La Marque jaune*) ; pour des raisons de décence, on lui demanda de retoucher l'objet du délit. Il faut dire que la loi du 16 juillet 1949 sur les publications destinées à l'enfance est sans appel. À l'époque, la société plie encore sous le poids des traditions patriarcales, et la morale catholique interdit toute représentation qui s'écarterait des vertus bien-pensantes du monde bourgeois. Pour que les bandes dessinées soient dotées des meilleures propriétés éducatives, il faut donc qu'elles reproduisent et transmettent les stéréotypes qui en garantissent l'équilibre. Les femmes sont dès lors réduites à briller par leur absence (comme dans toute profession sérieuse qui se respecte) ou à incarner des grandes idiotes (à la Bécassine), quand on n'en fait pas une caricature moqueuse (telle la Castafiore). Même le rôle d'aventurière ou de femme fatale ne semble pas être d'actualité dans la B.D. franco-belge – trop fascinant pour être honnête, sans doute. Si les salvatrices héroïnes contre-culturelles des *sixties* que sont Barbarella de J.-C. Forest et Pravda la Survireuse de Guy Peellaert, ainsi que des auteures comme la géniale Claire Bretécher, apparue à la même époque, sont souvent évoquées il y avait déjà, dès le début des années 1950, des auteurs de bande dessinée qui commençaient à changer la donne.

Seccotine

Apparue en 1953 dans *La Corne de rhinocéros*, Seccotine est un personnage secondaire des aventures de *Spirou et Fantasio* (sans oublier Spip). Mais le génie de Franquin ne réduit jamais ses créations à de simples rôles de figuration ; sinon, il faudrait admettre que le comte de Champignac, le Marsupilami ou Zorglub ne sont que des personnages secondaires – ce qui n'est pas le cas. Ils font partie d'une galerie de caractères qui enrichissent le duo et qui participent pleinement à l'extraordinaire densité de leur univers. Avec un nom inspiré d'une marque de pot de colle, Seccotine aurait pu être une occasion de voir ressurgir les vieux démons de la misogynie caricaturale. Il n'en est rien. Si elle colle, c'est pour entrer perpétuellement en compétition avec les archétypes masculins du journal *Spirou*. Car, bien plus qu'un faire-valoir, Seccotine est le « faire-dévaloir » des héros. Séduisante sans être une pin-up, moderne et énergique, elle est la concurrente de Fantasio au sein du journal

■□
Kiki dans Tif et Tondu T7. Enquêtes à travers le monde **(Dupuis).**

□■
Seccotine, une histoire d'ombre, ou quand la femme-objet accède à l'existence (La Corne de rhinocéros, **Dupuis**).

Si les salvatrices héroïnes contre-culturelles des sixties **comme Barbarella sont souvent évoquées, il y avait déjà, dès le début des années 1950, des auteurs de bande dessinée qui commençaient à changer la donne.**

Le Moustique, qu'elle surclasse infailliblement. Les prises de bec (épiques) qui opposent les deux journalistes laissent entrevoir dans le miroir inversé des paradoxes sentimentaux une possible attirance l'un pour l'autre. Toujours en avance sur ses amis, elle affiche une nette supériorité de la gent féminine sur les modèles masculins. La conduite de son scooter, certes hasardeuse et propre à provoquer les pires accidents, ne reconduit pas l'éternel stéréotype des femmes comme dangers au volant : il s'agit plutôt d'illustrer sa détermination et son habileté à tracer sa propre route dans le monde des hommes, envers et contre leurs règles dépassées. Preuve de l'attachement de Franquin au personnage : il lui confie la narration du *Nid des marsupilamis* (1960), l'un des récits les plus personnels de l'auteur, puisqu'il y évoque en sous-texte le bonheur familial qu'il vit à l'époque. Seccotine colle définitivement à la peau.

Queue-de-Cerise

Dès la première histoire, *Libellule s'évade*, parue en 1956, Queue-de-Cerise est l'inséparable assistante de Gil Jourdan. Bien sûr, elle n'occupe qu'une place de second plan et n'est pas toujours présente dans ses aventures (lacune qui sera rattrapée en 1971 dans *L'Homme au pull blanc*, mini-récit où on la voit mener seule une enquête). Il n'empêche que le personnage est remarquable. Petite brune de dix-sept ans au début de la série, elle arbore une coupe de cheveux qui évoque la modernité d'une Audrey Hepburn à la même époque et exerce avec une efficacité et un sérieux indéfectibles un métier des plus dangereux. Contrairement à la plupart des femmes de son temps, elle est donc pleinement émancipée, maîtresse de son destin et de ses choix, qu'elle assume. Sévère et droite, elle tranche avec les plus faillibles Crouton et

Libellule, cautions comiques de la série. Elle en incarne plutôt la noirceur qui fait tant sensation dans les pages du journal *Spirou* à sa parution. Queue-de-Cerise est d'ailleurs orpheline, comme la plupart des héros de B.D. mâles. On sait aussi que ses parents sont morts dans un accident de voiture, ce qui dote le personnage d'une épaisseur psychologique inhabituelle pour l'époque. Amateur de jeux de mots retors, Tillieux n'a pas choisi son nom au hasard : si l'expression populaire « pour des queues de cerises » exprime une absence de valeur, la jeune héroïne illustre tout le contraire. Plus précisément, elle incarne cette féminité laissée pour compte dans la société, mais bien décidée à s'affirmer en tant que femme et à imposer sa réalité. En adoptant le nom d'un supposé rien, elle se détermine comme étant quelqu'un. Avec elle, la femme compte pour elle-même dans la bande dessinée.

La Schtroumpfette

Éternelle pièce à conviction de la misogynie (consciente ou pas) de la B.D. franco-belge classique, pleurnicharde, vaniteuse, égocentrique, capricieuse – une véritable plaie de l'humanité schtroumpf –, la Schtroumpfette est un personnage embarrassant au sein de la création de Peyo. Héroïne d'une histoire du même nom en 1966, elle disparaît des radars jusque dans les années 1970, pendant lesquelles elle intègre tout naturellement le casting de la très populaire série animée de Hanna-Barbera. Dès lors, elle revient dans la bande dessinée, comme si elle ne l'avait jamais vraiment quittée – un membre du village schtroumpf comme les autres, délesté de son passé trouble. Car, comme Pandore ou Ève, elle est créée pour causer la perte de ses semblables – nulle volonté divine, cependant (elle n'a même pas droit à cela), mais une infâme manigance du sorcier Gargamel, qui voit là l'occasion d'en finir une bonne fois pour toutes avec les lutins bleus. La femme comme instrument de malheur, donc : une double dégradation. Même normalisée, sa présence au sein de la communauté pose problème en ce sens qu'elle n'a d'autre caractéristique que sa féminité, réduite qu'elle est à son sexe. C'est ce que l'on a appelé depuis le « syndrome de la Schtroumpfette », qui fait référence à ce que, dans une fiction, une femme n'existe que dans son rapport aux personnages masculins. Mais ce serait toutefois aller un peu vite en besogne. Il ne faut pas perdre de vue que la série de Peyo est une œuvre satirique. Si, avec cette créature féminine, le beau sexe en prend pour son grade, c'est également le cas de tous les caractères humains incarnés dans chaque Schtroumpf (l'intellectuel, l'orgueilleux, le paresseux, etc.).

Surtout, si elle concentre sur elle tous les sarcasmes de l'auteur à l'égard des femmes, elle n'apparaît pas uniquement comme une fautrice de troubles, mais aussi comme une victime. C'est là que le récit initial de Peyo est plus fin qu'il en a l'air. Finalement, les vrais responsables des malheurs des Schtroumpfs, ce sont eux-mêmes. Leur comportement est dénoncé dans le récit à travers leur revirement : d'abord l'indifférence quand la Schtroumpfette est une ingrate petite brune, puis l'hystérie quand elle se transforme en pin-up blonde. La gent masculine bleuâtre se distingue par son peu d'égard quant aux sentiments de leur congénère féminine, jusqu'à se rendre coupable des pires cruautés. Ils ont le mauvais rôle, jusqu'à un dénouement à la lisière du tragique. La Schtroumpfette, tourmentée par l'attitude de ses camarades, entreprend de se sacrifier : elle fuit, à la faveur de la nuit, en espérant être oubliée. La femme n'a rien à se reprocher dans le procès machiste qui lui est intenté ; la faute retombe intégralement sur les hommes. Peyo ne participe donc pas à alimenter le syndrome de la Schtroumpfette, il en fait plutôt le récit, élevant son personnage au rang de martyr.

La comtesse Amélie d'Yeu, dite Kiki

En 1969, quelques mois avant l'apparition de Natacha dans le journal *Spirou* (Walthéry mijotait son affaire depuis longtemps déjà), une jeune femme aux lignes gracieuses et au caractère bien trempé fait irruption au milieu des aventures des deux compères dans *Tif et Tondu contre le Cobra*. L'affolement de Tif, qui court alors dans tous

■□
Seccotine **par Franquin (Dupuis).**

□■
Queue-de-Cerise brave l'autorité (Popaïne et vieux tableaux**, Dupuis).**

les sens aux petits soins de l'élégante et jeune comtesse, est sans doute à la mesure de ce que ressent le lecteur du journal, surtout s'il n'a pas eu connaissance des héroïnes contre-culturelles nées en France au cours de la décennie. Annoncée au début du récit, son arrivée est d'autant plus fracassante qu'elle se fait à la faveur d'une méprise. Ouvrant la porte à une femme d'allure sévère et ingrate, caricature éculée de la vieille rombière (à laquelle il ne manque plus qu'un chat sadique, comme la voisine de Boule et Bill), le duo l'accueille avec toutes les attentions dues à sa prétendue noblesse. Il s'avère qu'elle est en réalité leur nouvelle femme de ménage, la vraie comtesse faisant son entrée quelques instants plus tard, portant une minijupe et un sage chignon qui offrent l'image inversée de la mégère, transfigurée par quelque marraine la fée – soit la main experte de Will en matière de plastique féminine. Imaginé par Tillieux au scénario, le personnage semble rejouer les travers masculins qui s'étaient manifestés autour de la Schtroumpfette : mépris et rire gras devant une femme peu aimable, excitation et fascination à l'égard d'une anatomie plus sophistiquée. Mais, à la faveur de ce basculement, les auteurs peuvent tout aussi bien raconter le changement de régime qui s'opère dans la représentation de la femme au sein de la B.D. franco-belge : auparavant, domestiquée par le récit, elle était au service des péripéties et des gags qui abusaient des stéréotypes ; désormais, imprévisible et déroutante, c'est elle qui met les héros à son service et qui fait s'activer la narration. Si elle n'occupe qu'un rôle secondaire dans cette première aventure, elle ne cessera de s'imposer au fil des albums, notamment au tournant des *seventies* dans *Le Roc maudit, Sorti des abîmes* ou *Le Scaphandrier mort*. Là, elle prend le contre-pied des idées reçues, avec un certain sens de l'ironie – à un personnage qui s'étonne de voir « une femme, ici », elle répond : « Et pourquoi pas ? Je suppose qu'ils auront besoin de quelqu'un pour faire la cuisine. » Surtout, elle fait tourner en bourrique tous les représentants de l'autorité conservatrice, de la police au pouvoir politique en passant par les deux héros, qui sont loin de se rendre maîtres de leur délicieuse compagne. Modèle de la femme indépendante qui n'a pas renoncé à sa féminité, elle se surnomme elle-même Kiki, comme la fameuse Reine de Montparnasse, muse qui passa de modèle à artiste et qui sut ainsi se rendre maîtresse de son image.

Entre-temps, même Hergé aura vengé l'honneur de la femme. Dans *Tintin au Tibet* (1960), on remarque deux cases d'une singulière beauté. Tintin et Haddock visitent New Delhi ; alors que le capitaine annonce qu'ils ont tout juste le temps de sauter dans un taxi pour prendre leur avion, Tintin tourne la tête vers le hors-champ de la case, à sa droite, tout en prononçant le mot « Dommage ! ». À la vignette suivante, les personnages sont de dos, et on voit derrière eux, au premier plan, une jeune et gracieuse femme indienne, dont les yeux semblent discrètement glisser au passage du héros à la houppette. « Dommage », semble dire avec lui Hergé, « dommage que la femme n'ait pas plus de place dans la bande dessinée que dans le cœur de Tintin », qui semble là battre à un autre rythme que celui de l'amitié. Pas encore sous le feu des projecteurs, mais dévisagées avec amour du coin de l'œil, ces quelques aïeules de la B.D. franco-belge n'en sont pas moins belles et touchantes. ✖

Et au milieu coule une vitesse

Les sœurs Wachowski
Par Julien Abadie
Illustration d'ouverture
par Anna Wanda Gogusey

Il y a encore quelques années, on ne connaissait des Wachowski que leurs films et l'on ne pouvait que supposer leurs intentions. Mais depuis leur transition (Larry est désormais Lana, Andy est désormais Lilly) et la médiatisation qui a suivi, tout a changé. La tentation est devenue grande de relire leur filmographie, de Matrix **à** Sense8**, par le seul prisme de leur changement de genre, alors que ce qui s'y joue va beaucoup plus loin que ça.**

« Un matin de rentrée des classes, j'ai le souvenir de passer à travers la file des filles et… d'hésiter à me ranger malgré mes vêtements différents. J'ai finalement continué à avancer pour rejoindre ma ligne, celle des garçons, mais c'est alors que j'ai eu le sentiment que je n'étais pas totalement des leurs non plus. Alors je me suis juste arrêté là. Entre les deux. » Le petit Larry a huit ans. Serré dans son uniforme, il vient d'être transféré dans une école catholique de Chicago. « Je suis resté comme ça un long moment… Tout le monde me regardait. La nonne m'a ordonné de me mettre en ligne, mais je ne pouvais pas bouger. Je crois qu'une part inconsciente de moi-même s'est dit à cet instant que j'étais exactement à ma place : entre parenthèses. » Le petit Larry a alors quarante-sept ans et s'appelle Lana. En pleine préproduction de *Cloud Atlas*, l'aînée des Wachowski s'était ouverte comme jamais au chroniqueur du *New Yorker*.

■□□
Emile Hirsch au volant de son bolide dans Speed Racer **(2008).**
© Warner Bros.

□■□
Jennifer Tilly et Gina Gershon dans Bound **(1996).**
© Warner Bros.

□□■
Love parade avec les sensitifs dans Sense8 **(2015-2018).**
© Netflix

Cinéma chrysalide ?

Perdue au milieu de ces 7000 mots passionnants, où se croisent méthode d'écriture, souvenirs de tournage et révélations intimes, cette anecdote a ceci de merveilleux que, dans le choix des termes comme dans sa puissance symbolique, elle semble annoncer l'œuvre qui va suivre. Le système, la différence, les lignes que l'on traverse et que l'on refuse de suivre, l'immobilité comme mouvement radical, l'éthique de la parenthèse... C'est comme si les obsessions dont Larry et son petit frère Andy nourriront bientôt leurs films étaient déjà là, prêtes à germer sur le terreau d'une enfance passée dans la plus singulière des marges : celle du milieu. Compte tenu de la trajectoire et des transitions respectives de Lana et Lilly Wachowski, la tentation est grande de parler les concernant d'un cinéma chrysalide, de lire leurs films comme des mues nymphales avant la transformation. Souvenir tenace que celui de ce cocon qui abritait le corps de Neo dans *Matrix* avant qu'il s'éveille... Mais ce serait commettre un contresens que d'en rester là. Car le papillon marque la fin du voyage de la chenille, alors que Lana et Lilly ne sont pas l'aboutissement de Larry et Andy. Dans leur esprit, il n'y a pas de chenille ni de papillon, de départ ou d'arrivée, juste un spectre infini de possibilités entre les deux. Tout leur cinéma en découle : aujourd'hui, la chrysalide n'est pas un stade temporaire, mais un état permanent.

« La transition est un sujet difficile pour moi, parce qu'il se rend complice d'une conception binaire des genres avec laquelle je ne suis pas à l'aise », confirmait Lana Wachowski au moment de recevoir son HRC Visibility Award en 2012. Fustigeant au micro la « pathologie de cette société qui refuse d'admettre le spectre des genres de la même manière qu'elle est longtemps restée aveugle au spectre des races et des sexualités », Lana sortait pour la première fois Larry de cet anonymat qu'il chérissait tant, pour se faire un relais médiatique et militant d'une communauté trans largement invisibilisée. Après sa propre transition, Lilly ajoutera : « La transition que je viens de faire va continuer toute ma vie, elle va se poursuivre dans l'infinité d'états qui sépare l'homme de la femme, comme elle le ferait dans l'infinité de nombres qui sépare 0 et 1. Il faut élever le dialogue au-delà du simplisme de la

« Il faut élever le dialogue au-delà du simplisme de la binarité [des genres]. C'est une fausse idole. » Lilly Wachowski

binarité. C'est une fausse idole. » Cependant, en réalité, les deux cinéastes avaient depuis longtemps commencé leur travail de sape derrière la caméra. Un combat plus esthétique que militant, qui a toujours consisté à raccorder leurs obsessions personnelles au devenir transitionnel d'une bit *générationne* en train de se faire. Sans même parler de *Sense8* dont tout a déjà été dit par Jérôme Dittmar (▶ **Carbone.ink**), il faut revoir toute leur filmo pour prendre conscience à quel point elle traduit cette impression très contemporaine de se situer perpétuellement « entre » plutôt que « dans », davantage au milieu du gué que sur l'une des deux rives.

Body Double

Songez à *Bound,* par exemple, leur premier film. Les Wachowski y mettent en scène un couple de lesbiennes *lipstick* et *butch* s'inscrivant à rebours des canons hollywoodiens de l'époque (rappelez-vous les scènes saphiques de *Basic Instinct*). À ma gauche, l'ultraféminité de Jennifer Tilly la fige en un fantasme masculin absolu ; à ma droite, l'allure et l'accoutrement de Gina Gershon la tirent vers une masculinité assumée. Et pourtant, comme le souligne avec surprise Kelly Kessler dans son article « Bound Together » dans la revue *Film Quaterly* en 2003, l'énergie sexuelle qui se dégage de leur couple est l'une des rares dans le cinéma mainstream à avoir émoustillé autant le mâle hétérosexuel que le public lesbien. Comme si les actrices parvenaient, à l'instar de leurs personnages, à jouer sur plusieurs tableaux à la fois. Au-delà d'une « lesbianisation » pure et simple des codes esthétiques du film noir (Gina Gershon se comparera à Robert Mitchum) et de l'aide déterminante de la conseillère sexuelle Susie Bright, ce flottement des coordonnées érotiques témoigne d'une volonté permanente d'aller vers la sexualité et le genre d'en face sans jamais les rejoindre. Positionnées entre les lignes mais en des endroits différents, croisant leurs physiques à la fois gémellaires et antinomiques, les deux héroïnes déclenchent une sorte de circulation corporelle et esthétique, comme si chacune d'elles échangeait instantanément avec l'autre ce qui lui manquait pour prendre ennemis et spectateurs de vitesse. Une sensation de duplicité généralisée s'empare alors du film et le grignote de toutes parts : des surcadrages qui découpent le champ aux deux tasses de café noir

Bae Doona dans Cloud Atlas **(2013).**
© Warner Bros.

Trinity et Neo ou la confusion des genres dans Matrix **(1999).**
© Warner Bros.

et laiteux en passant par le mur poreux qui sépare les deux appartements et autorise tous les va-et-vient, le film passe son temps, comme son titre l'indique, à tisser un lien entre des pôles opposés.

Androgynes tout en restant clairement sexués, les corps de Neo et Trinity fonctionnent exactement sur le même principe dans la trilogie *Matrix*. Ils sont l'écho charnel de leur capacité à transiter eux aussi d'un monde à l'autre à la vitesse de la lumière, la manifestation physique de ce super-pouvoir qui leur permet de transcender les conceptions binaires de l'espace-temps : dans le premier épisode, Trinity ressuscite Neo dans la matrice d'un baiser dans le réel ; dans le second, Neo ranime Trinity dans le réel d'un massage cardiaque dans la matrice. *Cloud Atlas* se fait encore plus clair en nous invitant carrément à une symphonie transformiste. On y découvre qu'une même âme peut habiter simultanément six époques et corps différents, se balader dans l'espace-temps en changeant de genre, de race ou de sexe. D'une extrême complexité, le découpage débouche par effet de juxtaposition sur une structure tonale et syncrétique, où le corps, plus plastique que jamais, devient pour l'esprit libre un vaisseau interchangeable pour manœuvrer plus vite dans l'espace-temps.

A(r)ccélération

Cette vitesse, nos cinéastes toqués de philosophie post-structuraliste ne la séparent jamais de leur rapport fluide au corps et à l'identité. « Le milieu n'est pas du tout une moyenne, écrivait Deleuze dans *Mille plateaux*, c'est au contraire l'endroit où les choses prennent de la vitesse. » C'est comme si le rejet de la binarité, la célébration d'une identité-parenthèse et d'une transition permanente produisaient naturellement des héros accélérés, à la fois compatibles avec le système du fait de leur rapport décomplexé au changement, mais aussi capables de mener un *Blitzkrieg* contre ses outils de contrôle et de normalisation (le couple Neo et Smith est exemplaire de ce point de vue). Qu'il soit patriarcal, économique, virtuel ou étatique, le pouvoir n'est d'ailleurs mis en danger dans leur cinéma que s'il est pris de vitesse. Une tâche qui n'a rien d'évident, tant le système a justement fait de cette vitesse l'instrument ultime de sa domination. Comment devancer les agents dans *Matrix*, les autorités de Neo-Seoul dans *Cloud Atlas*, le BPO dans *Sense8*, lorsque leur vitesse de surveillance confine à l'ubiquité ? En le prenant à contretemps répondraient en cœur Derrida et les Wachowski. En s'appropriant le mouvement pour faire de son être même le siège d'une accélération prodigieuse. En prenant conscience que, à la différence des systèmes technologiques, la vitesse de la pensée n'est pas limitée par celle de la lumière, qu'elle n'obéit à aucune règle physique. Qu'on les nomme amour, art, spiritualité, c'est seulement grâce à ces opérations de création, d'invention et d'expérimentation que permet la pensée que le héros wachowskien parvient à prendre l'ennemi par surprise, à surgir où il ne l'attend pas et à *déconstruire* son emprise. Ce n'est pas pour rien si Neo combat les agents attaché à son fauteuil connecté, si

Speed Racer change le monde harnaché dans son siège-baquet, ou si les sensitifs ne se déplacent pas physiquement pour s'entraider : chez les Wachowski, le combattant est immobile ; c'est sa pensée qui se déplace.

De tous leurs films, c'est sans doute *Speed Racer* qui cristallise le mieux ces enjeux. Les Wachowski n'ont jamais caché leur souhait de faire de ce blockbuster pour enfants une œuvre d'avant-garde qui « partirait à l'assaut de toutes les conventions de l'esthétique moderne ». Cette histoire de pilote en lutte contre le système crapuleux de la course automobile cache d'ailleurs – c'est une habitude chez les cinéastes – une métaphore maligne de l'artiste au travail et du film en train de se faire contre le pouvoir qui l'abrite. Avant d'être un moyen de gagner de l'argent, la vitesse devrait d'abord être une fin en soi, nous explique *Speed Racer*, un art à la fois cinétique, calligraphique, musical, même, dirait Kandinsky, dont les voitures de course seraient en quelque sorte les stradivarius ou les pinceaux effilés. Le message des cinéastes à l'intention d'Hollywood est assez limpide. Mais l'essentiel se joue ailleurs. Éclate dans le mouvement palimpseste des images et des temporalités coulissant les unes sur les autres, dans ce ballet de *layers* chorégraphié par l'esprit d'un pilote coincé dans son cockpit, toute la capacité de l'art, donc de la vitesse de pensée, à muter sans fin d'une forme à une autre et à transformer l'espace-temps à sa guise. C'est elle, bien davantage que le pied du pilote, qui propulse le film à cette allure fulgurante. C'est elle aussi qui va battre à plate couture la vitesse électronique du capitalisme financier incarné par E. P. Arnold Royalton. C'est elle encore qui, en donnant l'impression d'un mouvement perpétuel, entrelace nos repères spatio-temporels pour tout conjuguer à un présent entre parenthèses.

Finalement, l'image du petit Larry immobile entre les lignes était trompeuse. En réalité, ce sont ses petits camarades qui étaient à l'arrêt dans les files encombrées de droite et de gauche, quand lui accélérait sans bruit sur la voie dégagée du milieu. Aux dernières nouvelles, il n'était toujours pas arrivé à destination... ✖

Veruschka

Métamorphoses et transfigurations
Par Véronique Bergen

Née comtesse en 1939, à Königsberg, Vera Gottliebe Anna von Lehndorff, icône d'une pop culture aristocratique croisant les routes d'Antonioni, Dalí, Warhol et James Bond, Veruschka compose une figure culte à la croisée des mondes : univers de la mode, des top-modèles, du septième art et du body art. Portrait d'une pionnière de la peinture corporelle qui, en transformant son corps en zèbre, en arbre ou en fenêtre, n'a cessé de jouer avec la réalité, l'identité et de se réinventer avec une liberté absolue.

Voyant le jour en Prusse-Orientale à l'orée de la Seconde Guerre mondiale, dans une histoire marquée par les croix gammées, le bruit des bottes, brisée par la « solution finale », Veruschka appartient à une grande famille de la noblesse prussienne, les von Lehndorff-Steinort. Elle connut à peine l'immense domaine familial comprenant le château de Steinort que les nazis réquisitionnèrent en 1941. Elle connut aussi à peine son père, le comte Heinrich von Lehndorff-Steinort, riche propriétaire terrien qui, comme sa sœur Karin et sa cousine Marion von Dönhoff, entra dans les rangs de la Résistance. Farouche opposant au régime national-socialiste, témoin en 1941 d'un massacre de Juifs perpétré par les SS, il participa à l'opération Walkyrie. Le complot se concrétisa le 20 juillet 1944 ; la bombe posée par le comte von Stauffenberg éclata dans la Tanière du Loup, ne blessant que légèrement Hitler. Heinrich von Lehndorff parvint à échapper à la Gestapo, mais se rendit afin de ne pas mettre en danger sa famille, sa femme, la comtesse Gottliebe von Kalnein, et ses enfants. Condamné à mort, il fut pendu le 4 septembre 1944. La mère vécut dans des camps de concentration, les quatre filles furent placées sous un faux nom dans des orphelinats jusqu'à la fin de la guerre. Derrière l'apparition iconique de Veruschka dans une scène fétiche de *Blow-Up* (1966), derrière l'actrice de *Veruschka: Poetry of a Woman* (1971), *Salomè* (1972), *Couleur chair* (1978), *Dorian Gray im Spiegel der Boulevardpresse* (1984), *The Bride* (1985), *Casino Royale* (2006), derrière la performeuse du body art se cachent les traumatismes de l'enfance, qui seront transfigurés par une réinvention perpétuelle de soi.

Changer de prénom – prélude à un changement d'identité, de genre, d'espèce –, s'arracher au déterminisme, à la factualité de la biographie. Le premier acte du manifeste métamorphique a lieu au début des années 1960, lorsque, après des études d'art à Hambourg et à Florence, alors qu'elle devient mannequin, elle se débaptise.

Veruschka **devant l'appareil de David Hemmings dans** Blow-Up.
Everett Collection

Veruschka **en tenue léopard.**
D.R.

Veruschka **en tenue zébrée photographiée par Franco Rubartelli.**
D.R.

Pionnière de l'art corporel, inspirant un grand nombre d'artistes contemporains, Veruschka défait, refait, excède l'humain au fil de happenings sauvages.

Exit Vera, place à la légende d'une filiation russe, à la création d'un alter ego, Veruschka. La consonance slave, la réinvention des origines, la rature du drame familial voilent le passé et lui rendent hommage tout à la fois. Coupé partiellement, le cordon ombilical n'est guère passé sous silence : Veruschka était son surnom durant l'enfance. Le jeu sur l'état civil oscille entre disparition et survivance. Deux gestes se nouent : refouler l'origine mais aussi repêcher un fragment de vécu dans l'océan des simulacres. La mort du père n'a pas eu lieu. S'auto-engendrant, Veruschka surgit comme une entité émancipée de la finitude humaine.

Mutante des sixties

Corps androgyne, taille très grande (1,90 mètre), ce qui n'est guère courant à l'époque. En plein envol des *sixties*, le monde de la mode l'intronise reine, Diana Vreeland de *Vogue* l'adoube. Femme muse, femme photoélectrique captant la lumière, les plus grands photographes sculptent son image : Irving Penn, Richard Avedon, Helmut Newton, Horst P. Horst, Bert Stern, Peter Beard... Son apparition marquante et éclair dans *Blow-Up* magnétise. Œuvre emblématique d'une époque entraînée dans une révolution politique, sociale, esthétique, sexuelle, brisant les enfermements du vieux monde, le film d'Antonioni ne se doutait pas qu'il allait subir, quarante ans plus tard, sous couvert d'une critique de la domination, du phallocentrisme, l'ire des relectures castratrices d'un néoféminisme puritain, qu'il serait pointé du doigt par les nouveaux croisés, les censeurs condamnant le cinéaste mais aussi Egon Schiele, Balthus et tant d'autres au bûcher.
Les mues du serpent Veruschka se logent à l'enseigne de l'imprévisible. Alors qu'au mitan des *sixties*, elle expérimente les premières photos de peinture corporelle, elle tourne le dos au monde de la mode en 1975, ne le réintégrant qu'occasionnellement. Voyageant la même année au Kenya avec Andy Warhol et Peter Beard, Veruschka s'enduit le corps d'un cirage noir, efface les caractères morphologiques trop humains afin de se fondre dans l'environnement. Elle est celle qui fait de son corps un agencement incarnant la formule de la pensée vitaliste (vitalisme de la philosophie contemporaine, de Bergson à Deleuze, affirmant une identité de la pensée et de la vie), « peindre le monde sur soi ». Un dispositif qu'elle reconstruit, réinterprète de manière éphémère à partir du donné, sans y opérer des greffes, sans manipulation ni devenirs androïdes.

Humanité et féminité sont des cadres trop restrictifs, qui enferment. Lorsqu'elle était top-modèle, Veruschka s'effaçait derrière les idées de la beauté, de l'élégance. À présent, et grâce à la pratique du body art, elle va pousser les métamorphoses à l'infini. On captera alors Veruschka dans des métamorphoses intérieures s'exprimant par ses devenirs-tableaux, animal, végétal ou minéral. La fusion de son imaginaire et de celui de Dalí, son expérience africaine permettent un retour aux sources, à la nature, qui est invention d'un ailleurs et non pas simple retour. Adieu à l'étroitesse de la top-modèle, adieu à la femme fantasmée, à l'icône de la beauté, à l'eidos de la femme saturée de perfection. Place à la ronde des masques, à la dissémination de l'ego, à l'éclatement des limites individuelles, à la confusion avec l'animal, la plante, la pierre. Il s'agit non de se recentrer, de chercher ses identités multiples, mais de les perdre, de les arracher, d'aller plus loin. Travaillant en Afrique, au Mozambique avec Holger Trülzsch (artiste plasticien allemand né en 1939, percussionniste, cofondateur du groupe de musique électronique Popol Vuh, photographe, il développera le concept de psychotopographie en référence à la dérive situationniste), Veruschka dira qu'elle crée « la version savane du Lido de Paris ».
Les peintures tribales, les devenirs zèbre ou arbre, caillou ou écosystémique reposent sur une alchimie corporelle plongeant dans des états de conscience et de corps modifiés. Sur

la scène d'un théâtre permanent, le devenir insaisissable, non localisable nécessite pour chaque transfiguration un travail de peinture corporelle prenant dix à douze heures.

Les changements d'états ne relèvent pas que du paraître, du maquillage, d'un ludisme cosmétique post-glamour. La quête ne s'enferre pas dans le décoratif, dans la recherche de seuls effets esthétiques. Pratiquée à l'aube de l'humanité, cultivée par les sociétés tribales, la peinture corporelle se réinvente au XXe siècle en Occident. Alphabet éphémère, jeu sur la représentation de soi, elle s'avance comme un médium permettant d'expérimenter l'effacement de l'humain, comme une transmutation anthropologique, une entrée dans d'autres formes de vie que l'*Homo sapiens*.

Devenir autre

Après le laboratoire africain, le devenir autre excédera l'immersion de l'humain dans la faune, la flore, le minéral. Veruschka décline ses altérations sur elle-même dans une large palette allant du devenir gangster au devenir Garbo, du devenir dandy au devenir star d'Hollywood. Avec Holger Trülzsch, Veruschka se livre à un transformisme qui apparente la peinture corporelle à l'alchimie. Elle dira « utiliser son corps comme une toile afin de le transformer en sculpture vivante ».

Pionnière de l'art corporel, inspirant un grand nombre d'artistes contemporains, Veruschka défait, refait, excède l'humain au fil de happenings sauvages. Le corps camouflé dans un environnement avec lequel il se confond devient un corps caméléon. Dans ses mises en scène élaborées, au terme d'un travail de composition rituelle, elle n'imite pas l'arbre, la mousse, le mur, la fenêtre ou le chien, mais elle pousse si loin les devenirs arbre, mousse, mur, fenêtre ou chien qu'elle trouble les dualistes du vrai et du faux, du naturel et de l'artificiel, de l'être et du paraître. Quand, en Afrique, avec Peter Beard, elle s'enduit le visage, le corps d'un cirage noir, elle change non seulement de peau mais de régime d'existence. Si un gouffre sépare l'imitation du zèbre du devenir zèbre, c'est au sens où ce dernier implique de faire monter l'animal en soi, de bondir, sentir, entendre comme un zèbre. Au travers d'un art « transpécique », Veruschka n'enfile pas une seconde peau, une enveloppe

■□□
Veruschka **par Johnny Moncada. © Rizzoli, D.R.**

□■□
Body painting avec Veruschka **pour le magazine *Zoom* en 1980. D.R.**

□□■
Veruschka **devient fruit, par Franco Rubartelli. D.R.**

charnelle, mais elle traverse une épreuve, portée par son visage végétal, son corps feuille d'arbre ou lignifié s'effaçant dans le bois, son corps passe-muraille traversant les murs, composant une portion de fenêtre.

Par son art de l'illusionnisme, sur les terres d'une haute magie, Veruschka produit une parodie décapante de l'univers de la mode, du culte des apparences et bouscule l'horizon d'attente du public. La traversée du miroir ramène des forces d'outre-monde. La femme-femme, la femme-dandy, la femme-félin, la femme-table sont toutes simulacres de simulacres. Que l'ensemble des réalités données ne soit que convention, construction, jeux de rôles, tel est le principe fondateur que nos sociétés taisent, que Veruschka met à nu en l'hyperbolisant. ✖

Saga™

Tome 1 (extrait)

Scénario : Brian K. Vaughan
Dessin : Fiona Staples
Année : depuis 2012
Édition originale : Image Comics
Traduction : Laurent Queyssi

Elle a des ailes, lui des cornes, tout les oppose et ils viennent de mettre au monde Hazel, symbole d'espoir dans un monde en guerre. Ils sont Alana et Marko, ex-soldate et prisonnier en cavale sur la planète Clivage, là où du chaos peut renaître un nouvel avenir dans la galaxie.

Depuis 2012, Saga **est l'une des plus excitantes séries de science-fiction publiées en comics. Riche, inventif, drôle, ironique, mature, nourri d'influences multiples, ce space opera chantant les louanges de la pluralité (des genres, des races, des sexes) n'a cessé depuis sa création de récolter les prix.**

Imaginé enfant par le scénariste Brian K. Vaughan, pointure derrière Ex Machina, Paper Girls **ou encore** Les Fugitifs**, et la dessinatrice Fiona Staples,** Saga **est aujourd'hui en pause pour un an après être arrivé à son cinquante-quatrième numéro. L'occasion de (re)découvrir cette série que *Carbone* est fière de vous présenter en collaboration avec Urban Comics.**

Voici comment une idée prend vie.
... Je... *hmrrrrr*... pousse... !
... J'ai l'impression de ch... *hmrrr*... !

Continue… On y est presque.
Si je te fais dessus, tu ne voudras plus jamais de moi, c'est sûr.
Sauf si c'est ton truc…
Dis-moi que c'est pas ton truc.
Mais les idées sont des choses fragiles.
Tu n'as jamais été aussi belle qu'en ce moment.
La plupart ne vivent pas longtemps hors de l'éther dont on les a tirées, hurlantes et agitées.

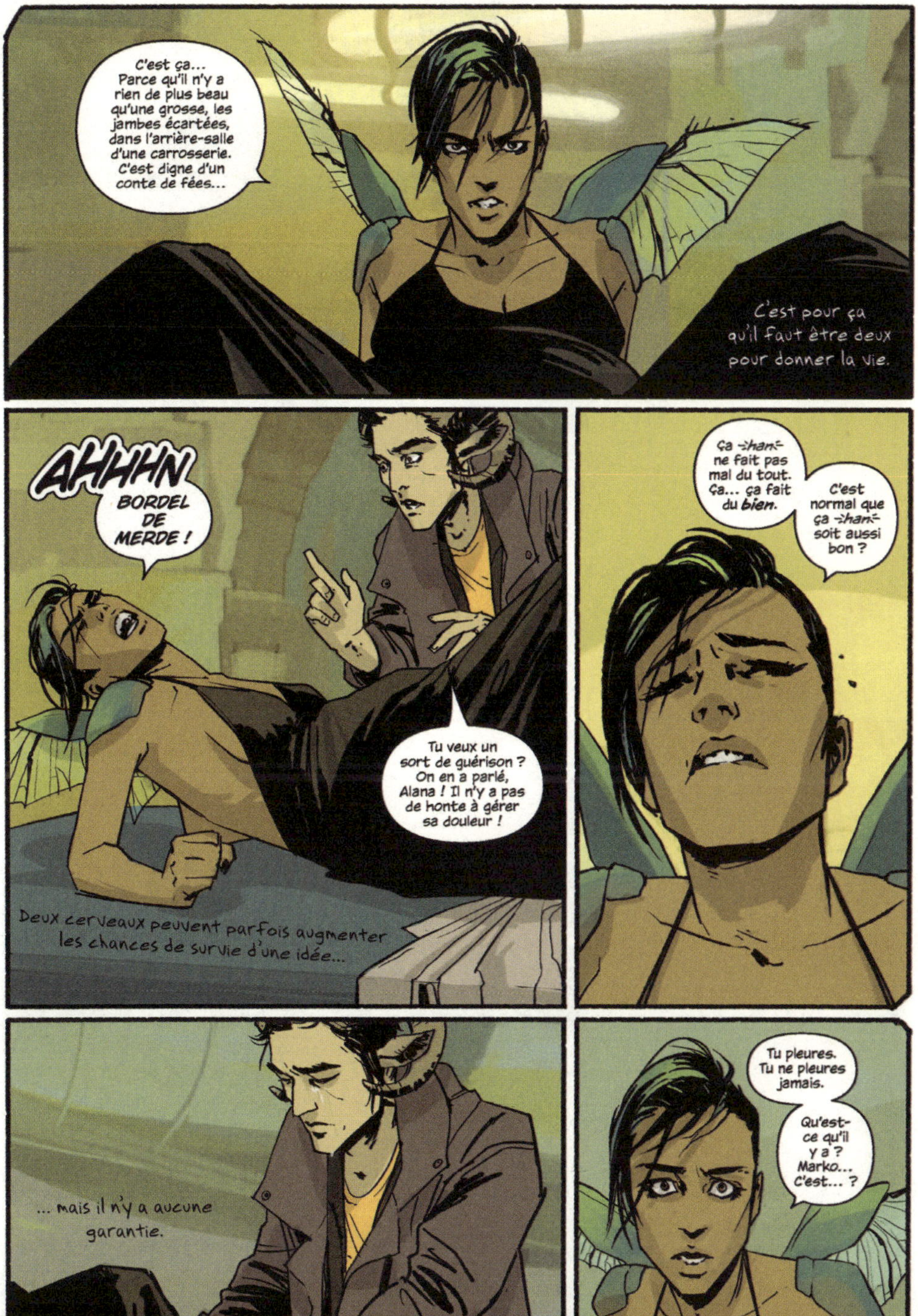
C'est ça... Parce qu'il n'y a rien de plus beau qu'une grosse, les jambes écartées, dans l'arrière-salle d'une carrosserie. C'est digne d'un conte de fées...
C'est pour ça qu'il faut être deux pour donner la vie.
AHHHN
BORDEL DE MERDE !
Tu veux un sort de guérison ? On en a parlé, Alana ! Il n'y a pas de honte à gérer sa douleur !
Deux cerveaux peuvent parfois augmenter les chances de survie d'une idée...
Ça -han- ne fait pas mal du tout. Ça... ça fait du **bien**.
C'est normal que ça -han- soit aussi bon ?
... mais il n'y a aucune garantie.
Tu pleures. Tu ne pleures jamais.
Qu'est-ce qu'il y a ? Marko... C'est... ?

C'est une fille.
Bref. Ça, c'est le jour de ma naissance.

Elle est superbe.
Regarde, elle va avoir tes cornes.
Et tes ailes.
Mais regarde ses yeux...

Ils ne sont pas verts comme les miens. Ni du même marron que les tiens.
On dirait qu'ils changent selon...
Marko ! Tu fais quoi, là ?
J'coup' le cordon.
Tu as une épée ! **Sers-toi** de ton épée !
J'ai prêté serment, Alana.
Maintenant que je suis père et plus soldat, cette lame ne sortira plus de son fourreau.
Rnnf.
J'm'attendais pas... à autant de nerfs.
Et ouais, Pico.
Ça, c'est ton père.

Pico ? On avait pourtant parlé de Béatrice.
Chéri, Béatrice, c'est un prénom de gentille fille. Tu la vois devenir une gamine insipide ?
Le truc c'est que, d'où je viens, "Pico" est une... obscénité.
Bon, on pourra toujours trouver autre chose avant son saignement d'ailes.
Quoi ?! Pas question !
Dès le début, tu as dit qu'on laissait tomber la politique, l'histoire et ces conneries religieuses.
Le saignement n'a rien de religieux, c'est... culturel.
Mutiler une enfant, c'est culturel ?
On va vraiment se disputer, là ?
Parce que c'est comme ça qu'on a fini par concevoir celle-ci...
BANG

C'était quoi ?
Je ne sais pas. Le singe mécano que j'ai payé m'a juré qu'on serait tranquille ici tout le week-end.
Première classe Alana, vous êtes en état d'arrestation pour abandon de poste et assistance à l'ennemi !
On est morts. On est *morts*.
Du calme. La porte est en os de dragon. Combien de temps va-t-il falloir à tes potes pour entrer ?
Trois minutes. Moins, s'il y a un Sang-Bleu parmi eux.
Ici le Robot Baron XXIII des Forces de la Coalition. Je vous ordonne de vous rendre sur-le-champ !
J'vous assure qu'ils sont là. J'peux partir maintenant, hein ?

Va-t'en. Je vais les retarder.
Partir ?
Mais où ?
Ils ne pensent jamais au toit.
Parce qu'ils savent que mes ailes sont inertes !
Je ne pourrais même pas soulever une *plume*, alors imagine le poids d'un bébé !
Arrête un peu !
Je t'en prie, tu peux le faire ! Je le sais !
TSSSSs
Il lui faut un nom.
Ma fille ne peut pas mourir sans...

Lâchez tout et mettez les mains en l'air.
Jamais ! Tu peux lécher mes hémorroïdes !
Tout ça... c'est inutile.
On veut seulement vivre en paix.
Ce Lunien parle la *Langue* ?
Putain, on devrait lui coudre les lèvres.
Vous n'avez pas le droit. On est sur un territoire civil, pas sur un champ de bataille conventionnel !
Nous sommes des officiers de la police militaire en mission de maintien de l'ordre. Veuillez vous écarter du prisonnier et...
Votre excellence !
Le D-mètre détecte de la matière exotique.
Y a de la *magie* dans l'air.

Petite merde cupide.
À qui d'autre as-tu parlé de cette opération ?
Alta Soldato Marko !
Non.
Haltu !
Mi avertas vin ne tusu min !

Vi estats kompatinda !
Attendez, on va discuter !
Leur Chapelain prépare un sort !
Ma famille.
Central, demande autorisation pour combattre un contingent de la Couronne hors théâtre d'opérations.
Je t'aimais tellement.

NAHHH!

Tu es... ?
Je...
Je suis en vie.
On est vivants.
Idiots.
Montre-toi !
Ahh !

Gamins idiots...
Fermez-la... Et *partez*.
Je te faisais *confiance*.
C'est ce que je disais... idiot.
Dépêche-toi avant que les Brigadiers arrivent. La grille derrière toi... elle mène aux *égouts*.
Ça, c'est pour toi, le papa.
Je l'ai achetée... avec l'argent récolté... en te dénonçant. Je sais qu'on n'est pas quittes pour autant, mais...
C'était une période de guerre.
En connaît-on d'autres ?

Je suis née sur une planète nommée CLIVAGE, une vieille boule de boue tournant autour d'une antique étoile défraîchie.
Elle n'a jamais eu de grande valeur stratégique, mais elle a toujours compté. À mes yeux, en tout cas.
C'est là que mes parents se sont rencontrés, mais ce n'est pas de là qu'ils venaient.
Ils ont grandi ici, là où la guerre a commencé.

Voici CONTINENT, la plus grande planète de la galaxie, et aussi l'endroit d'où vient ma mère.
Son seul satellite s'appelle COURONNE. C'est la lune natale de mon père.
Si, à une époque, ces deux-là se sont entendus, personne ne s'en souvient.

Au début, la guerre contre Couronne a éclaté dans des zones très peuplées, dans des villes comme celle-ci, la capitale de Continent.
AMBASSADE ROYALE
Comme la destruction de l'un décrocherait l'autre de son orbite, les deux astres ont commencé à externaliser les combats en territoires étrangers.
La paix fut ainsi rétablie sur Continent et Couronne, mais le conflit engloba bientôt tous les autres mondes, et chaque espèce dut choisir un camp : la planète ou la lune.
Certains habitants ne cessèrent jamais de penser aux combats qui faisaient rage en leur nom sur des terres lointaines.
Mais la plupart n'en avaient rien à faire.
Plus fort !

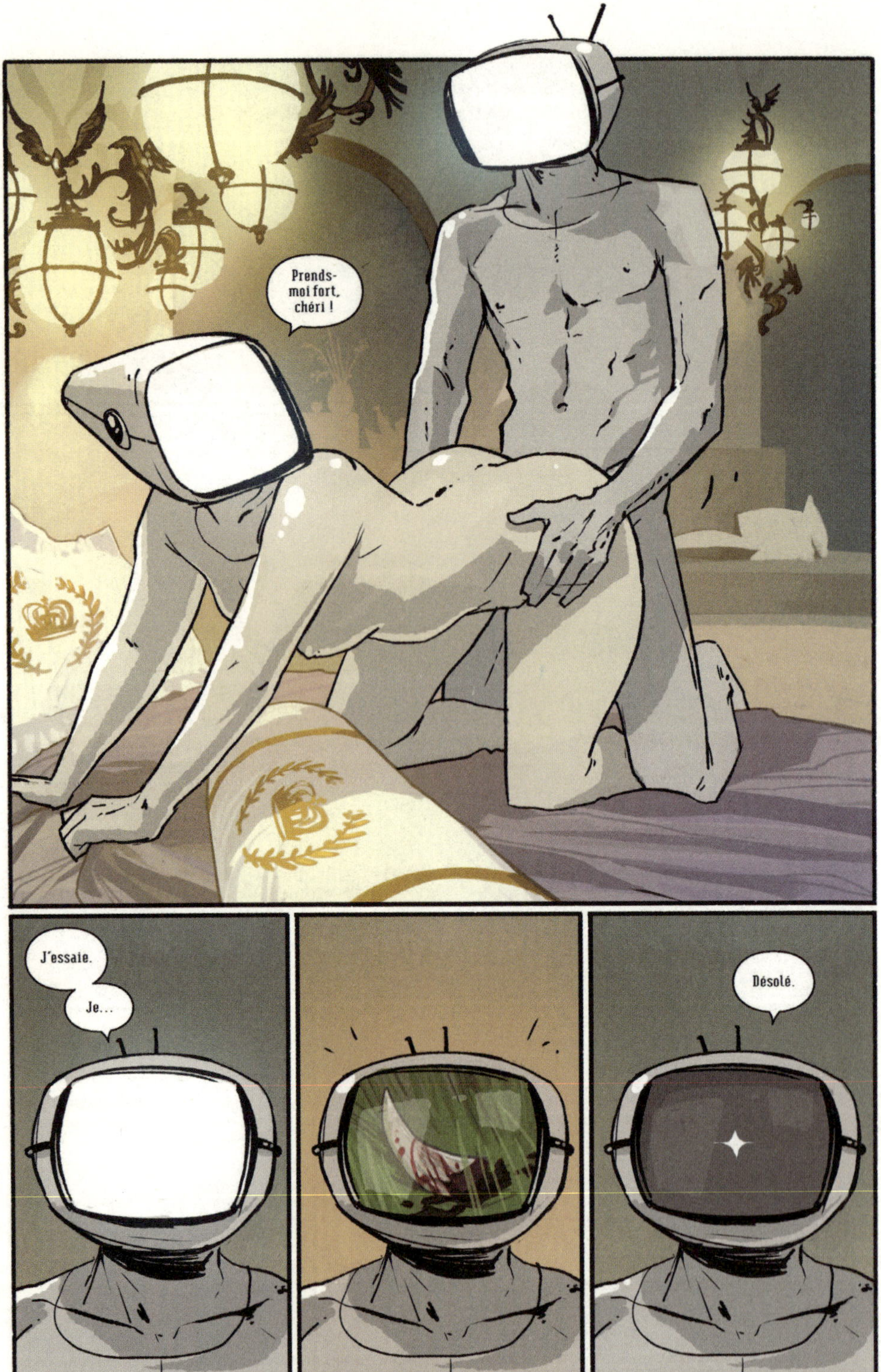

Prends-moi fort, chéri !
J'essaie.
Je...
Désolé.

C'est encore ta nouvelle jambe ? Incroyable... leurs chirurgiens sont de vrais bouchers.
Tu veux que je vienne sur toi ?
C'est bon, c'est juste le... décalage horaire. On réessaiera dans notre lit, d'accord ?
Bien sûr, IV.
Ça ira mieux lorsque l'on sera loin de ces misérables.
Ne parle pas d'eux comme ça. Ce sont nos alliés.
Non, ce sont nos *clients*.
Les plus offrants dans la Guerre du Bien contre le Bien.
Parce que tu crois que ce qu'ont fait ces animaux à mes amis pendant leur sommeil est *bien* ?!
IV, je t'en prie. C'est juste...
Vos Majestés.
Je suis vraiment désolé de vous importuner, mais on demande à parler au Prince Robot IV.
Il dit qu'il s'agit d'une affaire... *délicate*.

Je peux vous aider ?
Deux secondes... Cette appli a tenté de se mettre à jour et elle a tout fait planter. Y a du réseau ici, au moins ?
Je ne sais pas si on vous a prévenu, mais je reviens à peine d'un voyage de deux ans en *enfer*, aussi...
Ouais, j'étais à votre grosse remise de médaille, hier. L'orchestre était naze.
Agent spécial Gale, Services Secrets.
Désolé, je dois me prosterner ou un truc dans le genre ? Je ne suis pas au point sur les protocoles royaux.
Bon... de quoi s'agit-il ?
D'elle.

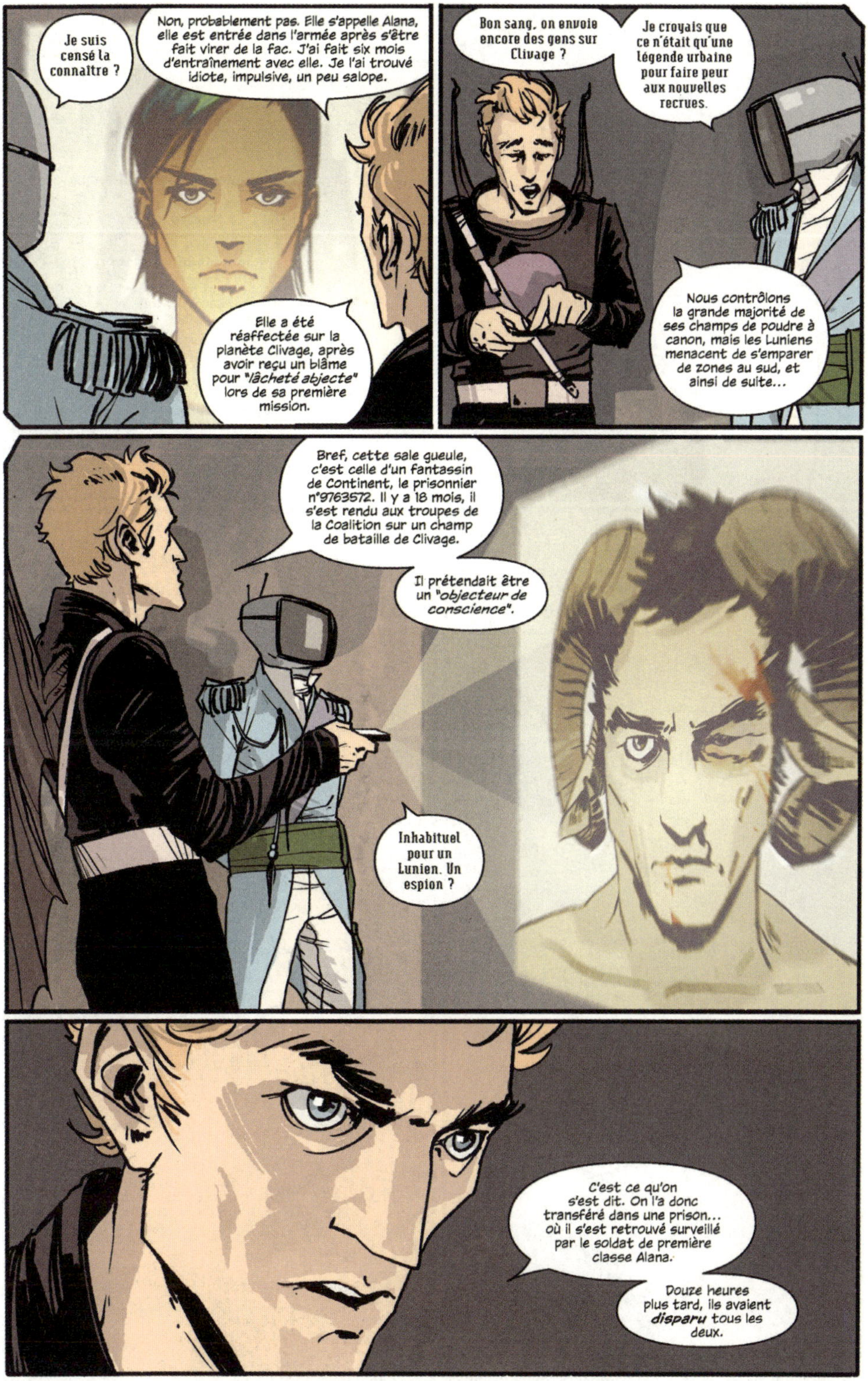
Je suis censé la connaître ?
Non, probablement pas. Elle s'appelle Alana, elle est entrée dans l'armée après s'être fait virer de la fac. J'ai fait six mois d'entraînement avec elle. Je l'ai trouvé idiote, impulsive, un peu salope.
Elle a été réaffectée sur la planète Clivage, après avoir reçu un blâme pour "lâcheté abjecte" lors de sa première mission.
Bon sang, on envoie encore des gens sur Clivage ?
Je croyais que ce n'était qu'une légende urbaine pour faire peur aux nouvelles recrues.
Nous contrôlons la grande majorité de ses champs de poudre à canon, mais les Luniens menacent de s'emparer de zones au sud, et ainsi de suite…
Bref, cette sale gueule, c'est celle d'un fantassin de Continent, le prisonnier n°9763572. Il y a 18 mois, il s'est rendu aux troupes de la Coalition sur un champ de bataille de Clivage.
Il prétendait être un "objecteur de conscience".
Inhabituel pour un Lunien. Un espion ?
C'est ce qu'on s'est dit. On l'a donc transféré dans une prison… où il s'est retrouvé surveillé par le soldat de première classe Alana.
Douze heures plus tard, ils avaient disparu tous les deux.

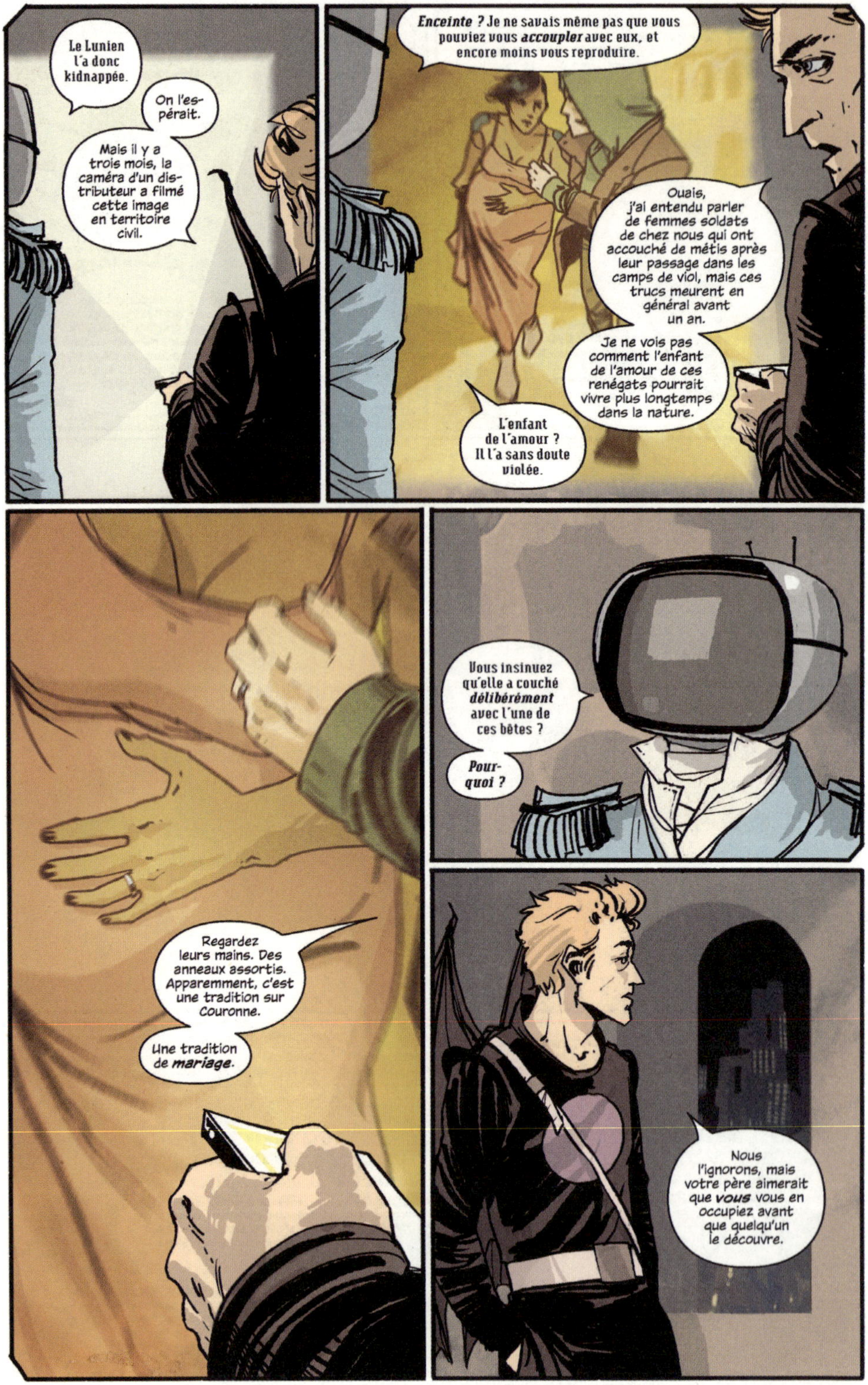

Le Lunien l'a donc kidnappée.
On l'espérait.
Mais il y a trois mois, la caméra d'un distributeur a filmé cette image en territoire civil.
Enceinte ? Je ne savais même pas que vous pouviez vous accoupler avec eux, et encore moins vous reproduire.
Ouais, j'ai entendu parler de femmes soldats de chez nous qui ont accouché de métis après leur passage dans les camps de viol, mais ces trucs meurent en général avant un an.
Je ne vois pas comment l'enfant de l'amour de ces renégats pourrait vivre plus longtemps dans la nature.
L'enfant de l'amour ? Il l'a sans doute violée.
Regardez leurs mains. Des anneaux assortis. Apparemment, c'est une tradition sur Couronne.
Une tradition de mariage.
Vous insinuez qu'elle a couché délibérément avec l'une de ces bêtes ?
Pourquoi ?
Nous l'ignorons, mais votre père aimerait que vous vous en occupiez avant que quelqu'un le découvre.

C'est le *Roi* qui vous envoie ?
Mais... j'ai déjà fait mon temps ! Je viens de réchapper à la pire embuscade de l'histoire militaire !
Survivre n'a jamais été considéré comme une *victoire*.
J'imagine que Son Altesse veut prouver que l'actuel gouvernement du Royaume Robot conserve son influence et peut se venger au besoin.
Se venger de quoi ?
Alana et son petit ami ont apparemment *massacré* un de nos meilleurs groupes de Policiers Militaires tout à l'heure, y compris un de vos Barons.
Je ne comprends pas.
J'ai dit à mes parents que je voulais fonder une *famille* cette année.
Ouais, mais ça, c'est pas mon problème.
Le *HMS Gratte-ciel* part pour Clivage au matin. Bonne chasse !
Des hommes m'ont pourchassée depuis le jour de ma naissance. Ils ont tous essayé de me faire du mal, mais un seul est parvenu à me briser le cœur.

Désolée, je vais trop vite.
J'ai cru qu'elle n'arrêterait jamais de pleurer.
Comment lui en vouloir ?
Jusqu'ici, elle n'a quasiment connu que des fusillades.
Heureusement, Maman sera prête pour la prochaine.
Tu as pris une arme ?! Tu es folle ?! Tu connais les statistiques sur les parents qui en gardent une dans leur...
Du calme. Ce n'est qu'un *Brise-Coeur*. C'est pas mortel.
On ***t'a*** déjà tiré dessus avec ? Parce que moi, oui, et ça m'a fait aussi mal que le jour où mon chien est mort...

Quoi ? T'avais un chien ?
Je savais pas !
Rumfer. Il s'est fait écraser par mon bus scolaire quand j'avais 12 ans.
Tu as appelé ton chien Rumfer ?
On ne se mettra jamais d'accord sur le nom de cette enfant, hein ?
Continuons d'avancer.
Où ça ? Ce mécano ne nous a pas légué d'abri avec sa carte, par hasard ? Un refuge avec une baignoire, peut-être ?
Étonnamment, non... Il est vraiment mort pour rien.
Ce n'est qu'une vieille carte sans valeur.
Genre... carte au ***trésor*** ?
Je t'ai dit qu'elle ne valait rien.
Rivière de la tranquillité
Le fort et la montagne
Vallée du meurtre
Chute de la sentinelle
Les Bois
Le pont étrange
La forêt de la fusée
Marais de lave

"La forêt de la fusée" ?
Sérieux ?
C'est exactement ce qu'il nous faut !
Alana, c'est bidon.
Que tu dis ! La plupart des zones de cette planète restent inexplorées, même par les autochtones. Et on a déjà vu des trucs plus étranges !
Même si les vaisseaux spatiaux poussaient dans les arbres, où irait-on ?
On n'échappera pas à cette guerre. Elle a contaminé le moindre recoin de la galaxie.
Alors, on n'a qu'à trouver une autre galaxie. J'ai entendu dire que des insoumis étaient accueillis...
On n'est pas des insoumis, mais des déserteurs. Nuance...
Vois les choses en face, notre seule chance est de se planquer et de rester à l'abri. Il faut penser à notre famille maint...
Non !
Ne me dis pas ça à moi !

Désolée.
Mais *"il faut penser à notre famille"*, c'est le cri de ralliement des lâches.
Mon vieux a gâché sa vie dans un boulot qu'il détestait pour pouvoir *"nourrir sa famille"*.
Au final, ça l'a transformé en une espèce de monstre qui nous traitait comme de la merde les rares fois où on le voyait.
Alors, tu veux quoi, Alana ?
Je veux que notre fille explore l'univers.
Il n'a jamais pu lui dire non.

Mais s'il avait su ce qui se tramait sur Couronne, mon père n'aurait jamais quitté ces tunnels.

Y a
quelqu'un ?

RAAAAR
Je viens voir une nommée Vez.
J'ai rendez-vous.

Ok.
Réfléchis. Réfléchis. Réfléchis.

C'est vous qu'on appelle *Le Testament* ?
Je suis Vez.
Vous êtes engagé.

Vous avez sacrifié une aussi belle créature pour un *essai* ?!
Rien à foutre de qui vous êtes, mon syndicat va vous…
Silence.
Uhnf !
Je dois déjà supporter le goût infect que laisse votre langage dans ma bouche. Nul besoin que vous en imprégniez mes tympans en vociférant.
Pour votre information, je déteste les indépendants.
Alors, pourquoi m'avoir appelé ?
Parce que l'homme que je veux que vous trouviez partage votre sens très relatif de la morale.
Il s'appelle Marko.
Les Tablettes de la Prophétie viennent de révéler qu'il sera bientôt responsable de la mort de millions d'âmes innocentes.
MEN-SONGE

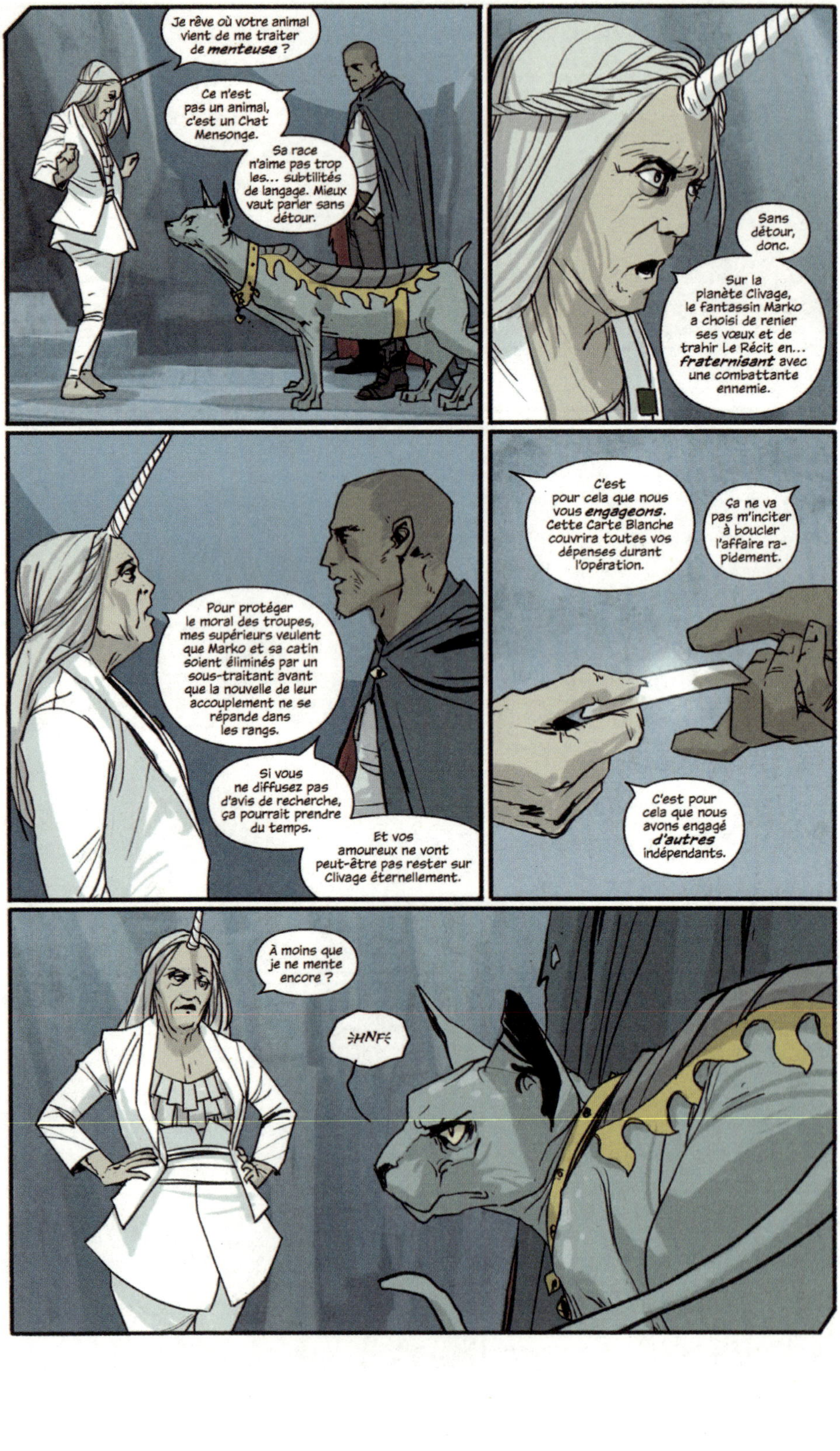

Je rêve où votre animal vient de me traiter de *menteuse* ?
Ce n'est pas un animal, c'est un Chat Mensonge.
Sa race n'aime pas trop les... subtilités de langage. Mieux vaut parler sans détour.
Sans détour, donc.
Sur la planète Clivage, le fantassin Marko a choisi de renier ses vœux et de trahir Le Récit en... *fraternisant* avec une combattante ennemie.
Pour protéger le moral des troupes, mes supérieurs veulent que Marko et sa catin soient éliminés par un sous-traitant avant que la nouvelle de leur accouplement ne se répande dans les rangs.
Si vous ne diffusez pas d'avis de recherche, ça pourrait prendre du temps.
Et vos amoureux ne vont peut-être pas rester sur Clivage éternellement.
C'est pour cela que nous vous *engageons*. Cette Carte Blanche couvrira toutes vos dépenses durant l'opération.
Ça ne va pas m'inciter à boucler l'affaire rapidement.
C'est pour cela que nous avons engagé *d'autres* indépendants.
À moins que je ne mente encore ?
HNF

Une dernière chose. Si nos renseignements sont exacts, vos cibles ont déjà donné naissance à leur *métis*.
Et ?
Vous voulez que je noie le bâtard après m'être occupé de ses parents ?
Surtout pas.
Peu importe le crime de ses parents, ce n'est qu'un *bébé*. Pour recevoir le reste de votre paiement, vous devrez nous remettre l'orphelin *en bonne santé*.
Bonne chance, Le Testament.
Faut être vraiment con pour faire un gamin dans un monde pareil.

Bingo.
Cette forêt n'est pas différente d'une autre.
C'est vrai, mais si je lis cette carte correctement, la Forêt de la Fusée se trouve derrière la prochaine vallée, de l'autre côté d'un truc qui s'appelle le Pont Étrange.
Génial, on joue notre avenir sur une carte qu'un traître a arrachée à la fin d'un bouquin qu'il a oublié de rendre à la bibliothèque.
Sérieusement, on ne devrait pas se déplacer de nuit.
C'est l'heure où les Horreurs sortent.

Alors, tu crois que les fusées sont des racontars, mais tu as peur des monstres imaginaires de Clivage ?
Les Horreurs ne sont *pas* des inventions.
Un éclaireur de mon peloton en a vu une lors de sa première nuit ici, en train de dévorer une dizaine d'hommes. Il a dit qu'elle avait des ***yeux rouges et brillants***, et des ***milliers d'aiguilles*** à la place des dents.
Tu sais ce que je trouve horrible ?
Neuf mois sans boire d'alcool. Si j'ai pu y survivre…
Chut !
Écoute.
Quoi ? Mes oreilles sifflent depuis notre dernière aventure.
… Tu n'entends pas des cris ?
Du calme, chochotte.
Il doit y avoir une clairière juste devant, et elle va nous mener tout droit au Pont…

J'avais bien entendu quel-que chose.
C'est pas juste. Le front était de l'autre côté de la planète, l'année dernière.
Comment nos deux armées peuvent-elles déjà se battre *ici* ?
Alana...
C'est bon, ok ?
J'ai été stupide de croire qu'on pourrait échapper à cette putain de guerre débile !
Alana, tu avais *raison*.
Ce pont est détruit... mais il est pile là où la carte l'indiquait.
Peut-être que notre fusée l'est aussi. Il faut juste trouver un autre itinéraire.
Ce n'est pas un embouteillage, Marko.
Non, mais on a survécu à pire, tous les deux. Et cette fois, on a un truc en plus.
Espé-rance.

Si tu crois que je vais appeler ma fille comme ça, je divorce.
Je m'appelle Hazel.
Vraiment ?
C'est trop cul-cul ?
Au début, je n'étais qu'une idée, mais je suis devenue plus que ça.
Guère davantage, à vrai dire. Je ne me suis pas non plus transformée en grande héroïne de guerre ou en sauveur tout puissant...
Bon, j'aime bien les prénoms qui commencent par "*Es... Azz*".
On progresse.
Je l'ai sur le bout de la langue.
Mais grâce à ces deux-là, j'ai pu au moins devenir adulte.
J'ai une haleine affreuse.

Ce qui n'est pas le cas de tout le monde.

QU'ELLES VIENNENT DU CINÉMA, DE LA LITTÉRATURE, DE LA BD OU DU JEU VIDÉO, LES COMBATTANTES ONT MILLE VISAGES, MILLE HISTOIRES, MILLE MANIÈRES DE TRANSFORMER LE MONDE. PORTRAITS.

⌛ Je grandis, et, contrairement à ma sœur et mon frère, qui restaient des rêveurs invétérés, je me consacrai à la science, j'y déversai toute mon énergie. Quand vous êtes douée, quand aucune porte ne vous résiste… normal d'aller chercher où sont les limites. Rien ni personne ne parvenait à m'arrêter. Très vite, je me plongeai dans la recherche : mes parents me trouvaient souvent abîmée au milieu d'un monceau de notes, en train de lire sur mon téléphone portable, et finirent par se demander si j'allais avoir ma crise d'adolescence, si j'allais partir de la maison pour aller faire la fête avec mes amis. Mais mes amis étaient sur Internet, et nous avions tous un but commun : voyager dans le temps.

Nous y parvînmes.

▶ p. 218

● misc#01

Gigi

Elles ne sont plus trop à la mode, du moins en apparence chez nous. Elles, ce sont les *magical girls*, ces héroïnes de l'animation ou du manga qui, avec leurs pouvoirs, continuent d'amuser les Japonaises. Car si le genre perdure avec pléthore de titres, le grand public, ici, se souviendra peut-être davantage des pionnières : Sally la petite sorcière, Creamy, Emi, Sailor Moon (un peu plus tard) et, bien sûr, Gigi, alias Minky Momo. Comme ses consœurs, elle vient d'un royaume magique et possède une baguette lui donnant un air de sorcière. Mais ce qui fait le sel de Gigi, c'est sa façon de se mouvoir d'un corps de fillette à celui d'une jeune femme pour résoudre moult problèmes du réel avec une assurance infaillible. Un vrai récit d'émancipation au féminin dans un Japon *eighties* rêvé. ✖

● misc#02

Enid

Il y a deux Enid, l'héroïne de *Ghost World*, la bande dessinée de Daniel Clowes (grand nom de l'indé contemporain), et celle de son adaptation du même nom au cinéma. Le personnage est le même, mais chaque média complète les facettes du personnage. Qui est Enid ? Une adolescente binoclarde et stylée, cynique, sarcastique, qui parle sans cesse par références, pense tout haut et passe son temps à zoner avec sa copine Rebecca (Scarlett Johansson dans le film) dans ce monde fantôme, une banlieue anonyme que Clowes croque dans ce moment d'inertie entre la fin du lycée et la fac. L'auteur disait avoir voulu faire un vrai portrait de femme, pas comme on en voit au cinéma. Des filles qui parlent donc, qui se cherchent, se séparent, se perdent, comme dans la vie. ✖

● misc#03

Billie Jean

Pour les gogos, les années 1980 c'est ce cocon reagano-spielbergien où il n'y a point de salut, passé les Goonies, Rocky ou Indy. Comme toujours, il faut voir ailleurs pour débusquer les trésors. Ainsi de *The Legend of Billie Jean*, *teen movie* d'époque (1985) s'éloignant des chroniques de John Hugues (▶Molly Ringwald, **p. 222**) pour préférer le portrait d'une Jeanne d'Arc des temps modernes. Billie Jean, c'est Helen Slater (aucun lien avec Christian qui, pourtant, fait ici ses débuts, blond comme les blés), accusée à tort de vol alors qu'elle échappe à une tentative de viol. Le récit de sa cavale, vite transformée en odyssée médiatique façon John Dillinger ou Bonnie Parker (stars des journaux à leur époque), fait d'elle le symbole, au féminin, d'une jeunesse prête à se battre contre les mains baladeuses. ✖

● misc#04

Lindsay Weir

Qui est Lindsay Weir? Son nom n'est sans doute pas le plus emblématique des jeunes héroïnes de série télé. Il aurait été plus facile de citer Buffy, sur laquelle on a beaucoup écrit. Mais on a préféré Lindsay Weir, alias Linda Cardellini, dans *Freaks and Geeks*, la série *teenage* de Judd Apatow et Paul Feig, les auteurs de *40 ans, toujours puceau* ou de *Mes meilleures amies*. Si l'on n'a peut-être jamais mieux filmé l'adolescence que dans cette unique saison, c'est parce que tout ici est un emboîtement temporel vertigineux où chaque période de la vie convoque sa propre mélancolie et ses inexorables mutations. Dans ce tourbillon émotionnel et existentiel sidérant, Lindsay est au centre de tout, tâtonnant pour trouver son chemin, sa liberté, son indépendance, elle-même. Elle est la jeune fille, toutes les jeunes filles, et nous tous. ✖

● misc#05

Nanette

En juin 2018, Netflix mettait en ligne l'une de ses multiples vidéos de stand-up, *Nanette*. Sur scène, l'humoriste et comédienne Hannah Gadsby, peu connue chez nous jusqu'alors, mais célèbre chez elle, en Australie. Quelques jours après la diffusion du show, c'est la traînée de poudre: tout le monde parle de *Nanette*. En cause, un spectacle sur l'honnêteté, envers soi-même, les autres, le monde, qui bouscule plus que les habitudes du stand-up. Ouvertement lesbienne, Gadsby commence par exposer sa condition homosexuelle, sa jeunesse en Tasmanie, avant de s'engouffrer dans une déconstruction étourdissante et bouleversante de l'autodérision sur laquelle elle a bâti son humour. Car l'autodérision, pour qui a vécu en marge, c'est une humiliation infligée à soi-même. ✖

Entre girl power et empowerment

La génération Y revisite les codes de la pop
Par Noémie Reyero

Nous sommes en 2014 aux MTV Video Music Awards. Beyoncé monte sur scène, presque martiale, et reprend avec « Flawless » le discours poignant de l'écrivaine Chimamanda Ngozi Adichie sur l'égalité des genres. En arrière-plan, un immense panneau lumineux « feminist **» surplombe l'ensemble. Transfigurée en amazone des temps modernes, Queen B dépoussière une représentation monolithique et sacralisée de la lutte contre le sexisme. Un féminisme dit « pop » émerge. Décomplexé, accrocheur et viral, il est relayé en masse par la presse et sur les réseaux sociaux. Jusqu'alors jugé marginal, voire agressif, le militantisme devient *bankable* et les icônes de la scène musicale s'en emparent.**

Le phénomène connaît ses balbutiements avec la pop des années 1990. Sophie Riche – comédienne, vidéaste et journaliste – le constate notamment sur Madmoizelle.com, dans une playlist des « 5 chansons qui réveillent la meuf indépendante et combative en moi » : « Qu'est-ce qui fait que les années 1990 nous ont apporté autant de chansons motivantes qui donnent envie d'être une femme épanouie, à la carrière florissante, l'âme ancrée dans le réel et dans la *badasserie*? » À la suite de mouvements virulents comme celui des Riot Grrrls fleurit une flopée de groupes féminins qui prônent le *girl power*. Ils ont pour mérite de porter et de vulgariser le débat dans la sphère publique. Mais les clichés restent tenaces, comme ici dans « Independent Women » des Destiny's Child, où la liberté ne s'acquiert finalement que dans sa dimension la plus matérialiste : "*I buy my own diamonds and I buy my own rings / Only ring your celly when I'm feelin' lonely [...] / Try to control me boy you get dismissed*" (« J'achète mes propres diamants et mes propres bagues / Je ne fais sonner ton portable que quand je me sens seule [...] / Essaye de me contrôler, mec, et tu es éliminé. ») S'il évoque la femme comme un modèle puissant, et non plus une victime passive, le discours porté par ce genre de titre reste léger. Dépourvu d'une réelle critique d'ordre social, on y retrouve des éléments de langage consensuels qui cristallisent un engagement de surface. De nombreux autres *girls bands* suivent le sillage tracé par des chanteuses comme Madonna, l'une des premières à s'être frayé une place dans un business jusqu'alors essentiellement masculin. Ceux-ci ne sont pour autant que la récupération marketing d'une révolte politique. Si le message global d'émancipation féminine est positif, il reste dilué dans un *girl « soft » power*, sans danger ni réelle remise en question de l'industrie. Au contraire, les producteurs comprennent rapidement que les jeunes filles constituent un nouveau public qu'il s'agit de séduire. Dotées de leurs propres codes – dictés par la société de consommation –, elles ont pour idéal et nouveau modèle à suivre la pop star aperçue à la télévision. Comme Cécile Denjean l'explique dans *Princesses, pop stars et girl power*, c'est là-dessus qu'investissent des entreprises comme Disney, par le biais de célébrités en devenir telles que Miley Cyrus et son personnage de Hannah Montana. L'arc narratif est simple : d'abord présentées comme des modèles de candeur, ces stars en herbe sont invitées à exister médiatiquement en dévoilant leur corps dès qu'elles grandissent. Passé la puberté, affiches, pochettes ou clips deviennent de vrais outils de communication, qui participent à l'élaboration de la nouvelle image sulfureuse de l'interprète et de sa carrière.

La demande des médias s'exprime clairement vers une exhibition des formes féminines, une sensualité, voire une sexualité, des corps. Comment comprendre alors la nudité de certaines icônes ? Est-elle le témoignage de l'acceptation de soi ou un simple parfum de liberté qui nourrit un système dégradant pour le corps féminin ? Le féminisme de la pop souffre alors d'un certain soupçon. On accuse les musiciennes ou chanteuses en vogue de valider, en plaidant une caution militante, le cahier des charges d'un milieu dont les règles sont établies par le patriarcat.

Des féminités plurielles

Comment se libérer dès lors de l'ensemble des mécanismes et images construits par les groupes dominants ? En se les réappropriant, en les détournant, en s'y opposant ? L'affaire Weinstein et les mouvements #MeToo et #Balancetonporc ont fait prendre de l'ampleur à la cause des femmes dans le paysage médiatique. Pointés du doigt, les codes jugés sexistes de l'industrie de la musique sont vivement critiqués et détournés. La brèche est par conséquent ouverte pour une toute nouvelle vague d'artistes qui s'investissent dans une lutte contre les stéréotypes et discriminations.

Révélée sur Internet, GiedRé joue par exemple du cliché de l'interprète nunuche et malléable. Aussi *girly* soit-elle dans son apparence que vindicative dans l'ensemble de son répertoire, la voix enfantine de la jeune femme raille les injonctions faites à la femme dans la société. Dans sa chanson « Pisser debout », elle offre un écho critique au fameux « Si j'étais un homme », chanté trente ans plus tôt par Diane Tell : « Si j'étais un homme je serais pas capitaine d'un bateau / Non, j'irais plutôt me taper des putes à Porte Maillot / Je remplacerais la salade sans sauce par une choucroute saucisse / J'aurais plus l'obsession de la taille 36. » GiedRé y célèbre un nouvel imaginaire féminin, en dehors des attentes de l'inconscient masculin ou de son idéalisation. Elle déconstruit par la même occasion le rôle de la chanteuse qui, simple exécutante et non compositrice, serait déconnectée des logiques du marché et au talent jugé presque « facile » – puisque, pour beaucoup, chanter nécessite un effort moindre que l'apprentissage d'un instrument. La voix, par sa perméabilité et sa capacité à passer de sonorités dites masculines aux sonorités dites féminines, est pourtant lieu de passage entre ces deux univers que l'on se plaît à opposer. Et si dans la pop music, les musiciennes sont rarement sous le feu des projecteurs, des artistes comme Madame Gandhi, ex-batteuse de M.I.A., décident de s'emparer d'instruments jusqu'alors chargés d'un pouvoir symbolique essentiellement masculin, comme la batterie : « Dans le modèle éducatif qui est le mien [...] la batterie, normalement, c'est l'instrument par excellence qu'on réserve aux garçons. [...] En pop culture, on ne voit que des femmes en 2D, des petites choses faibles ou des femmes fatales dominatrices. Non seulement cela perpétue des clichés, mais ça force les femmes à minimiser leurs propres potentiels. » Kiran alias Madame Gandhi, qui refuse la case laissée aux femmes dans la pop, s'efforce de valoriser des collaborations avec d'autres artistes féminines qui ne s'y laisseraient pas enfermer. Son titre phare, « The Future is Female », était devenu l'un des hymnes de la Women's March aux États-Unis en 2017.

Quand Christine devient Chris

Une solution serait de se décharger du poids du genre pour exiger l'appréciation seule de la proposition artistique. C'est la posture adoptée par Christine and the Queens, devenue Chris. Coupe à la garçonne, allure de loubard et affiches grimées pour une mine méconnaissable aux airs plus durs et affirmés. Après une période d'absence médiatique, Chris réinvente une liberté d'être en dehors des impératifs qui pèsent sur les musiciennes : « Le féminin est sans cesse menacé

■□
GiedRe.
© Clément_Halborn

□■
Christine and
the Queens.
D.R.

Madame Gandhi.
D.R.

Christine and the Queens.
D.R.

L'affaire Weinstein et les mouvements #MeToo et #Balancetonporc ont fait prendre de l'ampleur à la cause des femmes dans le paysage médiatique. Pointés du doigt, les codes jugés sexistes de l'industrie de la musique sont vivement critiqués et détournés.

par l'enclavement ou la dissolution. [...] Je vais vous voler toutes les parades usées du virilisme pour en faire quelque chose de plus suspect », annonçait Héloïse Letissier, de son vrai nom, dans un autoportrait dans la revue *Égoïste*. Très vite, le clip de « Damn, dis-moi » est relayé dans la presse, intriguée par la découverte de cet alter ego. Héloïse Letissier est invitée à se prononcer sur l'identité de Chris comme sur celle des « Queens » à l'époque de son premier album. Simple opération de communication menée de main de maître ? À la sortie de *Paradis perdus* en octobre 2015, l'artiste tweetait déjà son agacement quant à la condition féminine dans le secteur musical : « C'est curieux comme la moitié des papiers qui relaient mes clips attribuent toujours mes idées aux hommes avec qui je collabore. » Et pour le *Time*, en 2016 : « J'ai toujours considéré qu'être une femme était un obstacle, donc j'ai voulu devenir neutre en termes de genre. » Aussi, si Chris(tine) s'est toujours employée à brouiller les pistes et à développer un personnage *genderfluid*, cette renaissance symbolique ne saurait se limiter complètement à un simple désir de se réinventer. Chris est aussi le reflet d'une génération d'artistes qui peinent à trouver leur place en tant que femmes au sein de l'industrie musicale et rappelle, par exemple, les subterfuges des cheffes d'orchestre ou apprenties musiciennes qui se dépouillent méthodiquement de toute trace de féminité supposée pour ne pas être jugées ou décrédibilisées par leur apparence physique.

« Tu seras un homme, mon kid »

Le propos, néanmoins, n'est pas uniquement porté par des femmes, et la notion de genre devient plus globalement un enjeu pour la nouvelle scène française et internationale. Beaucoup plus avisée

au sujet des techniques de communication que son aînée, elle connaît avec l'avènement d'Internet un nouveau terrain d'expression hors des circuits habituels. En témoigne la découverte récente d'artistes comme Eddy de Pretto. Avant même la sortie de son premier album, *Cure*, sont distillés sur Internet des extraits aux thématiques audacieuses qui rencontrent pourtant un franc succès. Dans « Kid », critique acerbe d'une virilité univoque et sans concession, il remet en perspective la perception du masculin et l'ensemble des représentations associées à des esthétiques comme le hip-hop ou le rap, dont on se plaît souvent à ignorer l'ironie. Une hypocrisie qui, sous couvert d'en dénoncer la misogynie, taxe ces musiques de sous-culture et fait la part belle au racisme.

Dans la même perspective, le clip de « Roman », réalisé par la jeune Jessy Moussallem et porté par la voix si particulière de Hamed Sinno, est une alternative aux représentations féministes dominantes. Le groupe queer libanais Mashrou' Leila y donne à voir, hors des carcans conservateurs, une jeunesse désireuse de réaffirmer son identité. Des passagères accompagnent les musiciens dans un silencieux voyage au cœur du désert, vêtues de tenues traditionnelles. Jusqu'alors passives, elles deviennent les réelles protagonistes de l'histoire. Leur présence et la couleur de leurs tissus réaniment les ruines d'un bâtiment grâce à la danse. À travers leurs mouvements précis et magistraux, Mashrou' Leila déconstruit l'image réductrice souvent associée à la femme arabe par le regard occidental. Car si le clip est souvent accusé de reproduire des clichés sexistes et une hypersexualisation des chanteuses, on ne s'interroge finalement que peu sur le système de codes qu'il propose. Il devient pourtant un moyen de véhiculer au contraire une pensée bienveillante et positive. Le 8 mars dernier, Charlotte Abramow mettait ainsi en image une pluralité de corps pour la Journée internationale des droits des femmes dans le clip de la chanson « Les Passantes » de Georges Brassens. On y retrouve des personnalités comme la chanteuse Angèle, Marion Seclin, mais aussi Tristan Lopin. La dernière image de la vidéo, plan aérien où les différents figurants dessinent une vulve par l'ondoiement de leurs bras, est d'ailleurs très similaire au cercle mouvant des femmes de « Roman » – sorte de clin d'œil heureux à une réflexion commune.

Chris de Christine and the Queens.
D.R.

Christine and the Queens.
D.R.

Eddy de Pretto.
D.R.

Madame Gandhi.
DR.

Émancipation et empowerment de la génération Y

L'inédit tient dès lors à une responsabilisation et une prise en charge collectives et globales contre le sexisme – notamment institutionnel. Des artistes comme Dua Lipa ou des professionnels célèbres comme Tony Visconti (producteur de David Bowie) plébiscitent l'initiative Keychange qui souhaite soutenir les femmes dans cette révolution de l'industrie. À ce jour, une cinquantaine de festivals dans le monde entier se sont engagés pour une programmation et une représentation dans les jurys, conférences ou commissions musicaux égalitaires. Le mouvement est suivi par des festivals comme Les femmes s'en mêlent en France, dont les artistes à l'affiche sont majoritairement des femmes, pour tendre vers une réelle reconnaissance. Ce désir de visibilité sociale souffre encore de quelques maladresses – l'édition du Printemps de Bourges de cette année, par exemple, qui avait choisi de mettre à l'honneur les femmes, mais n'a récompensé que des artistes... masculins ! Au Québec, le regroupement FEM (Femmes en musique) met en relation des musiciennes pour « dénoncer une nette inégalité homme/femme dans l'industrie musicale, dénoncer la sous-représentation des femmes dans les programmations et susciter un dialogue pour trouver collectivement des solutions à ce problème ».

Au *girl power* s'est donc substitué *l'empowerment* (ou « empouvoirement » en français), qui sous-entend le pouvoir d'agir. Le chemin est encore long et occulte les difficultés que rencontre, sur le plan sociologique, une femme à se professionnaliser dans le domaine culturel (tension entre vie professionnelle et vie personnelle avec horaires décalés, maternité, etc., et les jugements sociétaux qui en découlent). Mais le foisonnement de nouvelles figures d'artistes et de professionnels du secteur investis d'une envie de se réapproprier les codes et enjeux de l'industrie musicale laissent à penser que, de l'intérieur, il reste toujours possible de faire bouger les lignes. ✖

Au girl power **s'est substitué l'**empowerment **(ou « empouvoirement » en français), qui sous-entend le pouvoir d'agir.**

UNE NUÉE D'OISEAUX INCAN-DESCENTS

Par Mathieu Rivero
Illustré par
Anne-Catherine Ott

Aliénor a la rébellion chevillée au fond du cœur. Elle a monté un club avec ses amies. Leur plan ? Renverser le patriarcat, dont la forme se dessine dès le lycée, rien que ça.

Une nuée d'oiseaux incandescents **s'inscrit dans l'univers du** Pas du cerf**, feuilleton développé par Mathieu Rivero pour** Carbone**, dont on a pu découvrir l'histoire dans notre premier numéro.**

Auteur et traducteur, oscillant entre littératures de l'imaginaire, narrative design et autres aventures ludiques, Mathieu Rivero a publié son dernier roman aux éditions Les Moutons électriques : Tout au milieu du monde**.**

Les mots du prof sont comme une chape, assénant normalité, connaissance, ennui. Ils manquent sincèrement de flamme et de poésie. La sonnerie retentit enfin ; Aliénor tape du pied depuis quinze minutes déjà. Pendant toute l'heure, elle a contemplé l'extérieur comme un chat domestique intéressé par les pigeons : avec envie et regret. Elle passe un blouson en cuir noir chiné aux puces sur son uniforme de lycéenne modèle et sort de la salle de cours sans se préoccuper des dernières bribes d'instructions données par le prof, ni de ses remarques assassines. Elle sait qu'il la rappelle à l'ordre, qu'il lui promet une retenue, mais elle s'en cogne : elle a juste besoin d'air. Surtout d'échapper aux discours tout faits. Elle se dirige droit vers les grilles du lycée et les franchit sans se soucier des surveillants qui sont en train d'interdire à Trucmuche de se battre avec l'ex de sa copine.

Le printemps mouillé rappelle son existence : une pluie de mai tiédasse lui plaque les cheveux sur le crâne, et Aliénor lève la tête pour profiter du moment de calme. Le brouhaha infernal de la cour est lointain, les voitures passent dans un son de cascade, lessivant le bitume noir. À quelques minutes de marche, un parc public. Ses pas la mènent au pied d'un grand cèdre qui pousse dans l'intimité indifférente de bouleaux et d'autres essences plus modestes. Il y a ses potes Jo et MC, assises sur un banc, à l'abri de l'arbre imposant. Johanna Rambert de Saint-Irénée et Marianne-Charlotte de la Rochesalée. Aliénor leur serre la main et les prend contre elle, épaules contre épaules. Les blousons de cuir crissent en se frôlant.
Le club est réuni.
Cette appellation fait rire Aliénor. Un peu comme les country clubs ou les associations de golf, mais avec ses potes à elle. *Ladies Only, Gentlemen Forbidden.* Du logf ? Sauf que les trois petites bourgeoises ont rasé une partie de leur chevelure d'écolière parfaite, se maquillent avec beaucoup trop de noir autour des yeux. C'est un style, mais pas seulement. MC et Jo allument une cigarette, vite crapotée. Jo en grille une deuxième.

« On le fait ce soir ? demande-t-elle, mégot au bec.
— Ce soir, oui, acquiesce MC.
— J'ai la peinture. »
Aliénor sort un tissu roulé en boule de son sac et le défroisse, dévoilant les aérosols qui serviront à taguer le lycée Raymond-Queneau.

« Putain que j'en peux plus, de ce lycée, soupire-t-elle.

— Les profs sont vraiment des vieux cons. »

On se met à critiquer tel ou tel enseignant ou surveillant. Tout le personnel y passe, et le club est unanime. Les garçons de leur âge ne valent guère mieux : entre ceux qui ne comprennent pas que non, c'est non, ceux qui se pavanent avec leurs conquêtes et brisent les cœurs, ceux qui essaient de mater dans les vestiaires des filles, il n'y en a pas un pour rattraper l'autre. Même ceux qui pourraient être sympathiques se vantent trop, quémandent les bons points auprès des filles avec une insistance de fayot. Il faudrait les vénérer parce qu'ils n'ont pas un comportement de connard. Jo a choisi : les couples, ce sera entre elle et les femmes, point barre. MC, elle, ne désespère pas de trouver un type avec un peu de décence. Aliénor, elle, s'en fout un peu : ça tombera quand ça tombera. Elle n'est pas opposée à l'idée.

Le club passe à l'élaboration du plan. Ou plutôt, MC et Jo, car Aliénor ressent une fatigue soudaine, comme si elle venait de finir un repas trop copieux. Elle se laisse aller et porter, écoute la pluie applaudir contre les feuilles et toucher le sol en crépitant. Elle acquiesce vaguement, comprend à moitié ce que disent les filles, mais ce n'est pas grave. Ses poèmes s'imposent par bribes ; d'habitude elle les écrit le soir, à la lumière de sa lampe de chevet, en comptant les syllabes et en murmurant les mots un à un, à plat ventre sur son lit avec son oreiller sous sa poitrine. Des mots qui lui semblent magiques, même si elle a entendu ce que l'on dit et ce que l'on pense de ce genre d'œuvres de jeunesse : immatures, futiles, de mauvaise facture.
Pourtant, les mots la brûlent. Un par un, ils s'alignent dans son esprit, et elle les scande en pensée comme le refrain d'une chanson silencieuse. Jo la secoue et les lettres s'évaporent comme une nuée d'oiseaux incandescents.

« Hé, Ali, tu m'écoutes ?
— Mmh. Maintenant, oui.
— Faut arrêter de te toucher toute la nuit, hein.
— Arrête, Jo, je parie qu'elle préfère écrire ses poèmes.
— C'est moins marrant. De toute façon, je m'en fous de savoir ce qu'elle fait au pieu. »

Aliénor ignore les commentaires de ses comparses, marmonne comme elle peut une excuse rapide – le sommeil, c'est pas sa faute, c'est juste le fléau des ados – et inspire profondément. L'odeur de pétrichor réveille ses sens. On reprend le plan du départ : le club va enfin montrer les dents.

*

Les filles se retrouvent vers la fontaine de la place qui jouxte le lycée. Saccager le lycée. Recouvrir les murs des secrets que les mecs aimeraient cacher. Déclencher l'apocalypse. Le club a collecté les dossiers de tous les garçons du lycée, laissé traîner ses oreilles, joué l'épaule qui accueille les filles en larmes, enquêté. Et tout le monde va en prendre pour son grade.
Aliénor jette un coup d'œil au couvent de nonnes d'à côté et esquisse un sourire : aucune fenêtre n'est allumée. La voirie n'a pas revissé les ampoules des lampadaires. Bref, l'escalade du lycée va être un jeu d'enfant, pour peu qu'elles arrivent à voir là où elles posent les mains : la lune ne parvient pas à transpercer l'épaisse couche d'humidité qui habite le ciel.
Jo fait la courte échelle à Aliénor qui passe la grille la première et qui hisse les autres membres du club. Une fois qu'elles sont dans la cour déserte, elles dégainent les aérosols et se dirigent à pas de louves vers le grand mur du fond : ce sera leur toile principale. La suite du plan est simple : MC tient la lampe torche et dicte ce qu'il faut écrire à Jo (elle a tout noté sur des feuilles à grands carreaux), et Aliénor dessine. Parce que c'est bien gentil, de juste saccager, mais une belle fresque, ce ne sera pas du vandalisme, ce sera de l'art. Cela montrera le sérieux de leur démarche.
Le club s'active dans les vapeurs âcres de la peinture et, toutes les cinq minutes, les filles s'interrompent, écoutent prudemment pour voir si on ne les a pas repérées, et elles reprennent leur tâche en étouffant un petit rire satisfait.

Il y a quelque chose de reposant dans le roulement de la bille contre le métal de la bombe, dans le souffle asthmatique du spray. MC et Jo sortent une cigarette et fument dans la cour, heureuses de braver tous les interdits. Pendant ce temps, Aliénor continue son œuvre, volume après volume, touche après touche. Elle peint des corps nus, des beaux, des moins beaux, un peu en transe, et le temps passe sans qu'elle s'en rende compte. Les filles ont enchaîné les cigarettes et terminé leur paquet, boulotté des fruits secs apportés au cas où, et se sont remises à écrire leurs accusations. Puis les piles de la lampe torche flanchent.
MC peste et secoue leur seule source d'éclairage. L'appareil donne

quelques flashs moribonds avant de cesser toute activité. Et, en bonne tête en l'air, elle n'a pas pensé aux batteries de rechange. De toute façon, Aliénor avait fini. Jo râle et peint à l'aveuglette. Dans le noir complet, Aliénor sort machinalement un crayon de papier et s'approche du mur. Elle trempe la mine dans la peinture fraîche et y inscrit un poème ; peut-être celui dont elle a rêvassé l'après-midi même, mais elle ne sait plus. Les mots n'ont peut-être même pas de sens. Elle laisse glisser son poignet dans la pénombre.

Le club se lasse vite de ces ténèbres qui rendent tout travail impossible. Et puis c'est largement suffisant pour semer la zizanie. D'un commun accord, les filles décident de rebrousser chemin, de se réfugier chez la maison de Jo, comme prévu. Se faire un lait-cannelle-miel, peut-être aller piquer les bouquins pour adultes du rayonnage le plus élevé de la bibliothèque familiale.
Elles quittent le lycée avec un soupçon de regret : il aurait été bien de terminer leur projet. Mais il y a aussi l'exaltation du travail – du devoir ! – accompli. Et il y a l'excitation de découvrir les conséquences, de contempler la déconfiture des coupables jusqu'alors impunis. De voir les accusations déferler, troubler la surface des choses comme les impacts de grêle crèvent le miroir d'un lac.
Ce que ne sait pas Aliénor, c'est qu'au cœur de l'obscurité du lycée Raymond-Queneau, ses petits mots secrets s'envolent comme des oiseaux incandescents, lèchent les murs, se propagent et créent une aube chaude et dévorante.

Demain, une bonne partie du lycée aura brûlé, et ce n'est certainement pas le chaos qu'elle espérait.

Material Girls

Les filles de la screwball comedy
Par Camille Nevers

Le rire est-il le propre de l'homme, ou bien un privilège masculin ? Une fille qui amuse, c'est toujours un peu suspect, non ? Et si c'était un signe ? Celui d'une certaine forme d'émancipation, de liberté, de mise au défi ? Retour sur la *screwball comedy*, **ce genre né dans les années 1930 à Hollywood, et qui fit de légendes comme Katharine Hepburn, Barbara Stanwyck, Claudette Colbert ou Irene Dunne les pionnières d'un cinéma ressuscité depuis lors par Sandra Bullock, Melissa McCarthy, Tina Fey, Amy Poehler ou encore Kristen Wiig. Une histoire de prise de parole et de soirées arrosées.**

■

Melissa McCarthy et Sandra Bullock dans *Les Flingueuses* **de Paul Feig (2013).**

Greta Garbo dans *Ninotchka* d'Ernst Lubitsch (1939).

Il faut remercier William Hays malgré lui – lui sûrement ne serait pas d'accord. Sans le code de censure cinématographique frappé de son patronyme, qui sait, l'immoralité ne serait pas devenue drôle. En tout cas pas comme ça. Sans code Hays, on ne sait pas. Peut-être la comédie parlante hollywoodienne ne serait-elle pas née sous le signe du féminin et de la *screwball comedy*. C'est-à-dire cette forme bavarde et braque qui tient davantage de la pure expérimentation métrique, de la secousse sismique, que du colloque sentimental. Un marivaudage sans fausse coquetterie ou une comédie shakespearienne dont on aurait accéléré le débit, les images, arraché les masques et la féerie tout en prenant soin d'en conserver la séduction travestie et l'échappée pastorale (ou variantes : le chalet à la montagne, l'escapade pour aller coucher *ailleurs*). Une comédie autant peuplée de femmes que d'hommes, pour la première fois. À égalité : elles ont même eu tendance à prendre l'ascendant, à occuper plus de place à l'écran que leurs partenaires en dinguerie, ces amazones des années 1930 et 1940, qui menèrent la bataille sans effusions de sang de la modernité féminine. Dont l'arme et la provocation majeure se résumaient à cela : être drôle. Peuplade éparpillée de personnages féminins irrésistibles au gré des films, créatures émancipées sorties d'on ne sait trop où si bien que l'on put croire à une génération spontanée. Ou bien issues d'un conte revisité en miroir déformant et à l'envers (comme s'y emploiera parallèlement Tex Avery). Car, qu'est-ce qu'une femme drôle ?

« I'm not amused » (Greta Garbo)

Ce n'est pas évident. Si le rire est le propre de l'homme, il est moins certain qu'il soit celui de la femme. C'est douteux : on n'attend pas d'une femme qu'elle fasse rire, de surcroît s'il s'agit de la sienne. L'humour d'une femme est jugé déplacé (ça l'était, ça le reste dans une moindre mesure), gênant, dévergondé, ainsi en va-t-il de toute outrance féminine. Qui est-elle, cette drôlesse qui rit, et aussi, surtout, qui fait rire ? Une furie, une excentrique, une aventurière, une suffragette, une androgyne ou une folle – quoi qu'il en soit, certainement pas une épouse. Aux femmes de *mauvaise vie* du cinéma pré-code Hays au tournant des années 1930 et de ces

■□
Tina Fey et Amy Poehler font les folles dans Sisters **de Jason Moore (2015).**
© Netflix

□■
Katharine Hepburn domine Cary Grant et James Stewart dans Indiscrétions **(1940) de George Cukor.**
© Warner Bros.

On n'attend pas d'une femme qu'elle fasse rire, de surcroît s'il s'agit de la sienne ; son humour est jugé déplacé, gênant, dévergondé, ainsi en va-t-il de toute outrance féminine.

films bruts, beaux et immoraux, restituant la débrouille de femmes célibataires en pleine Dépression, succédèrent alors les mêmes en pire, enfin « en drôle » : les femmes de *grande vie* telle que la chantait Léo Ferré. Les filles perdues, les femmes fatales, les vamps, firent place à des filles en fugue, exaltées et autonomes. Elles fuirent un père, un mariage (ou un divorce), un destin tracé d'ennui, pour aller au-devant de la providence, ingénieuse toujours, et de la grande vie (qui mène grand train). Or leurs noms, inscrits en gros sur le premier carton de générique à côté de celui du comédien masculin, on s'en souvient pour avoir appris à les reconnaître un par un. Les *screwball girls* se sont appelées, à partir des années 1930 et jusqu'au beau milieu des années 1940 (car les hommes revinrent à la fin de la guerre, et ce fut dès lors une autre histoire), Irene Dunne, Rosalind Russell, Claudette Colbert, Carol Lombard, Katharine Hepburn, Barbara Stanwyck, Jean Arthur, Ginger Rogers, Miriam Hopkins, Ann Sheridan, Mirna Loy... Toutes souveraines, la moue moqueuse, sourire en coin. Leur modernité est comme elles, dans cette vivacité divertie qui prend le monde entier de vitesse. Au plus fort de ces comédies loufoques il y a cette double tension, spéciale, prodige d'illusion comique, entre d'une part l'intensité impétueuse du jeu, des gestes et des gags, et d'autre part le sentiment que le comédien, la comédienne, accorde une attention distanciée au numéro auquel il se livre. Il est le spectacle et simultanément *il est au spectacle*. Il joue d'un double jeu averti et diverti. C'est le paradoxe du comédien, mais poussé au-delà de la règle par Diderot fixée (jouer des émotions qui seront d'autant mieux transmises au spectateur qu'elles ne sont pas ressenties par le comédien). Comme l'expérimentation d'une sorte d'ubiquité psychologique où l'acteur, éprouvant la mécanique froide du rôle à tenir, est pris tout de même à son propre jeu, dans la jouissance du spectacle qu'il donne au spectateur, dans une jubilation décuplée précisément par la dissociation, par cette sorte de « divertissement de soi-même » auquel il se livre, aussi contagieux que le rire qu'il suscite. L'actrice dédoublée en son premier spectateur (et l'œil critique que ce talent

Affiche de Cette sacrée vérité **de Leo McCarey (1937), avec Irene Dunne.**

Melissa McCarthy (à gauche), Kristen Wiig (à droite) et leurs copines dans Mes meilleures amies **de Paul Feig (2011).**
© Universal Studios

contorsionniste implique) ; s'amuser, s'en amuser, jouer, s'en jouer, et la griserie et la grâce qu'y parvenir entraîne. Cette espèce d'apesanteur, de génie dépassé de l'automate qui se voit s'animer. Ça peut se nommer, autrement, avoir la classe.

Cinquante ans plus tard, à la fin des années 1990, et ladite « troisième vague » féministe étant passée par là (*Trouble dans le genre* de Judith Butler paraît aux États-Unis en 1990), y compris par le Saturday Night Live, principal vivier des comiques américains depuis 1975, ça a recommencé mais différemment. Cette fois en ordre de marche plus resserré – femmes entre elles ou presque, et s'en amusant – et plus composite – via l'origine ethnique, la corpulence et la physionomie, parfois l'orientation sexuelle non dissimulée (contrairement à leurs devancières des années 1930) de comédiennes aussi diverses que: Sandra Bullock, Cameron Diaz, Christina Applegate, Anna Faris, Tina Fey, Amy Poehler, Melissa McCarthy, Jennifer Aniston, Drew Barrymore, Maya Rudolph, Kristen Wiig, Aubrey Plaza, Leslie Jones, Rose Byrne, Kate McKinnon, etc. La capacité d'« autodivertissement » est alors décuplée jusqu'à la gratuité pure, parfaite, au *show off* poussé dans ses derniers retranchements et jubilant, comme l'est exemplairement *Ocean's 8* tout récemment. Les femmes peuvent à leur tour être de grosses frimeuses, en singeant les (films d')hommes avec toute la conscience et l'ironie possibles de la parodie satisfaite et ravie. Dans la distance de prendre le fameux et viril Rat Pack à son propre jeu, à sa propre franchise (rappelons que le premier *Ocean's 11* date de 1960), la copie se paie le luxe de surpasser l'original. Telle la première scène au Met – les tableaux et les statues exposés que Sandra Bullock passe en revue, sourire aux lèvres, représentent uniquement des femmes –, qui revisite instantanément le mythe de Galatée pour le subvertir, et les modèles se métamorphosent en performeuses, en maîtresses du jeu. En artistes du crime dont le plan se déroule avec l'immoralité victorieuse qu'il se doit. Tout roule, tout est renversé. Les filles *badass* sont à la mode, bien sûr cela leur est reproché. Il n'y a pas de petit prétexte, de guerre lasse. Mais reprenons au début ; comment diable cette tribu de filles, cette incarnation mi-mythologique, mi-réelle, demi-déesses et demi-pitres, a-t-elle pu apparaître à l'écran hollywoodien, lui qui y semblait si peu disposé ?

Comment l'esprit vient aux femmes

Hors le droit de vote obtenu de haute lutte par les femmes en 1920 aux États-Unis, il faut rendre grâce au cinéma parlant, né sept ans plus tard. Lui qui a doué les femmes de parole en repartie des hommes. Pendant l'ère du burlesque muet, excepté les rares et précieuses figures de Mabel Normand chez Charlie Chaplin et de Martha Sleeper aux côtés de Charley Chase chez Leo McCarey, des femmes stars du *slapstick,* il n'y en eut aucune. Des clowns femelles, cela n'existait pas, ne se concevait pas même. Annie Fratellini, première femme de cirque à se grimer en auguste à la toute fin des années 1940, a ainsi témoigné dans ses mémoires qu'il lui avait fallu

se camoufler, se travestir, « faire disparaître la femme » pour faire le clown (*Destin de clown*, La Manufacture, 1989). Au cinéma, avec l'arrivée du parlant dès 1927 on put plus promptement faire chanter ou discourir ces dames, ces pipelettes lyriques et sentimentales – c'est bien connu. Et les regarder se travestir alors non par en une ruse de cirque, mais en affirmation revendiquée d'une propension « naturelle » aux métamorphoses, au transformisme, à l'androgynie, et bien sûr à inverser les rôles : burlesque, en anglais, cela se dit bien « travesti ». C'est avec les mots qu'elles accédèrent tardivement à l'humour. C'est une clé de l'émancipation des femmes que d'avoir su libérer les énoncés afin de pouvoir disposer de leur corps.

Il ne faut alors pas omettre de rendre un hommage mérité, également, à la Prohibition en vigueur à partir de 1920, la même année que le droit de vote des femmes. L'Histoire c'est vrai n'en est pas à un paradoxe près. Et, selon la façon dont on considère la chose, c'est grâce ou à cause de cette période de Prohibition (abolie en 1933, quand apparaissent les premières *screwball comedies,* ce qui est sûrement une coïncidence)

■
Cameron Diaz et Christina Applegate trinquent dans Allumeuses ! **(2002).**
© Columbia Pictures

que les femmes ont eu accès aux *speakeasies*, ces bars clandestins en arrière-boutique, avec leur alcool distillé maison ou d'importation illégale – comme le début de *Certains l'aiment chaud* de Billy Wilder le croquera vite et bien –, donc à la possibilité de vider en compagnie des hommes des verres d'alcool, chose qui jusque-là leur était tacitement interdite, les saloons n'étant fréquentés et réservés qu'aux hommes. Et à moins d'être une entraîneuse... Le puritanisme des Ligues de tempérance américaines de cette époque mais aussi, d'une autre manière, la soif de justice sociale d'une branche du féminisme, tel le conservateur Prohibition Party, avaient milité pour l'interdiction de la production et de la vente libre d'alcool ; parmi les suffragettes, il faut dire, beaucoup de femmes en avaient plutôt assez de voir rentrer du boulot, tard et ivre mort, un époux, un père ou un frère, avec ce que cela supposait parfois de coups, de violences conjugales et familiales. D'ailleurs, la décision

Dans la screwball comedy**, l'héroïne est soit une héritière aisée fantasque en plein sauve-qui-peut, dérobade et trahison de son milieu, soit une aventurière espiègle en quête d'argent facile et matérialiste car il en va de sa survie.**

de mettre un terme à la Prohibition, en partie due à la Grande Dépression de 1929 (l'urgence pour l'État dès ce moment-là, et de toutes les façons possibles, fut de faire rentrer de l'argent, par les taxes sur la vente d'alcool, par exemple, qu'il convint donc de rendre de nouveau légal) est concomitante de l'application du code Hays de censure des films : 1933. Comme un signal inconscient ou tacite ; « vous avez gagné le droit de boire, mesdames, mais alors cessez ces rôles de femmes perdues, ces créatures pécheresses, femmes fatales ou filles des rues, noyées dans la débauche et la boisson, victimes de marlous ou mangeuses d'hommes, ogresses platine (Mae West et Jean Harlow). » Il valut donc mieux avoir l'alcool gai, cela était de meilleure publicité pour la multitude soudaine de clientes qui avaient accès à l'alcool et à la liberté de boire (et de fumer) dans les mêmes lieux que les hommes. Ivresse gaie, désinhibée, complice. C'est ainsi qu'une comédienne aussi géniale et polyvalente qu'Irene Dunne passe de l'un des plus beaux drames précode, en 1932 – *Histoire d'un amour* de John M. Stahl, dans lequel elle incarne une femme au destin tragique qui, par amour, passera sa vie à attendre l'homme dont elle est la maîtresse silencieuse et cachée – à *Théodora devient folle* (Richard Boleslawski, 1936), l'une des plus réputées, quoique assez surestimée, *screwball comedies*, et enchaîne avec l'une des toutes meilleures au monde, l'année qui suit : *Cette sacrée vérité* de Leo McCarey, aux côtés de Cary Grant. Idem pour Claudette Colbert qui, en 1934, joue dans quatre films, dont *Cléopâtre*, fresque puritaine et licencieuse typique de Cecil B. DeMille et d'un pré-code tardif qui aura échappé à la rigueur des nouvelles normes, et ensuite, alors, dans l'inoubliable *New York-Miami* de Frank Capra, que beaucoup tiennent pour la première *screwball* historique : dans tous les cas, car un genre si peu rigide est constitué de frontières toujours vacillantes, élastiques, c'était bien là, en route avec Clark Gable le premier road-movie.

Et tout le monde riait

On peut très bien voir ainsi, dans la répartition au temps de la Prohibition des *wet states* et des *dry states*, les États humides et les États secs, une ligne de partage possible entre la comédie, *screwball* ou sophistiquée (disons à la Lubitsch), de filles, et le genre dramatique du film hollywoodien, plus mature et traitant directement du monde (comme du regard) masculin, quand une femme en est l'héroïne y compris. Aux films « humides » – mais « arrosés » conviendrait mieux –, l'indécence matérielle et morale, l'ivresse loufoque et l'équité en amitié des hommes et des femmes, entre concours de vannes, de gaffes ou de chutes, et rivalité complice. Aux films « secs », la sobriété du drame, la dureté sentimentale, le lyrisme qui est toujours le stigmate d'une cruauté certaine, et la suspicion universelle reconduite, conjugale comme sociale (chez Hitchcock, chez Lang, chez Preminger, etc.). C'est si l'on veut une forme d'hédonisme, de frivolité prise tout à fait au sérieux et qui se promène au beau milieu du monde réel, d'un côté, et de l'autre une forme de stoïcisme, de violence embrumée dans ce mauvais rêve fasciné par les ombres et les époux pervers. Dans la *screwball comedy*, l'héroïne est soit une héritière aisée fantasque en plein sauve-qui-peut (la vie), dérobade et trahison de son milieu, soit une aventurière espiègle en quête d'argent facile, absolument matérialiste car il en va de sa survie. Toutes en tout cas sont rompues aux codes de la bonne société qui les tolère, qu'elles parasitent ; ainsi de l'adaptation de Cendrillon dans *La Baronne de minuit* de Mitchell Leisen (1939, avec Claudette Colbert). Il y a chaque fois cette idée-ci : l'histoire infiniment répétée de la première

Anna Faris dans Super Blonde **de Fred Wolf (2008).**

femme – combien d'« Ève » symboliques dans la *screwball comedy*? –, et la façon dont chacune déroge et se lâche, s'enivre de mots, d'alcool, de vitesse et de rires. Leur soif d'aventure est un ludisme fiévreux, elles ont le goût du risque et des émotions fortes – autant que l'alcool qu'elles tiennent plus ou moins mal. On trouve et l'on trouvera toujours de ces merveilleuses scènes alcoolisées dans les comédies de filles, comme si l'alcool (ou autres substances) était le prétexte conventionnel pour accéder à une vie supérieure, plus folle, plus drôle, libérée des pesanteurs de genre, de rang, de maintien et de sexe, enfin de toutes les différenciations possibles: et rien ne vaut une bonne cuite pour s'abandonner à l'ivresse et à la confusion des genres, mieux encore, à leur inversion. La *screwball* utopie d'une communauté interchangeable, travestie et transformiste, où l'amitié amoureuse détrône le mythe du grand amour et les passions sinistres. Ce sont des films où le matérialisme, un sens aigu du réalisme (comment gagner sa vie?) assorti du sentimentalisme le plus enfantin, tient pour une forme absolue d'« antiromantisme ». Il n'est que de refaire le chemin qui va de *La Huitième Femme de Barbe-Bleue* (1938), avec Claudette Colbert que Gary Cooper pousse à l'ivresse pour espérer parvenir à ses fins nuptiales – s'il n'avait laissé traîner des petits oignons frais – aux *Flingueuses* (2013) et à la glace brisée, au propre comme au figuré, entre Sandra Bullock et Melissa McCarthy en une nuit de bringue extrême, jusqu'au petit matin où l'on s'éveille à côté d'une chevelure, d'on ne sait plus qui, elle ou lui, en passant par la longue nuit d'ivresse dans *Indiscrétions* (1940), au cours de laquelle Katharine Hepburn, la femme plus que parfaite, la déesse érigée en statue, se fissure, s'ébrèche et se ramasse... et pleure et rit: la soirée arrosée, le film devenu humide l'espace d'un délire (enfin) vrai. Toutes les humeurs sont gaies, et la crise joyeuse. Comme Greta Garbo dans *Ninotchka* (1939) qu'un vulgaire gag involontaire déride, et puis champagne. « *Garbo laughs!* » était d'ailleurs le slogan publicitaire pour ce film de Lubitsch: cela atteste à quel point les temps et les divas avaient changé.

À l'image de ces grandes fabriques à fiction que furent la Dépression ou la Prohibition, nous attendons les films auxquels un mouvement comme #MeToo donnera le jour, après *Miss Détective* (2000) ou *Mes meilleures amies* (2011), deux beaux films emblématiques qui auront ouvert chacun une brèche en même temps qu'une nouvelle décennie, avec ses *screwball girls* aux indécences nouvelles. Il y a un boulevard. Il y a *Ocean's 8*, et puis après. Qu'est-ce qu'une femme drôle, alors? Une femme *qui fait peur*. Avec elle, on n'est jamais sûr. L'humour féminin est par définition frappé du soupçon d'anomalie, de folie passagère (d'hystérie?), enfin de quelque chose qui l'affecterait de façon extérieure, *artificielle* – contrairement à l'homme qui entretiendrait avec le rire un rapport tout *naturel*, lui. L'humour d'une femme relève toujours de la menace, et sa drôlerie, outre qu'elle ridiculise et humilie (et désarme), ouvre l'horizon de l'amitié amoureuse indépassable et idéale que tant redoutent, c'est-à-dire la rivalité des femmes et hommes libres. Ce scandale du meilleur des mondes possibles. ✖

Bataille de mythes

Des nouvelles de l'après-Gamergate
Par Nicolas Turcev
Illustration d'ouverture par Anna Wanda Gogusey

Depuis quelques années, le jeu vidéo traverse une zone de fortes turbulences. Les revendications de plus en plus visibles des joueuses et développeuses féministes ont provoqué une véritable crise identitaire du secteur, longtemps demeuré le pré carré des hommes. Confrontées au harcèlement, aux pressions et parfois aux menaces, les femmes artistes persistent néanmoins à affirmer leur subjectivité et à porter le média vers de riches horizons, loin de la billevesée réactionnaire.

Chaque art se construit une histoire, un mythe autour desquels les amateurs éclairés peuvent communier, mais qu'il est également possible de subvertir. Les grands changements de courants peuvent être interprétés ainsi : comme le remplacement d'un récit par un autre, qui vient le contrer ou le démonter. Le monde du jeu vidéo se trouve actuellement dans cette phase de transition, cet entre-deux d'où « surgissent les monstres », selon la formule consacrée de Gramsci.

Au tournant des années 1990, alors que le jeu vidéo s'installait durablement dans le foyer familial et se mondialisait à toute vitesse, le récit dominant voulait que ce loisir soit destiné aux garçons, aux adolescents en priorité. À coups de campagnes marketing ciblées, les grandes entreprises du secteur comme Nintendo, Sega ou Activision sont parvenues à façonner l'inconscient collectif : les hommes savent mieux appuyer sur des boutons que les femmes. Car, pour définir et souder une communauté, celle de la population élue masculine, il a fallu manufacturer de toutes pièces un antagonisme avec un Autre : les personnes du sexe opposé. En 1998, dans une publicité pour la PlayStation, la console de Sony, le héros du jeu *Crash Bandicoot* surprenait un couple de jeunes au cinéma. Il sommait alors le garçon de choisir : « Film de gonzesses ou bazooka ? » La *punchline* de fin résumait toute la stratégie sectaire des éditeurs : « Vis dans ton monde. Joue dans le nôtre. » Sous-entendu : la femme n'est pas la bienvenue dans ce monde-là. Fatalement, après une vingtaine d'années sur ce même registre, le jeu vidéo devait un jour se confronter à un examen critique de ses représentations à travers le récit de ses errances misogynes. Et cette fois-ci, il serait porté par des femmes. Depuis le début des années 2010, avec la montée en puissance du public féminin et l'émergence de figures chez les développeuses (indépendantes en particulier) et les journalistes, la question du genre a explosé à la face d'un microcosme peu habitué à l'autocritique sociétale, encore moins politique.

Le dernier électrochoc en date vient de Californie. Dans une longue enquête, une journaliste du site spécialisé Kotaku a révélé la culture sexiste qui règne chez Riot Games, le développeur de *League of Legends*, l'un des jeux les plus populaires et rentables au monde. Outre des gestes et propos déplacés, les employées interrogées rapportaient subir une politique tacite de discrimination envers les femmes, soupçonnées de ne pas être de vraies « gamers ».

■□
Concept art pour Battlefield V.
© Electronic Arts

□■
Flyer pour le jeu d'arcade Gotcha**, relique d'une époque où le jeu vidéo tapait sous la ceinture.**

Le Gamergate

Ce terme fut à l'origine de la controverse qui opposa violemment féministes progressistes et une nébuleuse Internet conservatrice en 2014, lors de la « controverse du Gamergate ». L'événement révéla le profond attachement identitaire d'une frange des joueurs au mythe sexiste du jeu vidéo et préfigura l'ère Trump-Weinstein. À l'origine, l'ancien compagnon de Zoë Quinn, une artiste indépendante et féministe, l'accusa faussement sur son blog d'avoir eu une relation non éthique avec un journaliste afin de couvrir l'actualité de son jeu, *Depression Quest*. Rapidement, une campagne de harcèlement en ligne cibla massivement Quinn et plusieurs de ses soutiens, qui reçurent menaces de mort, insultes et appels téléphoniques inquiétants, forçant plusieurs de ces personnes à déménager. La presse spécialisée anglo-saxonne vit rouge. Plutôt progressiste et sensible aux valeurs de justice sociale généralement promues par le jeu vidéo indépendant, elle perçut dans ce comportement le résultat d'une accumulation sur plusieurs décennies de clichés toxiques sur les femmes véhiculés par l'industrie, tant dans ses jeux que dans sa communication. De concert, elle cloua au pilori la figure du gamer, la cible marketing prioritaire des éditeurs, dans des éditos offensifs : « Le gamer est un label démographique daté. Les gamers sont finis. C'est pour cela qu'ils sont tellement en colère. Ces obtus colporteurs de ragots, ces hyperconsommateurs gémissants, ces enfantins internautes, ce n'est pas mon public », écrivait la journaliste Leigh Alexander. Loin de régler le conflit identitaire ainsi mis en évidence, cette salve éditoriale déclencha une véritable guerre culturelle. Deux camps s'opposaient, l'un s'accrochant aux vieux poncifs, l'autre encourageant les efforts balbutiants de l'industrie pour favoriser l'inclusivité, notamment envers les femmes. Si cette configuration semble familière, c'est bien parce qu'elle a servi de précurseur à l'élection américaine – du moins en ligne. Stephen Bannon, l'ancien directeur de campagne de Donald Trump, s'est inspiré des méthodes des trolls du Gamergate pour organiser ses forces sur Internet et a même pris l'un des leaders du mouvement sous son aile, le militant d'extrême droite Milo Yiannopoulos. Le Gamergate a ainsi permis de perfectionner et de rendre particulièrement visibles des stratégies de harcèlement collectif, la plupart du temps dirigées contre des femmes.

« Le gamer est un label démographique daté. Les gamers sont finis. C'est pour cela qu'ils sont tellement en colère. Ces obtus colporteurs de ragots, ces hyperconsommateurs gémissants, ces enfantins internautes, ce n'est pas mon public. » Leigh Alexander

S'il est plus rarement utilisé aujourd'hui comme justification, le Gamergate a convaincu certains joueurs que les féministes et progressistes veulent ruiner le jeu vidéo avec leur agenda politique. Jeu après jeu, des polémiques naissent sur le bien-fondé du choix des personnages ou sur les thématiques choisies, bien trop proches des idéaux de gauche au goût de ces aficionados. « Il est compréhensible qu'une frange de gamers masculins se sente menacée par l'évolution du secteur, analyse Myriam Houali, cofondatrice d'Accidental Queens, un studio de jeu vidéo intéressé par les sujets de société. Les progrès faits dans la représentation des femmes et d'autres catégories de population minorisées sont une reconnaissance implicite que le jeu vidéo s'adresse à tout le monde, et non plus juste au mâle blanc cisgenre hétérosexuel occidental... Cette perte de privilège est vécue comme une spoliation par ces gamers. »

Catalyseurs

Les femmes, encore perçues consciemment ou inconsciemment comme des intruses, catalysent généralement la colère. Lors de la révélation de *Battlefield V*, la dernière itération de la franchise de jeu de tir d'Electronic Arts, en mai dernier, Internet s'est enflammé. La présence de femmes combattantes dans un titre qui se déroule lors de la Seconde Guerre mondiale a irrité nombre de joueurs, peu satisfaits de cette entorse au « réalisme historique » – même si la série a toujours dérogé à une telle exigence, simulation virtuelle oblige. L'éditeur a répondu publiquement, en assumant son choix, quitte à s'aliéner une partie des fans. Mais les entreprises du jeu vidéo ne sont pas toujours aussi fermes, et choisissent parfois de sacrifier les femmes.

En début d'année, le studio ArenaNet a défrayé la chronique pour le licenciement de l'une de ses employées. Jessica Price, embauchée en tant que narrative designer sur *Guild Wars 2*, s'est vue renvoyée après que des internautes se furent plaints de son comportement en ligne. Son tort ? Avoir un peu sèchement répondu à un youtubeur qui remettait en question son travail. Un tweet, et dehors – pour beaucoup de ses confrères et consœurs, cette décision ressemblait

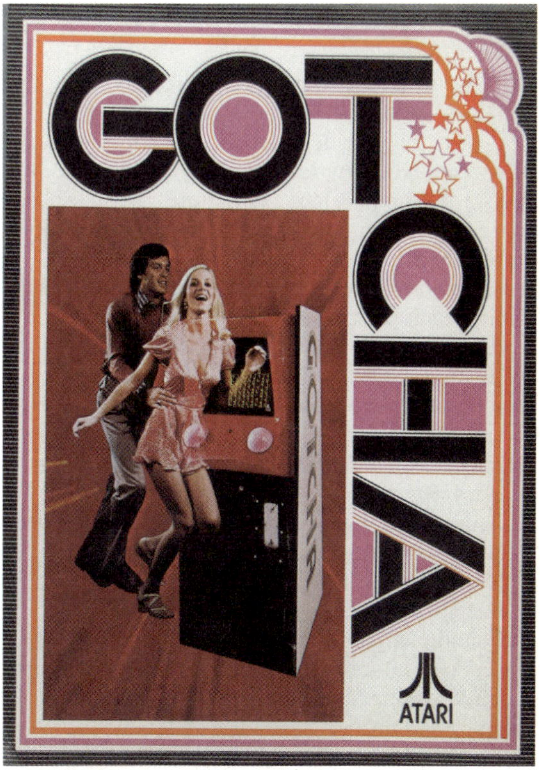

■□
Héroïne du jeu Dishonored 2**.**
© Arkane Studios / Bethesda Softworks

□■
Cibele.

à une offrande du studio pour apaiser les foules. Le Rassemblement inclusif du jeu vidéo (RIJV), une organisation française visant à promouvoir la diversité dans le secteur, regrettait « que les mécanismes qui rendent les personnes minorisées particulièrement sujettes à la minimisation de leur expertise ne soient pas encore compris des décisionnaires et du public, et que dénoncer cet état de fait puisse être sanctionné ».

Une industrie peu accueillante

En creux, l'affaire Price souligne à quel point l'industrie du jeu vidéo demeure un endroit assez peu accueillant pour les femmes. Ne serait-ce que sur le plan purement statistique : selon les sources, les femmes représenteraient seulement entre 15 et 20 % des effectifs. Des groupes de pression comme le RIJV ou l'International Game Developers Association tentent depuis des années de trouver des solutions pour améliorer la situation et y parviennent parfois, mais le fond du problème demeure. Malgré l'abandon de certains stéréotypes pour des représentations moins manichéennes des personnages féminins dans les jeux grand public, « il manque encore quelques exemples de femmes à des positions d'autorité dans les studios, souligne Diane Landais, cofondatrice d'Accidental Queens. Et surtout, celles qui sont déjà ici manquent de visibilité afin que cette image d'industrie masculine s'efface ». C'est « le serpent qui se mord la queue », pour Myriam Houali. Sans modèles auxquels s'identifier, beaucoup de femmes se sentent illégitimes à intégrer cette industrie.

Les efforts pour améliorer l'inclusion des femmes sont également freinés par la culture graveleuse, voire toxique, qui règne dans une partie du milieu professionnel – et jusque dans les écoles. Myriam Houali se souvient de ses études à l'Institut supérieur des arts appliqués : « L'ambiance pouvait être sexiste, surtout à cause de l'immaturité d'une partie des étudiants (propos sexistes ou discriminatoires). J'ai vu d'autres femmes renoncer à intégrer l'industrie à cause de cela. » Dans une conférence qui a fait date, donnée à la Game Developers Conference, la designer américaine Elizabeth Sampat se lamentait de la persistance des mythes et préjugés sur les femmes, particulièrement prégnants dans le milieu. Pêle-mêle, elle démontait méthodiquement la légende selon laquelle les femmes ne seraient pas attirées par le développement, taclait la misogynie des artistes envers les femmes situées à des postes « non créatifs » (marketing, communication...) et se moquait vertement des recruteurs qui se dissimulent derrière le paravent de la culture d'entreprise pour éconduire les candidates qui ne rigolent pas à leurs blagues douteuses. « Si nous ne changeons pas les attitudes, les habitudes de recrutement et les problèmes de rétention qui ont mené à la disparité de genre dans l'industrie du jeu vidéo, alors peu importe la passion que nous instillons dans notre jeunesse, tout ce travail sera réduit à néant », concluait la conceptrice.

Suis-je le problème ?

Et quel meilleur moyen de changer les mentalités de l'industrie que de pirater le mythe qu'elle véhicule ? Dans *8 Vignettes From the Tech Industry*, Elizabeth Sampat répondait au « Google Manifesto », le brûlot antiféministe d'un employé de Google, par une collection de récits interactifs. Sampat y racontait des situations de sexisme ordinaire vécues dans le secteur du jeu vidéo – à la fable des femmes inférieures, elle opposait la chronique quotidienne de sa domination systémique. Quelques mois plus tard, le scandale Weinstein éclatait, touchant toutes les sphères de la société, y compris le jeu vidéo. De nouveau, Sampat s'est illustrée avec *Am I Part of the Problem?*, un jeu-exercice qui conduit le joueur à faire son autocritique : ai-je blessé quelqu'un ? Si oui, le jeu achemine avec tact son interlocuteur vers l'apprentissage de la demande de pardon, un exercice terriblement mal maîtrisé par les personnalités épinglées par le mouvement #MeToo. « Que l'on soit pardonné ou non, faire amende honorable est la seule solution pour avancer en tant que personne, en reconnaissant les fautes et en prenant les précautions nécessaires pour ne pas causer plus de mal », expliquait la designer.

Les jeux de Sampat s'inscrivent dans un nouveau paradigme de valeurs du jeu vidéo, poussé par une avant-garde indépendante. Des titres comme *Gone Home*, *Cibele* ou *Emily Is Away* rompent radicalement avec le récit du joueur héroïque, violent, tout-puissant et mâle, qui a dominé, et domine encore en partie, l'imaginaire du jeu vidéo. À travers leur narration et leurs mécaniques, ils soulignent les vertus de l'empathie, embrassent la vulnérabilité de leurs personnages et matérialisent les affects féminins dans toute leur diversité. La faille identitaire du secteur s'est creusée en réaction à l'arrivée de ces titres qui célèbrent un jeu vidéo alternatif, transformiste, parfois queer, en grande partie né à l'initiative de conceptrices. Il n'y a qu'à se pencher sur *Depression Quest*, le jeu à l'origine de la controverse du Gamergate, pour mesurer l'écart. Le *visual novel* de Zoë Quinn est seulement coupable d'avoir osé raconter le délicat parcours d'une femme touchée par la dépression, sans bravoure ni gloire, loin de l'image immaculée d'un jeu vidéo triomphant et obnubilé par sa propre image de puissance. Pour une fois, un jeu osait se dire faible.

Intime subjectivité

Comme dans *Depression Quest*, la porte d'entrée ludique dans l'expérience des femmes relève souvent de l'intime, représenté jusque dans les terrains de jeu utilisés : smartphone, ordinateur personnel ou maison familiale, à l'image du poignant *What Remains of Edith Finch*. Non pas parce que les femmes seraient par nature cantonnées à ces territoires, mais plutôt parce que le jeu vidéo s'est rendu aveugle à leur quotidien. Puisque personne ne racontait leur histoire, elles s'en sont chargées. Le studio Accidental Queens, cofondé par trois développeuses, a récemment produit *Another Lost Phone*, dont la trame se concentre sur le thème de la violence conjugale. Loin du pénible modèle donneur de leçons du *serious game*, cette plongée dans la banalité du mal fait l'effet d'un électrochoc. Relativement inédite, la mise en scène du quotidien de l'héroïne par un jeu de piste à l'intérieur de son smartphone confère une angoissante vraisemblance à l'aventure. Myriam Haloui et Diane Landais insistent sur le rôle du réel dans la création du jeu : « Pour certaines d'entre nous, de nos proches et connaissances, ce ne sont pas des sujets de société abstraits mais avant tout des sujets qui nous touchent personnellement, et qu'on a intériorisés. La meilleure fiction, ce n'est pas l'"inverse de la réalité", c'est "exactement la réalité, mais pour de faux" », expliquent-elles.

Le Gamergate a ainsi permis de perfectionner et de rendre particulièrement visibles des stratégies de harcèlement collectif, la plupart du temps dirigées contre des femmes.

La mise en lumière de ces récits jusqu'ici tus par le jeu vidéo constitue un premier pas vers la subversion du mythe du joueur démiurge et ouvre possiblement la voie à une reconfiguration des mentalités. Comme le dit Diane Landais, « si vous voyiez les choses comme je les vois, il n'y aurait rien à expliquer ». Alors, avec Accidental

■□□
La poétesse punk Nina Freeman. D.R.

□■□
La vidéoblogueuse féministe Anita Sarkeesian, autre figure du mouvement. D.R.

□□■
What Remains of Edith Finch.
© Giant Sparrow / Annapurna Interactive

⧗ Ou plutôt j'y parvins. Je remontai dans le temps, à l'exacte date de mon accident – et au lieu, puisque temps et espace sont intimement connectés. Je me demandais si je pouvais changer quoi que ce soit. Je ne sais pas pourquoi j'avais cette envie de changer quoi que ce soit, justement. Pourquoi empêcher mon moi passé de faire cette découverte dans la douleur, de se découvrir ce but qui dirigerait son existence ?

Alors j'ai regardé faire. La flèche me transperça à nouveau.

► p. 232

Queens, elle tente de partager sa subjectivité, son vécu – sa part de vérité. D'autres, comme la programmeuse américaine Anna Anthropy ou sa consœur Porpentine s'inscrivent dans la même mouvance, mêlant témoignages de vie sincères et volonté de s'imposer dans la cosmogonie vidéoludique.

Au-delà même de son potentiel transformateur, la multiplication des récits de femmes dans le jeu vidéo ouvre sur un vaste et négligé territoire de l'expérience humaine, dont on commence à peine à défricher toutes les possibles richesses. La conceptrice américaine Heather Kelley s'est ainsi attelée à théoriser une forme révolutionnaire de game design de l'orgasme féminin dans une série de jeux et d'applications. La poétesse punk Nina Freeman, quant à elle, est parvenue à faire jaillir tout ce que le sexe a de comiquement maladroit et de curieux grâce à la manipulation de poupées Barbie dans l'autobiographique *How Do You Do It?*. Autant d'idées de jeux encore difficilement imaginables une dizaine d'années auparavant, qui dorénavant propulsent le média vers de nouveaux horizons. La tonalité apaisée et introspective du *walking simulator*, genre en vogue, doit notamment beaucoup aux conceptrices de l'intime. On ne s'étonnera d'ailleurs pas que ces jeux comptent parmi les plus décriés par la vieille garde du jeu vidéo. Mais malgré la rémanence des monstres du Gamergate et de son monde, toujours en embuscade, le jeu vidéo cherche aujourd'hui à s'en émanciper pour raconter une autre histoire. Cette fois, elle sera écrite avec les femmes. ✖

Sans modèles auxquels s'identifier, beaucoup de femmes se sentent illégitimes à intégrer l'industrie du jeu vidéo.

Working Girls

Le soap post-féministe de Shonda Rhimes

Par Mélanie Bourdaa

« Post-féministe, post-droits civiques » : c'est ainsi que se décrit Shonda Rhimes, créatrice de *Grey's Anatomy* et productrice audiovisuelle américaine à la tête d'un empire regroupé sous la marque Shondaland, et reposant sur plusieurs facteurs scénaristiques mais également culturels. Petit décryptage des rouages de celle qui change la donne du soap.

Alors qu'elle entame sa quinzième saison aux États-Unis, *Grey's Anatomy* est la plus ancienne des séries Shondaland. La plus emblématique et populaire, aussi. Série médicale, donc, mais surtout série d'apprentissage, *Grey's Anatomy* dresse un véritable panorama des évolutions professionnelles (et des dynamiques qui les sous-tendent), au sein d'un groupe d'internes au fil des saisons, en particulier du côté des femmes. Dès le début de la série, les rapports de pouvoir sur le lieu de travail sont immédiatement marqués, insistant sur une hiérarchie entre les deux sexes qui se manifeste également dans le déséquilibre entre le nombre d'internes et les rapports de force entre eux. De même, dans la série politique *Scandal* (ABC, 2012-2018), où les rapports hommes-femmes sont aussi régulièrement inversés : Olivia Pope (Kerry Washington) s'emploie à sauver Fitzgerald Thomas Grant III, le quarante-quatrième président américain, montré telle une demoiselle en détresse. Son équipe est composée de femmes avec des postes pour la plupart dévolus à des hommes dans les séries : conseil politique, chef de cabinet, agent d'une organisation secrète gouvernementale. Olivia Pope est à la tête d'une entreprise qui dicte les lois et les codes à Washington et intervient pour sauver la démocratie américaine. D'une série à l'autre, Rhimes navigue entre problématiques de genre et questions ethniques, qui viennent illustrer les propos de l'auteur sur sa condition post-féministe. Ces questions étant encore plus mises en avant dans *Scandal* et *How to Get Away With Murder* (ABC, depuis 2014), où les deux personnages principaux sont des femmes afro-américaines.

Questions de société

Mais Rhimes se sert également de ses séries comme caisse de résonance de problématiques sociétales portées et défendues par ses personnages féminins. Dans la saison 12 de *Grey's Anatomy*, Meredith découvre ainsi qu'elle est moins bien payée que ses collègues. Ce combat pour un salaire équitable est une lutte sociétale et culturelle pour les femmes, et la série a su montrer, à travers l'héroïne, que celles-ci devaient se battre et n'avaient pas à avoir honte de leur valeur ou de leur place dans la hiérarchie professionnelle. Les thématiques de *Scandal* et de *HTGAWM* à travers les cas que traitent Pope & Associates d'un côté et Annalise Keating de l'autre font également écho aux problématiques de la société américaine. Ainsi, dans sa dernière saison, *Scandal* traite-t-elle du mouvement #MeToo en pointant du doigt les promotions canapés pour stagiaires et les listes d'évaluations des salariées en milieu professionnel. Dans ce contexte, Shonda Rhimes se sert de ses personnages pour donner

D'une série à l'autre, Shonda Rhimes met en scène des femmes dans un contexte professionnel et relationnel où elles s'affirment et prennent le pouvoir, sans personnages masculins pour se définir.

son avis et montrer son engagement : « Je ne vois pas d'autres moyens pour exposer une culture dans laquelle les femmes ne peuvent pas rencontrer le succès grâce à leur mérite, mais à la place sont jugées sur leur physique et leur sexualité. » Dans *HTGAWM*, Annalise Keating plaide des cas de violences conjugales, des cas de viol et de non-consentement. Mais c'est Annalise elle-même qui se fait le reflet de ces problématiques. Au cours d'une confrontation avec sa mère, elle parle des abus dont elle a été victime dans son enfance au sein de sa propre maison, puis dans sa relation avec Sam, son mari, qui la rabaissait verbalement. C'est ce passé qui construit ce personnage déterminé professionnellement, indépendant et protecteur envers ses étudiants.

Les femmes ont le pouvoir

La force de *Grey's Anatomy* est de savoir faire évoluer ses personnages sur le plan personnel. En témoigne le monologue d'introduction à la saison 12 de Meredith Grey : « Vous pensez : je connais tout ça. C'est familier. C'est vieux. Peut-être vous demandez-vous pourquoi vous êtes là. Mais je vous promets, vous allez bientôt vous rendre compte que tout a changé. » Ce monologue est prononcé alors même que Derek Shepherd, mari de Meredith, est mort dans un accident de voiture au cours de la saison précédente. Ainsi, Meredith n'est pas seulement définie par sa relation avec Derek ou avec un autre homme, puisqu'elle annonce elle-même un changement et qu'elle va savoir rebondir. Dans les trois séries, ce sont les femmes qui ont le pouvoir dans les relations amoureuses et qui prennent les décisions. Dans *Scandal*, c'est Olivia qui dicte les termes de sa relation avec le président. Lors d'un dialogue avec ce dernier, elle lui dit : « Je ne suis pas un jouet avec lequel tu peux t'amuser quand tu t'ennuies, ou que tu te sens seul, ou que tu es excité. Je ne suis pas la fille que le gars emballe à la fin du film. Je ne suis pas un fantasme. Si tu n'es pas d'accord, tu dois me le prouver. En attendant, c'est fini ! » Elle ne se définit pas dans sa relation avec Grant, mais elle met en avant ses compétences de conseillère en communication et ses succès professionnels.

Inverser les stéréotypes

Mais, surtout, Shonda Rhimes inverse à chaque série les stéréotypes genrés. Même si le générique de *Grey's Anatomy* des premières saisons montrait tous les attributs stéréotypés des femmes (rouge à lèvres, chaussures à talons), petit à petit, ce sont les hommes qui vont être soumis au regard féminin et objectifiés. Derek Shepherd et Mark Sloan sont affublés de surnoms réducteurs, respectivement McDreamy et McSteamy en V.O., qui s'attachent à seulement mettre en avant leur corps et leur plastique. Par ailleurs, les conversations tournent souvent autour de la coiffure pour l'un et de son corps pour l'autre, les deux personnages étant montrés sortant de la douche ou se recoiffant. Le *male gaze* de Laura Mulvey se transforme en *female gaze*, les deux personnages masculins devenant des objets de contemplation pour leur beauté ou leur corps. Il en va de même pour Fitz Grant dans *Scandal*, qui devient un objet et dont le corps est souvent montré à l'écran. Dans *How to Get Away With Murder*, c'est l'amant d'Annalise, Nate, qui endosse ce rôle et dont le corps est soumis au regard féminin. Asher est quant à lui considéré comme un *boy toy* par Bonnie. D'une série à l'autre, Rhimes met en scène des femmes dans un contexte professionnel et relationnel où elles s'affirment et prennent le pouvoir, sans personnages masculins pour se définir. Une manière pour la showrunner de faire aussi écho à des problématiques sociétales américaines, et notamment aux rapports hommes-femmes. Il sera intéressant de voir comment elle développe désormais ses séries sur Netflix, qui laisse plus de place à la créativité des showrunners – mais qui est aussi impitoyable dès que le buzz ne suit pas. ✖

La fille d'à côté

Molly Ringwald, l'adolescente
Par Erwan Higuinen

Pour ceux qui avaient quinze ans en 1985, le visage de Molly Ringwald est presque celui d'une âme sœur résumant une part de leur adolescence. Pour les autres, il est emblématique d'une époque et de la génération qui va avec : celle des années 1980 et des teen movies **de John Hugues dont l'actrice fut l'icône. Mais si tout a été dit, ou presque, sur ces films cultes (**Rose bonbon, The Breakfast Club**…), peu a été dit sur celle qui, avec ses cheveux roux et ses taches de rousseur, fut alors et est pour l'éternité un symbole de l'adolescente. Celle qui en sait toujours plus que son père.**

Molly Ringwald dans Breakfast Club **(1985), film teenage emblématique pour lequel Molly Ringwald écrira un beau texte pour le *New Yorker*. © Universal**

« *I don't think I belong in here* » – « Je ne crois pas être à ma place ici » –, confie la « princesse » peu après son arrivée au lycée Shermer en ce samedi matin de mars 1984. La jeune fille rousse à la moue boudeuse va y passer huit heures, collée en compagnie de quatre autres élèves avec lesquels elle ne semble a priori pas avoir grand-chose en commun : un sportif, un nerd, un rebelle et une névrosée. Elle serait plutôt la fille à papa aisé, déposée en BMW avec son plateau de sushis pour le déjeuner et un peu hautaine, voire méprisante. Mais ses mots sont importants. Chercher sa place, ne pas forcément s'y trouver bien, envisager qu'on serait mieux (qu'on devrait être) ailleurs, mais où ? Voilà des doutes et sentiments que connaissent bien les teenagers de tout âge – de 7 à 77 ans, et en deçà, et au-delà. Et aussi, pour ne pas dire surtout, « Je crois », « Je pense, je m'interroge, je ne suis pas complètement sûr(e). » Cela demande vérification. On va tirer tout ça au clair.

Une bonne partie de ce que représente aujourd'hui encore Molly Ringwald est dans cette simple phrase que prononce son personnage, Claire Standish, au début de *The Breakfast Club* (1985), l'un des trois films qu'elle a tournés avec John Hughes (qui écrivait spécifiquement pour et en s'inspirant d'elle) dans les années 1980. Les deux autres ont pour titres *Seize bougies pour Sam* (*Sixteen Candles*, 1984) et *Rose bonbon* (*Pretty in Pink*, 1986) – ce dernier a été réalisé par Howard Deutch mais écrit et produit par Hughes. Depuis, Molly Ringwald a alterné longs-métrages et séries TV – actuellement, elle tient un rôle dans *Riverdale* –, vécu en France (elle y a aussi tourné, par exemple dans *Enfants de salaud* de Tonie Marshall, et pris des cours de cuisine), enregistré des disques (de jazz, qu'elle chantait dès l'enfance en compagnie de son père pianiste et, accessoirement, aveugle), réalisé des petits films et écrit deux livres, *Getting the Pretty Back* (2010), un curieux volume de conseils adressés aux femmes du monde entier, et *When it Happens to You* (2012), son premier essai véritablement littéraire que sa nature hybride situe quelque part entre le roman et le recueil de nouvelles interconnectées.

#HerToo

En avril 2018, Molly Ringwald a aussi publié un long et beau texte dans le magazine *The New Yorker* où elle revisite les films de John Hughes à l'aune du mouvement #MeToo. Gênée, avec le recul, par une scène précise de *The Breakfast Club* (qu'elle a revu avec sa fille de dix ans) dans laquelle le personnage du « criminel » joué par Judd Nelson se glisse sous sa table et la touche sous sa jupe contre sa volonté – plus tard, ils s'embrasseront –, mais aussi, plus généralement, par certains aspects de ce film comme des autres qu'elle a faits avec John Hughes, Molly Ringwald compare ses sentiments de l'époque et sa vision d'aujourd'hui, évoque la discussion qu'elle a eue sur le sujet avec une autre actrice de *Seize bougies pour Sam* (qui y était « échangée » contre une petite culotte), se penche sur les écrits (d'un machisme consternant sous couvert d'humour) de John Hughes pour le magazine satirique *National Lampoon* (>> **Carbone.ink**) avant le début de sa carrière cinématographique et se souvient d'une

Chez Molly Ringwald, une nouvelle, une scène ou une page n'est achevée que quand tout a été dit, mis sur le tapis, éclairci.

au lycée et pas franchement non plus dans les moments forts familiaux. Elle est sur sa Molly-planète, dans sa chambre et dans sa tête. Elle rêve, chantonne sans doute intérieurement et reste digne même quand elle consent à prêter sa petite culotte au personnage joué par Anthony Michael Hall pour lui permettre de gagner un pari. Elle est l'adolescence incarnée et aussi une certaine idée de la féminité en construction, patiente et fière, même quand le découragement n'est pas loin.

interview du cinéaste qu'elle avait réalisée elle-même en 1986 pour le magazine *Seventeen*. Elle parvient à une conclusion toute en nuances qui n'invite ni à rejeter ces films aimés ni à occulter ce qu'ils peuvent avoir de dérangeant, voire de franchement condamnable. « John voulait que les gens prennent les ados au sérieux, et ils l'ont fait, écrit-elle. Ses films sont toujours enseignés dans des écoles parce que les bons professeurs veulent que leurs étudiants sachent que ce qu'ils ressentent et disent est important, que, s'ils parlent, les adultes et leurs pairs écouteront. [...] Les conversations à leur sujet [celui des films de John Hughes] vont et doivent changer. Il appartient aux générations futures de trouver comment poursuivre ces conversations et de se les approprier. »

Molly-planète

« Tu es venu pour moi ? » Ces mots sont dans l'avant-dernière scène de *Seize bougies pour Sam,* celle où, devant l'église où sa sœur vient de se marier, Samantha Baker (Molly Ringwald) voit venir vers elle l'objet de son affection avec lequel elle n'avait pas encore échangé le moindre mot. *Boy meets girl,* mais in extremis, juste avant qu'il ne soit vraiment trop tard. Sam est incrédule, elle pour qui tout avait commencé par un traumatisme majeur : ses parents ont oublié de lui souhaiter son seizième anniversaire. Jusque-là, le garçon et la fille avaient même semblé évoluer dans des films parallèles. L'étrangeté de *Seize bougies pour Sam*, dont la structure semble à première vue plus conventionnelle que celle du huis clos *The Breakfast Club,* est là. Et sa justesse, aussi.

Ce que montre le film, c'est la difficulté qu'il peut y avoir – mais aussi, du même coup, le motif de fierté que cela peut constituer – à être, non pas au cœur des événements, au milieu de la scène, mais à côté. Longtemps, Molly Ringwald y apparaît dans ses plans à elle : pas à la fête (où même les geeks idéalement caricaturaux ont réussi à se faire accepter), à peine

Femme du peuple

Les réputations sont parfois trompeuses. Dans la filmographie *teen* (et un peu après) de Molly Ringwald, la « princesse » de *The Breakfast Club* serait plus l'exception que la règle. Beaucoup plus souvent qu'une gosse de riche, la comédienne apparaît comme une fille du peuple, une prolétaire contrainte de se débrouiller largement par elle-même et de grandir plus vite que son âge. Dans *Le Dragueur* (*The Pick-Up Artist* de James Toback, 1987), qui la confronte à un séducteur/harceleur de rue pas très #MeToo joué par Robert Downey Jr., elle prend soin de son père aussi alcoolique qu'endetté (Dennis Hopper). Une tâche pas si éloignée de celle qui est la sienne auprès d'un autre de ses papas de cinéma, joué par Harry Dean Stanton, dans *Rose bonbon* (où l'on se demande jusqu'à la fin si une fille pauvre peut raisonnablement sortir avec un garçon riche). Dans *Et si on le gardait?* (*For Keeps?* de John G. Avildsen, 1988), qui est symboliquement son film de sortie d'adolescence (et, par ailleurs, une sorte de double working-class de *La Vie en plus* de John Hughes, sorti la même année mais sans elle), elle tombe enceinte et son (très) jeune couple a beaucoup de mal à joindre les deux bouts.

Dans *P.K. and the Kid* (de Lou Lombardo, sorti en 1987 mais tourné quatre ans plus tôt), elle est une ado fugueuse qui traverse l'Amérique profonde en compagnie d'un champion de bras de fer pour échapper à son beau-père/grand méchant loup abuseur. Et dans *Comme un cheval fou* (*Fresh Horses* de David Anspaugh, 1988), dont elle partage l'affiche avec son partenaire de *Rose bonbon*, Andrew McCarthy (ainsi qu'avec un tout jeune Ben Stiller), elle n'est pas seulement une apparition rousse dans une cuisine, mais aussi une ado (qui ment sur son âge) d'un milieu très modeste mariée à un homme violent – il est assez clair que, malfaisants ou à peu près bienveillants, les adultes mâles qui, au cinéma, gravitent autour de la jeune Molly sont rarement à sa hauteur.

■□□
Affiche originale de Seize bougies pour Sam **(1986).**

□■□
John Hugues, pape du *teen movie* des *eighties* durant le tournage de The Breakfast Club.
© Universal Pictures

□□■
La bande du Breakfast Club.
© Universal Pictures

Life in progress

Mais revenons à *Rose bonbon*, qui pourrait bien lui avoir offert son meilleur rôle *teen*. On y admire particulièrement l'art avec lequel elle se laisse tomber pour appuyer à la fois son épaule et sa tête sur un casier de *high school* ou sa manière de fermer une porte recouverte d'un poster des Smiths avec son fameux regard « Vous me décevez tous » et cette bouche qui, insensiblement, exprime toujours quelque chose de légèrement différent que ses yeux. Entre autres qualités, son personnage est une passionnée de mode qui invente ses tenues elle-même – et se créera une très belle robe rose pour la *prom night* où tout s'arrangera. Et si c'était une clé du Molly-film ? La survie en milieu adolescent (et au-delà) par le do-it-yourself, l'autonomie et la singularité. Étrangement, le lien semble évident avec le premier livre de la « vraie » Molly Ringwald, et pas seulement parce que son titre, *Getting the Pretty Back*, fait directement écho à celui du film, *Pretty in Pink*. De la cuisine (l'une de ses passions) aux relations amoureuses en passant par la coiffure ou le fait de devenir parent, en mettant savoureusement tout à peu près sur le même plan, c'est un ouvrage plutôt drôle d'ancienne combattante attachée à transmettre le savoir qu'elle a acquis au fil des années – et tant pis si tout n'est pas complètement transposable quand on n'est pas une star hollywoodienne. L'idée est que s'il n'y a pas forcément de règles de vie absolues, il existe un savoir qui s'acquiert à l'usage et qui mérite d'être transmis. La vie comme *work in progress* à la fois amusé et studieux, en évitant le drame mais en donnant toujours de l'importance aux choses : voilà qui offre aussi une assez bonne grille de lecture pour les films qui ont rendu notre héroïne célèbre.

Il faut apprendre peu à peu, et après ou plutôt pendant, exprimer, mettre des mots sur ce que l'on pense, désire et ressent. La démarche est à peu près la même dans l'autre livre de Molly Ringwald, l'inégal mais touchant *When it Happens to You*, avec ses couples en crise ou en instance de formation, qui pourrait presque être du Raymond Carver si Carver avait été un fanatique de l'explicite plutôt qu'un maître du minimalisme saisissant. Chez Molly Ringwald, une nouvelle, une scène ou une page n'est achevée que quand tout a été dit, mis sur le tapis, éclairci. « Les mathématiques avaient toujours été faciles à assimiler pour elle parce qu'elles incarnaient la justice absolue – tout cadrait tant que la même chose était faite des deux côtés du signe "égal". Chaque question avait une réponse simple, directe

et commune. Chaque puzzle pouvait être assemblé, chaque mystère résolu », écrit-elle dans *When it Happens to You* à propos de Greta, séparée de Philip depuis qu'elle a découvert sa liaison avec la prof de musique de leur fille Charlotte – rien de bien original, donc. Toujours, il existe une vérité, une solution, une issue à découvrir et à partager. Toujours, la raison triomphera du chaos – elle devrait en tout cas, et on fera tout pour.

Molly par Jean-Luc

Telle est l'utopie du Molly-monde, de l'écran à la page et des années 1980 à aujourd'hui. À l'horizon, au terme de ce travail (car c'en est un): la clarté, l'épiphanie, le *satori* – pop, inévitablement. Cela peut se passer à cinq après avoir fumé des trucs pas bien légaux, à deux devant un gâteau orné un peu en retard de seize bougies à souffler comme si plus rien d'autre n'existait ou peut-être dans la forêt, toute en blanc et accompagnée d'un cheval de même couleur. Ça, c'est dans *King Lear* (1987) de Jean-Luc Godard, évidemment l'un de ceux qui ont le mieux filmé Molly Ringwald, particulièrement quand Peter Sellars allume sa cigarette et qu'en gros plan elle esquisse un léger mouvement de recul. Ou alors quand, vêtue d'un pull jaune, elle feuillette un livre d'art et qu'en fond sonore on entend des cris de mouettes. *« Obviously, this old man was power. Obviously, this girl was virtue. »* (« De toute évidence, ce vieil homme était le pouvoir. De toute évidence, cette fille était la vertu. ») À moins que ce ne soit l'inverse ? « Depuis quand les filles en savent-elles plus que leur père ? » s'interroge en plaisantant le sien dans *Rose bonbon*. Depuis toujours, bien évidemment, et encore plus avec le temps. *« I don't think I belong in here »*, s'inquiétait la « princesse », ce que l'on pourrait aussi traduire par « Je ne crois pas appartenir à cet endroit ». Elle avait vu juste. C'est cet endroit, comme tous les autres, qui lui appartient. ✖

B*tch!

Rihanna et le féminisme vengeur

Par Nathan Reneaud
Illustration d'ouverture par Simon Bournel-Bosson

La bitch **n'est plus ce qu'elle était. Elle ne se résume plus à l'ornement fessier, à la servante hypersexualisée des rappeurs de l'âge d'or des années 1990. Au même moment, le mot est revendiqué par les artistes et les intellectuelles associées à la « troisième vague » féministe. Une nouvelle génération qui s'intéresse davantage aux minorités, entérine le concept d'intersectionnalité et embrasse la pop culture, sans élitisme. La «** bitchitude **» de la superstar Rihanna, son devenir «** bad **» sont le produit de ce contexte autant que le fruit d'une démarche artistique consciente, nourrie de son histoire personnelle. « RiRi », un** black feminism **vengeur saupoudré de poussières de diamants et d'étoiles.**

Une paire de jambes ensanglantées dépasse d'un coffre déposé au milieu de la verdure, au sommet de quelque colline californienne, là où le *high* est une question de situation géographique et de rang social. À en juger par les talons hauts, les jambes en question sont celles d'une femme. Elle est inerte, mais on remarque que ses pieds touchent le sol. Il y a quelque chose de résolu dans sa posture. Elle paraît moins subie que choisie. Il faudra attendre un peu plus de six minutes pour voir le reste du corps, pour savoir à qui il appartient, ce qu'il fait à cet endroit. Contrairement aux apparences, ce n'est pas un cadavre, ce n'est pas une victime que l'on aurait violentée et posée là par pure cruauté, en attendant de savoir comment on la fera disparaître. C'est même tout l'inverse. Le coffre renferme un trésor pop qui n'est plus un secret pour personne : Rihanna, ici entièrement nue, une cigarette à la main (ou un pétard ? Elle est *high* ?), qui savoure son triomphe dans le sang et la richesse. Dans le clip de « Bitch Better Have My Money », qu'elle coréalise avec le collectif français Megaforce, la chanteuse barbadienne incarne une héroïne vengeresse. Entourée de deux acolytes, le mannequin Sita Abellán et une inconnue repérée sur Instagram, Sanam, elle sadise une femme blanche aisée qui a la plastique avantageuse de Rachel Roberts, avant de torturer son mari, le vrai coupable dans l'histoire. Mads Mikkelsen joue le rôle du comptable qui s'est payé du bon temps avec le pognon de Rihanna – celui dans lequel elle se love dans les dernières images. C'est lui la *bitch* : l'image se fige en vignette de comics, une flèche pointe le visage de Mikkelsen → « *The Accountant aka "The Bitch"* ». Cette désignation rappelle celle des ennemis de Beatrix Kiddo dans *Kill Bill* : Cottonmouth, Copperhead, California Mountain Snake, Sidewinder pourraient tout aussi bien être des blases d'artistes hip-hop.

Le genre musical qui a fait du mot « *bitch* » un fétiche, un terme presque incantatoire, compte désormais deux BBHMM. Car, en 1991, il y avait déjà celui du rappeur AMG : *Bitch Betta Have My Money*. La pochette est coquine : on y voit les mains d'une femme posées sur un jean. La gauche tient la ceinture, tandis que la droite – sauf malentendu – défait les boutons de la braguette. Chez Rihanna, le mâle n'a pas droit à ce genre de faveur. C'est même tout l'inverse. On le torture

avec tout un attirail d'armes blanches. Il est même probable qu'on le découpe en morceaux. Entre les deux BBHMM, il y a un monde. C'est LUI la salope. La *bitch* n'est plus ce qu'elle était. Que s'est-il passé ?

Vague de bitches

Avec le féminisme de la troisième vague, qui court de la fin des années 1980 au début des années 2000, le mot « *bitch* » a fait l'objet d'une revalorisation, d'une revendication – à la manière des termes « *queer* » et « *nigger* ». Un livre publié en 1999 fait date : *Bitch: In Praise of Difficult Women* d'Elizabeth Wurtzel, « bitchographie » écrite à la gloire des femmes infâmes et contre l'injonction à la bonté « féminine ». La troisième vague coïncide avec la découverte et le parcours de plus en plus *bitchy* de Rihanna. C'est le féminisme qui ne veut plus se départir du concept d'intersectionnalité forgé par Kimberlé Williams Crenshaw. C'est le féminisme qui embrasse la pop culture. C'est le féminisme qui a engendré le site Bitch Media et ses précieux décryptages, qui a favorisé ce cycle de cours proposé dans une université texane, par Omise'eke Natasha Tinsley, spécialiste de l'Afrique et de ses diasporas : « *Beyoncé Feminism, Rihanna Womanism* ». Une démarche qui trouve un écho en France avec les propos de la photographe et militante française Sophie Bramly, qui a déclaré au *Monde* : « Beyoncé et Rihanna ont plus fait pour la troisième vague féministe que beaucoup d'intellectuelles ! » La *bitch* des années 2000-2010 n'est plus celle de l'âge d'or du hip-hop masculin, cette « Bitch Please » qu'exigeait un Snoop Doggy Dogg. Est-ce à dire que, maintenant, RiRi est la boss ? À voir.

Avec le féminisme de la troisième vague, qui court de la fin des années 1980 au début des années 2000, le mot « bitch **» a fait l'objet d'une revalorisation, d'une revendication – à la manière des termes «** queer **» et «** nigger **».**

Verse le pognon, fais péter la strip-teaseuse !

BBHMM n'est pas sa première incursion trap – ce courant du hip-hop qui emporte tout depuis un moment. Ce n'est pas la première fois qu'on la voit nager dans le pognon : « Regarde tout ça se perdre / Verse, verse / Voilà comment nous gaspillons / Clubs de strip-tease et dollars / J'ai encore plus d'argent. » Dans « Pour It Up », Rihanna reprend à son compte une

⌛ Quand je revins au présent, j'exultais ; je l'avais fait ! J'avais brisé les limites du temps ! Je n'avais rien pour prouver mon voyage – je n'avais pas pensé à prendre de souvenir, ni laissé de trace. Je ne parlerais donc pas de mon succès avant le prochain voyage.

Le lendemain, en me brossant les dents, je remarquai quelques cheveux blancs dans ma chevelure – les premiers. Étaient-ils là auparavant ?

▶ p. 254

imagerie traditionnellement viriliste, et, pour ainsi dire, généreuse en signes extérieurs de richesse : de la fourrure, des billets verts, du clinquant avec cette ceinture dorée Chanel ou encore ce soutien-gorge composé de bijoux, « *shining bright like a diamond* ». Assise sur un trône en or, cette Rihanna *bossy* passe la plupart de son temps à jeter du fric en l'air. Tout se passe ici comme si l'on vivait à l'économie des hommes, loin du règne machiste, et en même temps, on sacrifie à certains clichés que la conscience féministe a en horreur. Rihanna est entourée de danseuses de pole dance, elle a elle-même des gestes et des mouvements évocateurs : sa façon de lécher ses dollars, de passer ses mains sur son sexe, de baiser (avec) son trône. Mais c'est une jouissance sans mâle, dans laquelle une femme se remplit d'elle-même, jouit de et par sa puissance financière.

Tout au long du clip, Rihanna porte une perruque blonde qui lui donne une coiffure « années folles ». Il y a là un fil à tirer. Quelque chose de décisif s'est joué à cette époque. Une performeuse légendaire danse les seins nus, se joue des stéréotypes fabriqués par l'histoire coloniale (l'animalisation-hypersexualisation de la femme noire) – une histoire dont elle n'est d'ailleurs pas le produit, puisqu'elle est américaine : on parle bien sûr de Joséphine Baker, « première superstar noire » que Rihanna est supposée incarner à l'écran (un projet annoncé en 2015), et qui est l'ancêtre des « *R'n'Babes* », de la « *R'n'Bitch* » consciente qui a certainement vu le jour avec Millie Jackson. En 1977, la chanteuse soul au timbre grave et aux textes sans détour le dit tout haut, plusieurs fois : « *I'm feelin' bitchy! I'm feeeeeeeeelin' biiiiitchyyyy!* » Je me sens « garce », « chienne », « catin », « traînée »... La pochette de l'album du même nom est suggestive : un portrait de trois quarts de Millie Jackson qui, épaules nues et bouche ouverte, se lèche la lèvre supérieure.

Sexplicit

En parlant de bouche, il faut signaler un autre point commun entre Joséphine Baker et RiRi. Elles partagent une histoire avec les bananes : la première s'en était fait une ceinture mythique, exposée aujourd'hui au château périgourdin des Milandes, la deuxième les ingère au ralenti, avec beaucoup de sensualité, elle les suce (alors que dans la vie elle déteste ça, les bananes). Nous sommes dans le clip de « S&M » – premier titre de son cinquième album *Loud*, avec lequel elle entend frapper encore plus fort. Tantôt maîtresse, tantôt soumise, déchaînée, enchaînée, elle est prise dans un nœud de paradoxes : « C'est tellement bon d'être vilaine », « Mais les chaînes et les fouets m'excitent ». La vidéo est réalisée par Melina Matsoukas, collaboratrice régulière de Rihanna, qui a déclaré vouloir faire quelque chose de « provocant », « avec l'idée que ce soit censuré », qui fasse parler les gens ou leur fasse « balancer toutes sortes de calomnies ». Qu'à cela ne tienne. En France, les images de « S&M » sont accompagnées de la signalétique « Déconseillé aux moins de dix ans » aussi bien en journée qu'aux heures tardives. En attendant l'avertissement plus restrictif encore de « Bitch Better Have My Money » : « *The following program is rated TV MA LNV* » ; « MA » comme « *Mature Audience Only* », « LNV » comme « *Language* », « *Nudity* », « *Violence* ».

Plus ça va, plus « RiRi » devient (s)explicit**, plus elle est en butte à la censure, plus les seins dardent sous le vêtement. Les plages et les amours innocentes de la première Rihanna laissent la place à un monde de** bitch(es)**.**

Plus ça va, plus « RiRi » devient *(s)explicit*, plus elle est en butte à la censure, plus les seins dardent sous le vêtement. Les plages et les amours innocentes de la première Rihanna laissent la place à un monde de *bitch(es)*. Dans « Needed Me », extrait d'*Anti*, son huitième album, les deux se confondent, les *beaches* californiennes et la « garce » : « Tu n'étais qu'un autre mec sur ma liste / T'as essayé de trouver des réponses à tes questions avec une salope / Ils ne t'ont pas dit que j'étais une sauvage ? / Rien à foutre de ton cheval blanc et de ton carrosse. » Le clip du morceau est réalisé par Harmony Korine qui y injecte l'esthétique de *Spring Breakers* et filme Rihanna en tueuse à gages, en « *fuck friend* » ultra-indépendante qui assassine le romantisme de ses tout premiers succès : les bluettes en bord de mer « If That's Lovin' That You Want » et « We Ride ». Rihanna devient *Rated R* ou presque. Elle est au centre d'une double révolution : collective, en lien avec la troisième vague féministe, et personnelle, en rapport avec une expérience conjugale marquante.

Rated R, la deuxième Rihanna

En anglais, *Rated R* désigne l'interdiction aux moins de dix-huit ans. C'est le titre que Rihanna choisira pour son quatrième album. En sachant qu'elle était déjà engagée sur une pente sombre et grave avec le précédent *Good Girl Gone Bad* – quand *Music of the Sun* (2005) et *A Girl Like Me* (2006) étaient des objets plus solaires, plus naïfs et empreints de ses origines caribéennes. *Good Girl Gone Bad* a tout d'une œuvre de transition. Rihanna a changé de look. La coupe courte et brune de Charlize Theron dans le film de science-fiction *Æon Flux* lui a tapé dans l'œil. Sa nouvelle facette *bad girl* affleure, inexorablement, même si la chanteuse est encore disposée à ouvrir les bras, à abriter son homme « sous son parapluie » (« Umbrella »). Il y a encore la possibilité d'un refuge amoureux.

Sorti fin 2009, *Rated R* est l'album qui découle de la triste affaire Chris Brown. Les faits sont rapportés par Sarah Oliver dans sa biographie *Rihanna Rebelle* : « Rihanna a vu le texto d'une autre femme sur le téléphone de Chris et elle a commencé à lui faire des reproches à ce sujet. Chris a alors essayé de la jeter de la Lamborghini dans laquelle ils se trouvaient, en la frappant au visage à plusieurs reprises. Quelques heures plus tard, Chris se rend spontanément dans un commissariat de Los Angeles pour se dénoncer. » Il publiera sur son site une vidéo de deux minutes dans laquelle il se confond en excuses. Le chanteur a eu la main lourde : Rihanna a le bras cassé et un œil au beurre noir. Brown lui aurait également mordu une oreille et les doigts. Le visage tuméfié de Rihanna est révélé deux semaines plus tard sur TMZ, réseau putassier spécialisé dans l'actualité des célébrités. Le procès a lieu quelques mois plus tard. Brown plaide coupable. La juge le condamne à « cinq ans de mise à l'épreuve et 180 jours de travaux d'utilité publique ». Il devra suivre « des stages contre la violence durant cinquante-deux semaines ». Interdiction de s'approcher de Rihanna à moins de cent mètres, et, si des raisons professionnelles l'amènent à partager la scène avec elle, il doit garder une distance de dix mètres. Tout porte à croire que ces violences ont mis fin à un cycle. La tentation est grande de lire certaines productions post-*Good Girl Gone Bad* à l'aune de ce qui s'est passé, ou de ce qui aurait pu se passer, de ce que Rihanna aurait pu entreprendre pour se faire justice elle-même.

Amours toxiques

Le titre « Stupid In Love », qui est extrait de *Rated R*, a des résonances personnelles très fortes : « Je t'aime toujours mais je n'y arrive pas / Je suis peut-être bête mais je ne suis pas stupide. » Ensuite, par deux fois, Rihanna est amenée à appuyer sur la gâchette – quand on sait que l'un de ses nombreux tatouages est un flingue et qu'à la base, elle en voulait un sur chaque bras... Dans

« Russian Roulette », elle est enfermée dans une pièce d'interrogatoire et fait face, impuissante, aux pulsions autodestructrices de son partenaire ; dans « Man Down », elle se venge de l'homme qui l'a agressée sexuellement en l'abattant sur un quai de gare, devant la foule.

Il y a aussi « Love The Way You Lie » et « We Found Love », diptyque de l'amour destructeur, de la toxicité amoureuse. Il y a sa part de masochisme dans le premier titre : « J'aime la façon dont ça me blesse », chante Rihanna. Le morceau est un duo fracassant avec Eminem. Lui est dans les champs, elle dans les flammes. Les deux stars évoluent dans des espaces distincts et se rejoignent à peine, de manière fugace, vers la fin du clip. Le véritable couple du drame est formé par Megan Fox et Dominic Monaghan. Ce sont eux qui brûlent dans les enfers de la violence domestique. Rihanna est plus fortement investie dans « We Found Love », une romance noire au beat eurodance hypnotique. C'est elle qui joue aux côtés du mannequin Dudley O'Shaughnessy, qu'elle embrasse à pleine bouche, fait inédit dans ses vidéos. Beaucoup verront dans les hauts et les (très) bas de cette chronique un écho à la relation avec Chris Brown.

Le septième album studio de Rihanna s'intitule *Unapologetic* : qui ne s'excuse pas, sans complexes, sans remords. Parmi les artistes invité(e)s sur cet album, il y a la personne chez qui cette question fait le plus sens. Deux années ont passé. Rihanna enregistre avec Chris Brown le duo « Nobody's Business », une variation sur « The Way You Make Me Feel » de Michael Jackson. Est-elle en train de nous dire que cette histoire ne regarde personne d'autre qu'eux ? L'emprunt à la musique de Michael Jackson est tout un symbole : Rihanna a elle aussi fait l'expérience d'un devenir *bad*. Dans *Unapologetic*, elle livre un chef-d'œuvre, un morceau-star qui la montre délivrée de la négativité. « Je choisis d'être heureuse / Toi et moi, nous sommes comme des diamants dans le ciel / Tu es une étoile filante, je le vois / Quand tu me tiens je suis vivante / Nous sommes comme des diamants dans le ciel. » « Diamonds », c'est la résilience, le retour au solaire, c'est la possibilité de se réparer, de réparer ce qui a été brisé – dans le clip, il y a cet effet reverse qui restaure le décor, remet à leur place les objets déchirés, tombés, cassés en mille morceaux. C'est la possibilité de vivre ses sentiments à l'échelle stellaire. Ce sont les amours de Rihanna à leur zénith, enfin. ✖

LE GOLEM AU GMS

Par Ken Liu
Traduit par Pierre-Paul Durastanti
Illustré par Anne-Catherine Ott

Jeune Chinoise de New York en partance sur un vaisseau, Rebecca Lau n'avait jamais imaginé être juive jusqu'à ce que le dieu d'Abraham lui parle. Confusion des confessions et des cultures ou bien relecture de l'Histoire ? Quoi qu'il en soit, il faudra construire un golem. Pas une mince affaire.

« Le Golem au GMS » est tiré de La Ménagerie de papier**, recueil de nouvelles paru en France en 2015 aux éditions Le Bélial', puis en 2017 chez Folio SF. Le livre tient son titre d'une autre nouvelle, publiée en 2011 dans** The Magazine of Fantasy & Science Fiction**, qui valut à son auteur d'être le premier à recevoir une triple récompense, les prix Nebula, Hugo et World Fantasy.**

Le début d'une série de couronnements, qui lancera la carrière prolifique de Ken Liu, émigré chinois formé au droit à Harvard, programmeur, traducteur, qui, depuis une dizaine d'années bouleverse avec génie, sensibilité et personnalité les codes de la science-fiction et de la fantasy.

Le lendemain du départ de la Terre du vaisseau Princesse des Nébuleuses, Dieu s'adressa à Rebecca.
« Rebecca Lau, écoute-moi. J'ai besoin de toi. »
La fillette de dix ans retira ses écouteurs. À part la rumeur lointaine des moteurs, seul le silence régnait dans la cabine. « Papa, tu as parlé ?
— C'est moi, Dieu.
— Ben voyons. » Elle se jucha sur une chaise pour étudier les enceintes au plafond. La voix ne semblait pas en émaner.
Elle redescendit, contempla son ordinateur et souffla d'un ton noir : « Si c'est toi qui me joues un tour, Bobby Lee... » Jaloux de leur croisière en famille vers La Nouvelle-Haïfa pour les vacances d'hiver, il pouvait très bien avoir décidé de reprogrammer sa bécane.
« Il n'a rien à voir là-dedans ! dit Dieu, un peu vexé.
— Vous êtes quel dieu, alors ?
— *Le Dieu*. Celui d'Abraham, d'Isaac et de Jacob. *Ton Dieu* ! Jason Engleman t'a tout expliqué à mon sujet le semestre dernier.
— Ah, le dieu de Jason. Le juif.
— Tu es juive.
— Hum ! » Rebecca s'assit sur son lit. « Je suis Chinoise. On habite New York. Vous devez me confondre avec mon amie Yael Wasserstein. Je sais bien qu'on a toutes les deux le même âge et de longs cheveux noirs, mais...
— Silence ! Tu dois créer un golem et attraper tous les rats de ce navire. Je vais t'expliquer. »

Au IXe siècle, des négociants juifs venus de Perse s'établirent à Kaifeng, capitale de la Chine. La communauté s'y développa au point de bâtir une synagogue en 1163. Les juifs de Kaifeng devinrent pour leurs voisins chinois, qui se préoccupaient toujours de nourriture, « ceux qui retirent les tendons ».
Durant un millénaire, cette communauté aux marges de la Diaspora prospéra, mais au fil du temps les juifs de Kaifeng se mélangèrent au reste de la population et oublièrent peu à peu leurs traditions. Beaucoup en oublièrent même Dieu.
Dieu, Lui, ne les oublia jamais.

« Je descends d'un de ces juifs de Kaifeng ? Comment ça se fait que Maman ne m'en ait rien dit ?
— Elle l'ignore aussi. Je n'avais jamais eu... heu...
— Jamais eu besoin de nous. Jusqu'à aujourd'hui.
— J'étais occupé, répliqua Dieu non sans raideur. Essaye de surveiller

la moindre molécule de l'univers pendant deux ou trois jours, tu verras ! »
Rebecca explorait la perspective nouvelle de sa judaïté. Ses yeux s'illuminèrent. « J'ai droit à Hanoucca ? Et à tous les cadeaux ?
— Tu as le droit de la fêter, oui. Les cadeaux, ce sont tes parents que ça regarde, pas moi.
— Je peux garder Noël ? Et le Nouvel An chinois ?
— À toi de voir. Je ne suis pas...
— Marché conclu ! Mais il va falloir muscler votre exposé. Ce rappel historique a besoin d'un support visuel. »
Tendant l'oreille, elle entendit Dieu marmonner : « Dire que je suis obligé de bosser avec cette... l'équivalent le plus proche d'un...
— Hé ! se récria Rebecca. C'est vous qui êtes venue me chercher, moi, vous vous rappelez ?
— Oui. Inutile de remuer le couteau dans la plaie. Tu peux te procurer de la boue ?
— Une minute. Revenez en arrière. Pourquoi il y a des rats sur un paquebot spatial ? Et ça pose quel genre de problème, au juste ? Ce ne sont pas Vos créatures, aussi ?
— À la dernière croisière, une famille en a passé un couple apprivoisé en douce. Il leur a échappé pour faire des petits. Il y en a cent cinquante dans les cloisons. D'ordinaire, ils me laissent froid, mais s'ils atteignent La Nouvelle-Haïfa, ce sera un désastre.
— Pourquoi ?
— Rien dans l'écosystème ne les contiendra. Ils mangeront tout ce qu'ils trouvent, les réserves de grains, les récoltes, les œufs, les poussins. Pire encore, il existe un virus sur La Nouvelle-Haïfa qui, en temps normal, n'a aucun effet sur les gens, mais si les rats débarquent, il les contaminera. Je vois d'ici le virus muter et mettre en danger les humains. Une interaction imprévue parmi tant d'autres quand on met en présence diverses espèces de la galaxie.
— Mauvaise planification de Votre part, on dirait.
— Ne recommence pas, gronda Dieu. On se bouscule pour me jeter la pierre. Essaye un peu de créer tous ces mondes sans erreur ni oubli du premier coup. »

Le *Princesse des Nébuleuses* comptait divers restaurants. La famille Lau préférait le buffet chinois qui disposait d'une sélection variée, mais Rebecca, ignorant quels mets étaient kascher (éviter le porc et les fruits de mer, là s'arrêtaient ses certitudes), se contenta d'une assiette de riz aux pousses de bambou.

Dieu ne l'aida guère.
« Au restaurant chinois, j'ai pour stratégie de fermer les yeux », déclara-t-il sans vouloir s'expliquer davantage.
À leur table, Rebecca fit sa grande annonce. David Lau et sa femme Helen échangèrent un regard avant de se tourner vers leur fille.
« C'est comme quand tu voulais être italienne à sept ans ? s'enquit Helen, prudente. Pour pouvoir chanter de l'opéra ?
— Je ne m'en souviens pas, mais non.
— Tu sais, reprit sa mère en tâchant de conserver un ton égal, quand on dit que les Chinois d'outremer sont "les juifs de l'Orient", il ne faut pas le prendre au pied de la lettre.
— Maman, je suis *vraiment* juive. Et toi aussi.
— Et Dieu veut que tu captures les rats de ce vaisseau afin de sauver un écosystème ? Il ne s'agit pas d'une métaphore que je serais trop vieille pour comprendre ?
— Non. Dieu tient à protéger les plages et les animaux de La Nouvelle-Haïfa. Et à prévenir une épidémie.
— Je peux Lui en parler ? Il réquisitionne ma fille sans que j'aie mon mot à dire ?
— Pas question, siffla Dieu. Les mères juives sont déjà très pénibles, les sino-juives sont pires. Débrouille-toi avec elle.
— Il ne parle qu'à moi seule. Il m'a choisi pour l'aider. Tu vas devoir demander à un rabbin comment ça marche.
— Ma fille, tu as trop d'imagination. Si tu investissais dans ton travail scolaire le dixième de l'énergie que tu consacres à tes lubies…
— Maman, je ne mens pas.
— Aiya, David, tu entends ça ? Parle-lui.
— Pour quoi faire ? » David Lau haussa les épaules. « À l'en croire, sa judaïté lui vient de ton côté de la famille. Tu lis tous ces bouquins sur le développement et la psychologie de l'enfant. Ils n'ont rien là-dessus ?
— Ne te moque pas de moi. Rien de tout ça n'arriverait si tu lui consacrais plus d'attention au lieu de travailler tout le temps.
— Quoi !? »
Rebecca s'excusa et quitta la table en tapinois.

Elle ratissa les ponts et les couloirs, jeta un œil dans les cinémas, les théâtres et les restaurants. Les ficus poussaient en jardinière hydroponique, et non dans l'humus. Les fleurs étaient artificielles. Partout luisaient du métal, du bois et du plastique. Pas une miette de terre en vue.
« Avec tous les robots nettoyeurs qui se faufilent partout, allez trouver de

la boue à bord d'un vaisseau spatial ! Ça ne Vous est pas venu à l'esprit ? En tant que Dieu, Vous êtes censé savoir ces trucs-là.
— Disposer d'une assistante plus compétente m'aiderait beaucoup. Tu aurais pu remettre mon plan en question par avance, ce qui nous aurait épargné une perte de temps à tous les deux.
— Ben voyons ! Et Vous auriez dit quoi si j'avais émis des réserves sur Votre plan ?
— Je t'aurais enjoint de garder tes doutes pour toi », admit Dieu.

Rebecca tira profit du silence temporaire de Dieu pour se rendre à la bibliothèque du paquebot spatial, où le rayon des religions se révéla plutôt étique. Ce qu'elle trouva de mieux s'intitulait *Le Judaïsme pour les enfants.*
« Tu vois comment te procurer de la boue ? lui demanda soudain Dieu.
— Chut ! J'apprends à être juive.
— Ça ne pourrait pas attendre ? On doit se focaliser sur la boue.
— La boue, la boue, la boue. On trouvera ! Mieux vaut que j'étudie. Vous ne voulez pas que Votre assistante commette des erreurs idiotes et s'attire les moqueries, quand même ? »
Rebecca ignorait la nuance, ce qui exaspérait sa mère. Si jamais un sujet — le piano, la calligraphie, l'orthographe — l'indifférait, elle refusait d'y consacrer ne serait-ce qu'une minute. Par contre, si elle se passionnait pour quelque chose — les ordinateurs, la pâtisserie, l'histoire de la poudre à canon —, elle s'y vouait à l'exclusion de tout le reste.
Et elle avait décidé d'être une bonne — *une excellente* — assistante pour Dieu.
« Mais le temps presse ! On est déjà vendredi et le navire sera à quai demain. Tu dois aller chercher de la boue. »
Au même instant, les lumières déclinèrent pour marquer le soir, en temps du vaisseau.
« Attendez, dit Rebecca. Expliquez-moi la manière exacte de fabriquer votre golem. C'est le shabbat. Je n'ai aucune envie d'enfreindre les règles.
— Tu n'es pas sérieuse ?
— Très sérieuse. L'assistante de Dieu doit être un modèle. Aïe ! J'ai oublié d'allumer les chandelles. Excusez-moi.
— ...
— Dieu, je n'ai pas saisi. Vous vous étrangliez ? Ou vous avez dit : “Ces nouveaux convertis, quelle plaie” ?
— Crois-moi, tu n'enfreindras aucune règle. D'abord, tu récoltes la boue...
— Récolter, c'est un des *melakhot,* répliqua Rebecca en se référant à la liste qu'offrait son livre.

— Dans le milieu naturel. Et puisqu'il n'y a pas de boue naturelle à bord de ce vaisseau, la récolter ne violera pas la loi. Dire que je débats de ces points avec toi ! Bref, ensuite, tu façonnes le golem dans cette boue, tout comme j'ai jadis façonné Adam...
— Ça s'apparente à pétrir, un autre *melakha*.
— À condition qu'on soit le shabbat. Bon, on veillera à se procurer de la boue toute prête. Une fois le golem formé, il convient de le lisser...
— Lisser est aussi...
— D'accord, *d'accord* ! Laisse-le rugueux, qu'est-ce que j'en ai à faire ? Du moment qu'il marche... En dernier lieu, lorsque tu l'auras fabriqué, tu devras écrire *emet*, "vérité", à même son... ah.
— Écrire est...
— Interdit. Je sais. »
Il semblait si abattu qu'elle préféra rester coite.
Au bout d'un moment, il retrouva son allant. « Si les rats atteignent La Nouvelle-Haïfa, l'épidémie démarre. On peut passer outre les lois du shabbat afin de sauver des vies.
— Il faut quelque temps à un virus pour muter, non ? Faute de capturer tous ces rats, on ne pourrait pas évacuer les gens à temps ?
— Ma foi, si, *sans doute*. Mais les persuader demandera un sacré boulot.
— On n'a pas le droit d'enfreindre les règles maintenant sous prétexte d'un surcroît de travail plus tard.
— Une minute ! Il existe une menace plus immédiate. Les rats vont manger tout le grain stocké.
— Et les habitants mourront de faim ?
— Heu, non. Ils ont plein d'aliments surgelés auxquels les nuisibles ne toucheront pas, mais ils devront bel et bien se passer de bagels au blé complet pendant un moment.
— Mouais. » Rebecca feuilletait son livre. « Ça me paraît tiré par les cheveux, comme question de vie ou de mort.
— Tu discutes avec moi sur la base de règles trouvées dans un bouquin ?
— J'étudie pour devenir une bonne juive. Ce n'est pas ce que Vous souhaitez ?
— Mais je te dis de m'obéir ! Je te l'ordonne !
— Vous ne pouvez pas faire une exception arbitraire à Vos commandements et à Vos règles. Ça ne marche pas comme ça.
— Et pourquoi donc ? Je suis Dieu.
— Je croyais qu'il n'était plus question de vous comporter en despote. »
La dispute dura une heure. Rebecca resta inébranlable.

Dieu finit par remarquer le globe sur la table de chevet. Il se serait claqué le front s'il en avait possédé un (ainsi que des mains).
« Rebecca Lau, écoute-moi. On n'est pas le shabbat.
— Quoi ?
— Ce qui marque son début, c'est le coucher du soleil, pas la diminution de l'éclairage électrique de ce paquebot.
— Ce doit être le coucher du soleil *quelque part* sur Terre.
— Bien vu, sauf que les effets de la relativité placent votre vaisseau dans un cadre de référence différent. Selon mes calculs… voyons voir, je retiens un et j'ajoute dix… on est jeudi ou mercredi sur Terre. Pas de shabbat, nulle part.
— Vous en êtes sûr ?
— Einstein a toujours raison.
— On a donc le droit de faire tout le nécessaire.
— Sans restriction. Allons-y. »
Rebecca Lui en aurait claqué cinq s'il avait été du genre à toper là (ou, encore une fois, s'il avait eu des mains).

Dans la matinée, elle demanda à accompagner sa mère au centre de remise en forme du bord.
Helen en fut touchée. Ces derniers temps, elle sentait sa fille s'éloigner et ne cessait de la gronder pour qu'elle aille dans telle ou telle direction, se montre plus disciplinée, fasse plus d'efforts. Il serait agréable de se prélasser ensemble au spa.
Rebecca insista pour qu'elles commandent toutes deux un masque de boue.
Les yeux fermés, Helen trouva plus facile de causer avec sa fille. Ne plus la voir papillonner lui épargnait de se croire mauvaise mère. Toutes les copines de Rebecca jouaient d'au moins deux instruments et frôlaient les vingt de moyenne en classe. Elle se reprochait la médiocrité de la petite. Cet intérêt soudain pour le judaïsme pouvait se révéler un mal pour un bien. Les enfants juifs de l'école réussissaient à la perfection. Ils exerceraient peut-être une bonne influence. Tout ce qu'espérait Helen, c'était qu'il ne s'agisse pas d'une de ces lubies dont Rebecca avait le secret et qui échappaient toujours à sa mère.
« Pourquoi est-ce que tu ne t'appliques pas, à l'école ?
— Ça n'en vaut pas le coup. » Rebecca se redressa sur son séant et, tout en surveillant sa mère du coin de l'œil, se mit à racler la boue sur sa figure pour la transférer dans un sac.

« Ce qui vaut le coup ne devient intéressant qu'à partir du moment où tu y excelles. Il faut d'abord y consacrer de vrais efforts. »
La fillette émit un raclement de gorge évasif et recueillit la boue dans le bol posé près de sa mère.
Helen changea de sujet. « Tu devrais passer plus de temps avec ton père. L'un des objectifs de ces vacances, c'est qu'il se consacre aussi à t'apprendre la discipline. Je ne sais plus quoi faire de toi.
— Et moi, je ne sais pas quoi lui dire. Les seules fois où je l'entends, c'est si vous vous disputez ou que tu lui parles de mes notes et qu'il me crie dessus. »
Helen éprouva un pincement de culpabilité. « *Aiya*. On ne voulait pas ça. Ton père travaille dur parce qu'il t'aime. Tu devrais lui laisser une chance. »
Mais Rebecca avait déjà filé ; elle avait assez de boue.
« Elle a raison, tu sais, déclara Dieu. Respecte ton père et ta mère. Ça m'importe beaucoup. À Confucius aussi.
— Je les respecte. J'en ai marre de les décevoir sans cesse. Je n'ai rien de la bonne petite fille chinoise.
— Il y a bien des manières d'être une bonne petite fille chinoise. Et bien des manières d'être un bon juif, même si certains pensent qu'il n'y en a qu'une. être juif, c'est faire partie d'une famille. Les familles ne sont jamais parfaites, mais elles sont toujours là pour toi.
— J'aimerais que mes parents y croient, tiens. »
Il se retint de répondre et soupira en Son for intérieur.
Rebecca continua de modeler la boue. Elle n'était pas très douée, mais Dieu lui ayant permis de faire « rugueux » et d'interpréter le truc à sa façon, elle en termina vite.
« Vous en pensez quoi ?
- Très moderne », dit-Il avec diplomatie.
La statue, de trente centimètres de haut, arborait des bras démesurés, une tête en bouton de bottine, des yeux et un nez tracés d'un coup d'ongle. La fillette avait pincé le matériau entre ses doigts pour lui créer des oreilles. L'une des jambes était plus courte que l'autre.
« J'étais à court de boue. »
Soudain, la sculpture bascula. Rebecca rougit comme une pivoine et se débrouilla pour lui égaliser les jambes. Le petit être demeura plus ou moins bien campé.
« Et maintenant ?
— On s'entraîne à la calligraphie. »

Vingt minutes plus tard, Dieu éprouvait devant Rebecca la même frustration que face à Jonas.
« De toutes les jeunes Chinoises, il a fallu que j'écope de la seule qui ignore tout de la calligraphie ! Tu ne peux donc pas écrire de façon lisible ? »
Rebecca épongea son front moite et maculé de boue. « Ne me criez pas dessus ! Comment j'étais censée savoir que ça me servirait ? Je déteste écrire au pinceau. J'ai toujours tapé ou bien dicté. »
Elle avait essayé et réessayé de graver *emet* en caractères hébraïques dans le front du golem à l'aide d'une baguette. *Le Judaïsme pour les enfants* contenait des exemples précis, mais elle ne cessait d'échouer à les reproduire : les lettres prenaient les mauvaises proportions, les lignes déviaient, les symboles se chevauchaient. Elle devait alors tout effacer, et recommencer.
« C'est tout le problème de l'enseignement moderne. On n'accorde plus aucune importance à l'habileté manuelle.
— On dirait un défaut de conception. Pourquoi avez-Vous rendu l'écriture si difficile et la dactylographie si facile ?
— Et c'est reparti pour les reproches... »
David passa la tête dans la pièce.
« Salut », dit-il d'un air emprunté. Voir sa fille maculée de boue le laissa de marbre ; il avait souvent contemplé le visage de sa femme dans le même état. « Ta mère suggérait que je t'emmène manger une glace sur le pont promenade, si tu es libre.
— Je suis un peu occupée, papa.
— Sur quoi est-ce que tu travailles ? » Il vint s'asseoir sur le lit.
« Je fabrique ce golem, mais Dieu m'en veut parce que je n'y connais rien en calligraphie. »
Comme discuter avec sa fille impliquait pour David de lui reprocher à grands cris, sur les instances d'Helen, des fautes dont il saisissait mal la nature, la phrase lui parut sensée.
« Ton grand-père m'en voulait pour la même raison.
— Tu n'aimais pas écrire au pinceau, toi non plus ?
— Je détestais. Pendant ce cours, je préférais dessiner. Le maître a prévenu mon père et j'en ai pris pour mon grade, mais j'ai fini par changer d'avis.
— Qu'est-ce qui s'est passé ?
— Ton grand-père fabriquait de jolis lampions pour la Fête des lanternes. En ce temps-là, au pays, chaque petit Chinois courait en agitant le sien. Il me demandait de peindre moi-même les caractères sur ce lumignon,

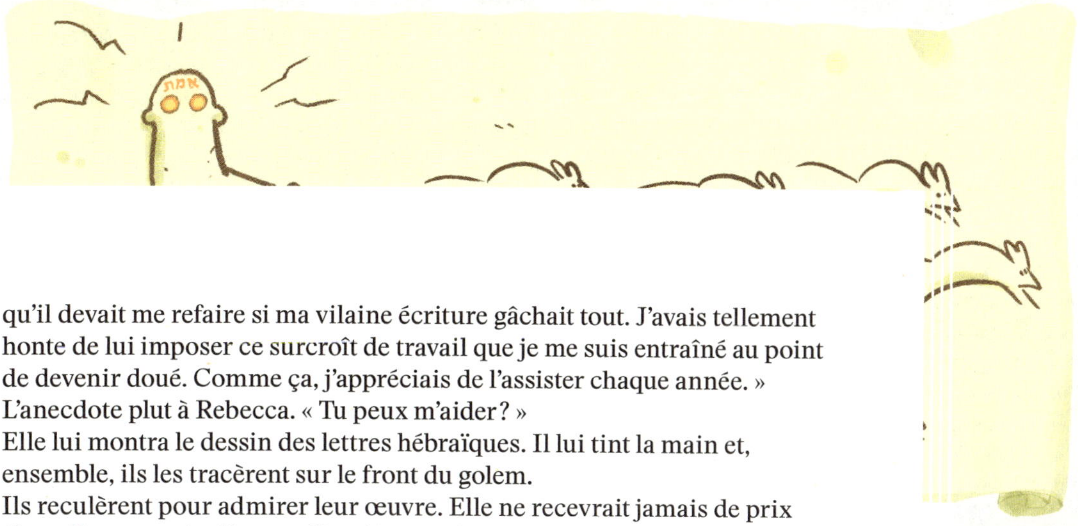

qu'il devait me refaire si ma vilaine écriture gâchait tout. J'avais tellement honte de lui imposer ce surcroît de travail que je me suis entraîné au point de devenir doué. Comme ça, j'appréciais de l'assister chaque année. »
L'anecdote plut à Rebecca. « Tu peux m'aider ? »
Elle lui montra le dessin des lettres hébraïques. Il lui tint la main et, ensemble, ils les tracèrent sur le front du golem.
Ils reculèrent pour admirer leur œuvre. Elle ne recevrait jamais de prix d'excellence, mais elle remplissait son office.
« Merci. Écoute, papa, on peut remettre cette glace à plus tard ? Dieu a encore du boulot pour moi, là tout de suite. »
Quand David était petit, il s'estimait capable de voler. En comparaison, que sa fille croie travailler pour Dieu semblait beaucoup plus raisonnable.
« Bon courage », dit-il.

« Pourquoi il ne bouge pas ? demanda Rebecca après le départ de son père.
— Laisse-lui une minute. Il cherche encore ses marques. »
Le golem se redressa sur son séant, se frotta les yeux et se mit debout tant bien que mal.
« Ça marche !
— On en vient à la partie vraiment difficile, dit Dieu. Les golems sont forts, mais stupides : ils prennent tout au pied de la lettre. Tu dois lui donner des instructions très précises pour obtenir qu'il capture tous les rats. »
Rebecca amena le golem dans un coin peu fréquenté du vaisseau, s'agenouilla, dévissa une grille d'aération, l'ôta et fourra le golem dans le conduit.
« Je t'ordonne d'attraper un rat. »
La petite créature tituba, regarda de-ci de-là, et partit vers la droite. L'écho de ses pas s'estompa, puis se tut.
La fillette attendit.
Cinq minutes passèrent, dix, quinze.
« Tu ne lui as pas dit de revenir, releva Dieu. Encore une fois, il prend tout au pied de la lettre. »
Elle passa sa tête dans le conduit et cria : « Reviens ! »
Un instant plus tard, elle répéta la manœuvre en ajoutant : « Et rapporte le rat !
— Tu progresses », dit Dieu.
Une minute plus tard, un bruit de petits pas se rapprocha dans le conduit, accompagné de glapissements.
Le golem apparut, traînant par la queue un rat blanc qui se débattait.

L'animal essayait en vain de planter ses griffes dans le métal lisse des parois.
Rebecca tapa dans ses mains et indiqua à l'homoncule de le déposer dans une boîte à chaussures qu'elle rapporta dans sa cabine où elle mit le rat dans la baignoire qui servirait de cellule temporaire.
« Et d'un, plus que cent quarante-neuf », déclara Dieu.

L'excursion suivante se révéla un échec. Le golem revint à la grille d'aération en tirant un rat par la queue, mais cinq autres les suivaient. Dès qu'ils constatèrent que Rebecca les voyait, ils attaquèrent de concert. Ils sautèrent sur la statuette animée, lui sectionnèrent les bras à coups de dents pour libérer leur compagnon, puis, tous ensemble, ils se tournèrent vers la fillette en montrant les dents. Elle crut même en voir un se lécher les babines. Enfin ils s'enfuirent, abandonnant le golem démembré.
Elle rampa dans le conduit pour en retirer les morceaux qui se tortillaient. Par bonheur, rattacher des bras de boue ne posait aucune difficulté, si bien que l'homoncule se retrouva vite comme neuf.
« Qu'est-ce qu'il y a dans cette boue ? » demanda Dieu.
Rebecca huma le golem réparé. « Des jujubes, des raisins, des pommes... et du miel, je pense.
— *Aiya*. Voilà d'où vient le problème. Tu as cru que je te demandais de nous procurer de la boue aromatisée ?
— On croirait entendre ma mère. "Va chercher de la boue ! Va chercher de la boue !" Vous n'avez rien précisé sur sa *composition*.
— Tu n'es tout de même pas un golem sans âme ! Je dois vraiment tout spécifier ? Les serviteurs divins sont censés montrer un peu d'initiative.
— J'ai fait de mon mieux. Le problème, selon moi, réside plutôt dans le flou des instructions.
— Et c'est reparti pour les reproches... Une petite minute ! Tu saupoudres quoi dessus, au juste ?
— Du GMS.
— Non. Non, non, non, non ! Je t'ai dit d'utiliser du sel !
— Mais le GMS, c'est meilleur. Avec une telle quantité, un rat y regardera à deux fois avant de boulotter le golem.
— Parce que tu t'imagines qu'il se soucierait des effets sanitaires du glutamate monosodique ? Quand j'ai ordonné à Noé de prendre du bois de gopher pour construire l'arche, tu te figures qu'il l'a remplacé par du cèdre ? Non. Si je donne une instruction, j'entends que tu la suives. Il s'agirait de ne rien changer !

— "Montrer un peu d'initiative!" "Ne rien changer!" Il faudrait savoir ce que vous voulez.
— On me le reproche souvent. Bienvenue au club. »
Dieu attendit qu'elle cesse de saupoudrer le glutamate. « Encore, encore. Pour faire passer aux rats le goût de mon golem!
— Je vais goûter ça pour la fête de Pessah, hein? Du persil dans de l'eau salée?
— D'où crois-tu que je tire l'idée? Les Juifs se rappellent tous le goût des larmes. C'est pratique. »

Une fois imprégné de sel, le golem s'avéra beaucoup plus apte à repousser les attaques. Il capturait les rats un par un et il les ramenait. Ils remplissaient leur prison improvisée en se marchant dessus; pour un peu, ils auraient sauté à terre.
« Rien ne va plus, décréta Dieu. Il te faut une plus grande baignoire. »
Rebecca estima que le meilleur moyen de retenir tous ces rats, c'était d'utiliser la pièce entière.
Elle ouvrit la grille de ventilation au plafond et ordonna au golem de guider ses proies vers ce trou afin qu'elles tombent dans la salle de bains verrouillée au préalable.
« N'entrez dans mes toilettes sous aucun prétexte », dit la fillette à sa mère avant de filer pour parer aux questions.

« Plus qu'un! lança Dieu, tout excité. Je crois bien qu'on va y arriver. »
Le dernier rat était gros, robuste, et de la taille d'un chat. Sa fourrure noire et blanche pelait par endroits. Même s'il se dandinait un peu en marchant, il arrivait encore à sprinter quand le besoin se présentait.
Sa survie prouvait son astuce. Comme il se savait traqué, il évitait le golem dans le labyrinthe des conduits de CVC et restait loin de la cabine de Rebecca.
La fillette suivit les bruits de pas précipités du chasseur et de sa proie au-dessus de sa tête. Le long du pont promenade, elle esquiva les couples postés aux baies pleines de champs d'étoiles décalées vers le rouge; elle s'excusa en traversant à la hâte la salle de séminaire remplie de passagers surpris écoutant une conférence sur l'investissement; elle escalada et dévala des volées de marches.
Enfin, le rat choisit de se montrer à l'équipage plutôt que de se faire capturer par l'épouvantable monstre de boue qui le poursuivait d'un pas lourd, et il se laissa choir par une bouche d'aération au beau milieu de la cuisine principale.

Le chef cuisinier, les commis et les serveurs en restèrent ébahis. Un énorme rat se promenait dans leur domaine, une fillette lui courait après en s'égosillant, puis un tas de boue tomba de la bouche d'aération pour atterrir — *plop!* — sur leur plan de travail avant de se relever sous la forme d'un nain minuscule.

Aussitôt, le chef s'évanouit.

« Chopez-le! cria Rebecca. Je lui coupe sa retraite. » Elle se rua vers une extrémité du plan de travail dans l'espoir que l'animal, en essayant d'échapper au golem, se jette au fond du sac en plastique qu'elle brandissait.

Le rat continua de courir dans sa direction — *mais pourquoi souriait-il?*

Au milieu du plan de travail, il y avait un évier rempli d'eau savonneuse et d'assiettes sales. L'animal y plongea, le traversa à la nage sans effort, se hissa par-dessus le bord opposé et se retourna.

Oh non! se dit Rebecca. *L'eau et la boue...*

« Stop! » cria-t-elle au golem en battant des bras, si bien qu'elle donna sans le vouloir un coup de poing à un commis qui essayait de mieux voir la statuette animée. « Désolée! » Elle lui jeta un coup d'œil afin de s'assurer qu'il allait bien, tout en continuant de lancer ses ordres au golem. « Fais le tour! Attrape-le de l'autre côté! »

L'homoncule s'efforça bien de s'arrêter, mais dérapa sur la flaque savonneuse près de l'évier et tomba dans l'eau, où il coula sur-le-champ.

« Qu'est-ce qui va se passer? demanda la fillette.

— Je n'ai jamais vu une chose pareille, dit Dieu. Rien de tout ça n'est très orthodoxe, tu comprends. »

L'eau bouillonna, puis un golem plus mouillé et amorphe émergea pour gravir le bord opposé de l'évier et poursuivre son chemin d'un pas lourd, telle une étoile de mer qui aurait marché. Si ses traits s'étaient gommés, ses yeux subsistaient vaguement, deux fosses peu profondes.

Il s'immobilisa, jeta un regard alentour et s'arrêta sur le commis à côté de Rebecca. Frôlant le rat qui glapissait près de l'évier, il s'élança et, avant que quiconque ait pu réagir, il se rattrapa au visage du jeune homme qu'il martela de coups de poing.

« Aïe! Ouille! »

La fillette lui hurla d'arrêter, sans résultat.

« Il ne t'entend pas, indiqua Dieu. L'eau lui a dissous les oreilles, que tu aurais dû faire plus grandes. Le dernier ordre qu'il a perçu de ta part, c'était: "Attrape-le de l'autre côté!" Il a cru que tu parlais du commis vers lequel tu regardais. »

Rebecca accourut à la rescousse. Elle empoigna le golem trempé, mais il lui glissa entre les mains telle une méduse avant de se retourner, d'extruder un pseudopode de boue et de lui asséner une bonne droite sur les lèvres.

La fillette vit trente-six chandelles et se recula, titubante. Elle avait en bouche le goût du GMS. Mélangé au sel, aux pommes, aux raisins. Et au liquide vaisselle. *Beurk!*

Le commis se roulait par terre en tâchant de se protéger la figure de ses bras repliés. Le golem se révélait aussi fort que persévérant. Des plaies et des bosses bouffissaient les traits du jeune homme.

« Il lui fait vraiment mal. Comment je peux l'arrêter?

— Efface l'aleph du mot sur son front pour changer *emet* en *met*, qui signifie “mort”. Il s'immobilisera.

– C'est laquelle, l'aleph, déjà? demanda-t-elle, paniquée. Je Vous rappelle que je débarque, moi! »

Dieu poussa une plainte étouffée.

Elle se tourna vers le rat qui pépiait toujours. « Écoute. »

Son cœur battant la chamade, Rebecca se lança dans l'inconnu. Tout assistant devait se montrer créatif, pas vrai? Et faire preuve d'initiative. Elle serait la meilleure assistante judéo-chinoise de Dieu de tous les temps.

« J'ai besoin de toi pour arrêter ce golem. Si tu accomplis cette bonne action, Dieu vous aidera, toi et les autres rats, à trouver un bon foyer.

— Ah bon? demanda Dieu.

— Je suis son assistante. Je parle en son nom.

— Vraiment? s'étonna Dieu.

— Ça vaudra bien mieux que de vous cacher à bord de ce vaisseau et de chiper les miettes des passagers », asséna la fillette.

L'animal la considéra d'un air perplexe, se remit à pépier, se lissa les moustaches, puis se rua vers la statuette de boue.

« Bon rat », dit Rebecca, qui l'imita.

Il se jeta sur le golem qui lâcha le jeune homme et, pour se défendre, saisit l'animal à bras-le-corps dans une étreinte d'ours. Le rat glapit, les yeux exorbités.

Distrait par son agresseur, l'homoncule ne pouvait guère prendre garde à la fillette qui se pencha, effaça de la paume de la main les caractères hébraïques qu'il portait au front, ramassa une baguette tombée par terre et grava à leur place l'idéogramme signifiant « mort ».

« Heureusement que je lis le chinois, soupira Dieu. Et que je me suis habitué à tes pattes de mouche. »

Le golem se réduisit à un monticule informe.

Une grande table en chêne séparait Rebecca du capitaine face auquel elle était assise. Bien que le bureau soit vaste et spacieux, elle éprouvait une pointe de claustrophobie. Elle se retrouvait piégée, sans possibilité de fuite.

Son père occupait la chaise sur sa gauche, sa mère sur sa droite. Derrière elle, bloquant la porte, il y avait un rang de témoins impassibles : le chef, son personnel qui avait passé l'après-midi à nettoyer la cuisine, et le commis aux yeux si bouffis qu'il n'y voyait presque rien.

« Monsieur et madame Lau... » Le capitaine tambourina des doigts sur la surface lisse de son bureau. « Votre fille a causé de graves problèmes à La Croisière Se Décale Vers Le Bleu en introduisant deux créatures à bord. Interdire le rat apprivoisé et l'extraterrestre qui ont dévasté ma cuisine se justifie sans mal ! Mais pour elle, les règles ne s'appliquent qu'aux autres, semble-t-il. »

L'injustice de l'accusation faisait bouillir Rebecca, et se récrier n'aurait servi à rien. Puisque ses parents suivaient toujours l'avis d'une figure d'autorité comme un professeur, ils croiraient forcément le capitaine. En fait, ils risquaient même de prendre ses « lubies » de la veille sur les rats pour une preuve de culpabilité. Elle se vit condamnée d'avance.

« Il nous faut à présent, poursuivit le capitaine, évoquer le sujet du dédommagement...

— En effet, dit David. Celui que vous devez à ma fille pour l'avoir indûment accusée. »

Ébahie, elle le dévisagea. Il sourit et lui tapota la main.

« Laissez-moi d'ailleurs vous conseiller d'envoyer un de vos membres d'équipage inspecter sa salle de bains. Vous constaterez qu'elle n'a pas amené d'animaux, rats ou autres, à bord de votre vaisseau. »

Oh, non... Elle ouvrit la bouche, mais son père lui intima silence d'un geste de la main.

Rebecca se tassa à l'idée de la découverte des rats piégés dans ses toilettes et se prit à espérer que le sol l'engloutisse avant que ses parents ne connaissent la disgrâce par sa faute.

Le capitaine les toisa d'un air suspicieux, mais ordonna à un steward de faire ce que David avait suggéré.

Vous avez un plan ? articula la fillette silencieusement.

« Un plan ne vaut jamais une surprise, répondit Dieu.

— En l'absence de votre bonhomme, réglons son compte à votre assertion idiote sur "l'extraterrestre inconnu". Il s'agit d'un pantin de boue aussi vivant que les fleurs en plastique qui remplissent ce paquebot. »

Le capitaine en crachota d'indignation. « J'ai une foule de témoins qui...
— Ce truc vous paraît animé ? » David planta son index dans les restes du golem. « Je l'ai fabriqué avec elle. Je sais de quoi il retourne. »
Helen se leva et se pencha. « Cette boue provient de nos masques faciaux. » Elle la huma et grimaça. « Elle a tourné. Qu'est-ce que vos employés ont mis là-dedans ? »
L'autre en bafouillait. « Mais... mais...
— En tout cas, si jamais quelque chose la faisait bouger, cherchez l'infestation extraterrestre de votre salon de beauté avant que d'autres clients ne se plaignent. »
Il en resta coi. Helen passa son bras autour des épaules de Rebecca que la tournure des événements laissait pantoise : sa mère, non contente de négliger de se fâcher, la défendait !
« Les parents, ils vous surprennent, des fois, pas vrai ? » lança Dieu.
Elle aurait voulu que l'instant s'éternise, que l'homme dépêché dans sa cabine ne revienne jamais.
La porte du bureau s'ouvrit à la volée. Le steward surgit, en sueur, hors d'haleine, se rua vers le capitaine et lui parla à l'oreille.
Elle ferma les yeux, prête à affronter son destin.
« Qu'est-ce que vous avez fait à MON NAVIRE ?! rugit l'officier à la famille Lau. Sa salle de bains grouille de rats jusqu'au plafond ! »
David se leva, posa les poings sur le bureau et dévisagea l'autre.
« Justement, ils viennent du navire, pas de Rebecca. Vous devriez la remercier. Elle a eu l'excellente idée de les piéger là.
— C'est ridicule.
— Inspectez vos conduits de ventilation : vous y trouverez des crottes et des poils accumulés depuis des mois. Ma fille, loin d'avoir amené ces animaux à bord, se retrouve *victime* de vos mauvaises procédures de contrôle des nuisibles ! Elle nous a annoncé qu'elle comptait les capturer. Estimez-vous heureux qu'elle y soit parvenue. »
Le capitaine envoya plusieurs membres d'équipage visiter les conduits et confirmer les déclarations de David, mais il faisait pâle figure. Des rapports d'inspection signalaient bel et bien des crottes çà et là depuis quelque temps.
« Imaginez : vous permettez aux rats de s'échapper à La Nouvelle-Haïfa. Au minimum, La Croisière Se Décale Vers le Bleu écoperait d'une amende et la presse se délecterait à pointer du doigt les conditions sanitaires sur les paquebots de la compagnie. Je parie qu'on vous virerait sur-le-champ. Discutons donc les dédommagements. »

Le capitaine prit le temps de la réflexion, puis sourit. « Et si, pour le retour, on vous surclassait en première ? On vous rembourse vos billets et vous passez toutes vos vacances sur La Nouvelle-Haïfa à nos frais. »
Ils lui rendirent son sourire. « Ajoutez deux abonnements au centre de remise en forme pour ma fille et moi, dit Helen. La totale... et avec une boue de qualité supérieure.
— Bien sûr.
— Et les rats ? » Les adultes se tournèrent vers Rebecca, qui rougit et déglutit, mais poursuivit : « Qu'est-ce qu'il va leur arriver ?
— Je les évacue par le sas ! » répliqua l'officier, irrité.
Allons, Dieu, Vous avez promis, songea la fillette.
Elle aurait juré l'entendre soupirer.
« Je trouve ça injuste, déclara soudain Helen. Ce n'est pas leur faute s'ils ont atterri là où ils ne devraient pas. D'autant qu'ils descendent de rats domestiques. Hé ! J'ai une idée. Je crois que vous devriez les ramener sur Terre et les proposer à l'adoption.
- Sauf si vous voulez tout savoir de notre croisière de cauchemar en lisant *Tourisme et voyages*.
- Entendu », lâcha le capitaine, vaincu.
Rebecca remercia quelqu'un en son for intérieur.

*

« Tu ne t'es pas si mal débrouillée, dit Dieu. Profite bien de la plage une fois sur le plancher des vaches.
— Vous ne venez pas ?
— Un petit congé ne serait pas de refus. Songer aux effets de la dilatation du temps sur la date du shabbat m'a filé une méchante migraine. Mais l'univers me réclame.
— J'ai été ravie de faire Votre connaissance, dit Rebecca. On reste en contact, Dieu. »
Elle descendit la rampe de débarquement avec sa famille, dans le soleil éclatant et la brise salée de La Nouvelle-Haïfa.

QU'ELLES VIENNENT DU CINÉMA, DE LA LITTÉRATURE, DE LA BD OU DU JEU VIDÉO, LES COMBATTANTES ONT MILLE VISAGES, MILLE HISTOIRES, MILLE MANIÈRES DE TRANSFORMER LE MONDE. PORTRAITS.

⧗ Je me rendis compte que l'ici, le maintenant n'avaient plus cours. Je pouvais faire ce que je souhaitais. Je pouvais tout changer. Tout ! Rendre vraies les plus utopiques des uchronies, faire de la terre un paradis d'individus éclairés… Peut-être.

Mais, plutôt que de regarder à mes pieds, je levai le regard au loin. Ce qui m'intéressait, c'était braver la limite. Prochain voyage : la fin des temps. La fin du temps.

● misc#01

Drew Barrymore

Fille d'une lignée de légendes d'Hollywood, Drew Barrymore a grandi avec le cinéma, et le cinéma l'a fait grandir. Sœur d'Elliot dans *E.T. l'extra-terrestre*, elle mènera par la suite une vie emplie d'alcool et de drogue, alors qu'elle a à peine dix ans. Cette jeunesse précoce, compliquée (cure de désintox, rejet des parents), fera d'elle un temps une proie idéale pour les tabloïds, avant qu'elle n'y puise ses forces et devienne l'une des meilleures actrices de comédie (romantique) de son époque et signe en deux films (*Charlie's Angels : Les Anges se déchaînent !*, qu'elle produit, et *Bliss*, qu'elle réalise) parmi les plus convaincants petits manifestes de *girl power* des années 2000 à Hollywood. Un duo de longs-métrages (parmi d'autres) qui lui ressemblent, à la fois gentiment déglingués, profondément généreux et du côté des femmes en toutes circonstances. ✖

● misc#02

Ali Wong

Avant de découvrir Ali Wong sur Netflix en 2016 dans son Comedy Special *Baby Cobra*, son nom était pour ainsi dire inconnu. Depuis lors, elle est l'une des comédiennes de stand-up les plus courues, et son retour sur le service de streaming en 2018 avec *Hard Knock Wife* confirme son succès. Ali est un bulldozer. À chaque spectacle (les deux diffusés), elle débarque enceinte jusqu'aux yeux et s'embarque dans un flot maîtrisé d'une d'une crudité permanente, où elle malmène la maternité, la famille, le couple, les clivages culturels et ethniques américains ou encore la sexualité féminine – tout en se moquant, aussi, du féminisme. Le style est a priori bourrin, et il l'est parfois, mais Ali Wong y trouve une drôlerie d'une franchise, toute féminine, hilarante. ✖

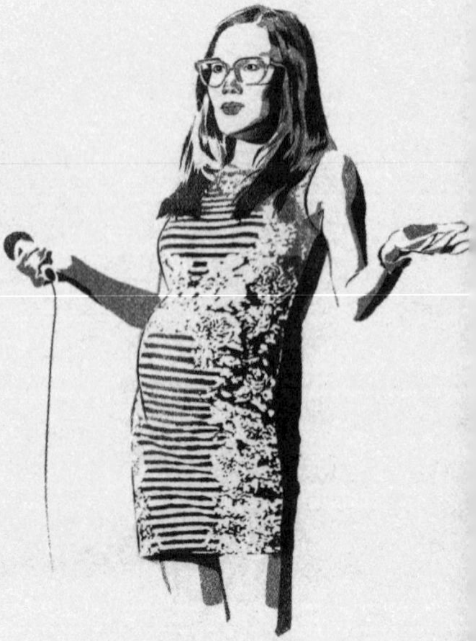

● misc#03

Maggie Cheung

Choisir Maggie Cheung pour parler des actrices d'action du cinéma de Hong Kong est injuste. Il aurait fallu citer aussi Cheng Pei-pei (▶ Les Combattantes, **p. 10**), Michelle Yeoh, Anita Mui ou bien Cynthia Rothrock. Mais Maggie Cheung a joué aussi dans le plus prestigieux du cinéma d'auteur local, à commencer par celui de Wong Kar-wai pour des romances vertigineuses. Ce sont ses rôles les plus célèbres chez nous. Là-bas, on lui préférera peut-être ceux de Tsui Hark – *L'Auberge du dragon*, où elle danse comme personne avec une épée –, de Johnnie To – *The Heroic Trio*, où elle virevolte et flingue à tout-va – ou encore ceux aux côtés de Jackie Chan – *Police Story*, où elle est parfois très drôle. Retirée désormais des écrans, Maggie Cheung a été une star à la classe folle, et pourtant discrète, qui aura marqué son temps en sachant autant briser les os que les cœurs. ✖

● misc#04

Kathryn Bigelow

Les auteures du cinéma d'action sont rares, encore plus à Hollywood. C'est ce qui aura fait de Kathryn Bigelow (*Démineurs*) un cas insolite pour un milieu peu habitué à voir une femme s'intéresser autant à des histoires d'hommes. Pourtant, depuis son premier film (*The Loveless*, un film de motards), Bigelow se moque pas mal d'être ramenée à son genre, elle qui fait des films sur la fin des grands mythes américains (la frontière et ce qu'elle implique de conquête, de violence et de liberté). Les genres, elle préfère ceux du cinéma, à commencer par le western, qu'elle revisite d'un film à l'autre ou presque (*Aux frontières de l'aube*, *Point Break*, *Zero Dark Thirty*) ou du vampirisme (les mêmes titres en ajoutant *Blue Steel*). Héritière surtout de Sam Peckinpah (*La Horde sauvage*), Bigelow se moque bien d'être une femme, tout en prouvant qu'on peut aller sur le territoire des hommes. ✖

● misc#05

Phoebe Waller-Bridge

À trente-trois ans et en à peine quelques années de carrière, Phoebe Waller-Bridge a gravi les échelons de la série télé britannique. Après des rôles récurrents dans *The Café* et *Broadchurch*, elle devient la showrunner de trois séries en à peine deux ans : *Crashing* (à ne pas confondre avec celle de Judd Apatow sur HBO), série chorale sur un groupe de jeunes colocataires ; *Fleabag*, autoportrait d'une trentenaire façon Louie au féminin et *Killing Eve*, thriller de filles entre une tueuse à gages et la flic qui la traque. « J'aime les portraits de femmes compliquées et contradictoires », dit l'actrice et auteure qui, en 2018, doublait aussi L3-37 dans *Solo: A Star Wars Story*, une androïde féministe amoureuse de Lando Calrissian. À voir son parcours, bref mais déjà dense, se devine l'envie de redessiner les genres, à commencer par le sien. ✖

RÉFÉRENCES

Films, séries, romans, bandes dessinées, essais, jeux vidéo, tout ou presque ce que vous croiserez dans ce numéro est ici.

● À VOIR (FILMS)

2001, l'Odyssée de l'espace de Stanley Kubrick 1968 p. 106
Alien, le huitième passager de Ridley Scott 1979 p. 48
Aliens, le retour de James Cameron 1986 p. 48
Alien 3 de David Fincher 1992 p. 48
Alien, la résurrection de Jean-Pierre Jeunet 1997 p. 48
Allumeuses ! de Roger Kumble 2002 p. 204
Batman, le défi de Tim Burton 1992 p. 10
Blind's Woman Curse de Teruo Ishii 1970 p. 20
Bliss de Drew Barrymore 2009 p. 254
Cette sacrée vérité de Leo McCarey 1937 p. 204
Charlie's Angels : Les Anges se déchaînent ! de McG 2003 p. 254
Cléo de 5 à 7 d'Agnès Varda 1962 p. 10
Cloud Atlas de Lana et Lilly Wachowski 2012 p. 128
Contact de Robert Zemeckis 1997 p. 106
Elle s'appelait Scorpion de Shun'ya Itō 1972 p. 20
Foxy Brown de Jack Hill 1974 p. 10
Indiscrétions 1993 de George Cukor 1940 p. 204
Kiki la petite sorcière de Hayao Miyazaki 1989 p. 28
La Baronne de minuit de Mitchell Leisen 1939 p. 204
La Dame du vendredi de Howard Hawks 1940 p. 204
Lady Snowblood de Toshiya Fujita 1973 p. 20
Lady Snowblood 2: Love Song of Vengeance de Toshiya Fujita 1974 p. 20
La Femme Scorpion de Shun'ya Itō 1972 p. 20
La Légende de la sirène de Toshiharu Ikeda 1984 p. 100
L'Ange de la vengeance d'Abel Ferrara 1981 p. 10
La Rue de la honte de Kenji Mizoguchi 1956 p. 10
La Tanière de la bête de Shun'ya Itō 1973 p. 20
L'Auberge du dragon de Tsui Hark et Raymond Lee 1992 p. 254
La Vie d'O'Haru, femme galante de Kenji Mizoguchi 1952 p. 10
Le Château ambulant de Hayao Miyazaki 2004 p. 28
Le Château dans le ciel de Hayao Miyazaki 1986 p. 28
Le Conte de la princesse Kaguya d'Isao Takahata 2013 p. 10
Le Rebelle de King Vidor 1949 p. 106
Les Flingueuses de Paul Feig 2013 p. 204
Les Rues de l'enfer de Danny Steinmann 1984 p. 10
L'Étrange Vice de Mme Wardh de Sergio Martino 1971 p. 90
Le Voyage de Chihiro de Hayao Miyazaki 2001 p. 28
L'Hirondelle d'or de King Hu 1966 p. 10
Mad Max: Fury Road de George Miller 2015 p. 106
Matrix (trilogie) de Lana et Lilly Wachowski 1999, 2003 p. 128
Mes Meilleures amies de Paul Feig 2011 p. 186, 204
Mirage de la vie de Douglas Sirk 1959 p. 10
Mon voisin Totoro de Hayao Miyazaki 1988 p. 28
Nausicaä de la vallée du vent de Hayao Miyazaki 1984 p. 28
New York-Miami de Frank Capra 1934 p. 204
Ninotchka d'Ernst Lubtisch 1939 p. 204
On ne vit que deux fois de Lewis Gilbert 1967 p. 100
Ponyo sur la falaise de Hayao Miyazaki 2008 p. 28
Princesse Mononoké de Hayao Miyazaki 1997 p. 28
Prometheus de Ridley Scott 2012 p. 48
Rose bonbon de Howard Deutch 1986 p. 222
Seize bougies pour Sam de John Hugues 1984 p. 222
Sisters de Jason Moore 2015 p. 204
Speed Racer de Lana et Lilly Wachowski 2008 p. 128
Stray Cat Rock: Delinquent Girl Boss de Yasuharu Hasebe 1970 p. 20
Stray Cat Rock: Sex Hunter de Yasuharu Hasebe 1970 p. 20
Stray Cat Rock: Wild Jumbo de Toshiya Fujita 1970 p. 20
Super Blonde de Fred Wolf 2008 p. 204
Tampopo de Jūzō Itami 1985 p. 100
The Breakfast Club de John Hugues 1985 p. 222
The Heroic Trio de Johnnie To 1993 p. 254
The Legend of Billie Jean de Matthew Robbins 1985 p. 186
Tout ce que le ciel permet de Douglas Sirk 1955 p. 10
Toutes les couleurs du vice de Sergio Martino 1972 p. 90

● À VOIR (SÉRIES)

Amachan de Kankurō Kudō 2013 p. 100
Crazy Ex-Girlfriend de Rachel Bloom et Aline Brosh McKenna depuis 2015 p. 10
Fleabag de Phoebe Waller-Bridge 2017 p. 10, 254

Freaks and Geeks de Paul Feig 1999-2000 p. 186
Girls de Lena Dunham 2012-2017 p. 10
GLOW de Liz Flahive et Carly Mensch depuis 2017 p. 10
Grey's Anatomy de Shonda Rhimes depuis 2005 p. 220
How to Get Away With Murder de Shonda Rhimes depuis 2014 p. 220
I love Dick de Jill Soloway et Sarah Gubbins depuis 2017 p. 10
Killing Eve de Phoebe Waller-Bridge depuis 2018 p. 10
Scandal de Shonda Rhimes 2012-2018 p. 220
Sense8 de Lana et Lilly Wachowski et J. Michael Straczynski 2015-2018 p. 128
Signé Cat's Eyes de Yoshio Takeuchi (1re série) et Kenji Kodama (2e série) 1983-1985 p. 44
The Handmaid's Tale de Bruce Miller 2017 p. 10
The Marvelous Mrs. Maisel d'Amy Sherman-Palladino depuis 2017 p. 10

À VOIR (STAND-UP)

Baby Cobra d'Ali Wong 2016 p. 254
Hard Knock Wife d'Ali Wong 2018 p. 254
Nanette de Hannah Gadsby 2018 p. 186

À LIRE (ROMANS)

Dix jours dans un asile de Nellie Bly (traduction : Hélène Cohen) 2015 p. 94
Hunger Games de Suzanne Collins (traduction : Guillaume Fournier) 2009-2011 p. 90
La Ménagerie de papier de Ken Liu (traduction : Pierre-Paul Durastanti) 2015 p. 236
L'Amérique pauvre. Comment ne pas survivre en travaillant de Barbara Ehrenreich (traduction : Pierre Guglielmina) 2004 p. 94
Le Tour du monde en 72 jours de Nellie Bly (traduction : Hélène Cohen) 2016 p. 94
Le Tumulte des flots de Yukio Mishima (traduction : Gaston Renondeau) 1978 p. 100
Sorcières. La Puissance invaincue des femmes de Mona Chollet 2018 p. 10

À LIRE (BANDES DESSINÉES)

Ghost World de Daniel Clowes 1999 p. 186
Gil Jourdan T1 : Libellule s'évade 1959 p. 122
Isola de Brenden Fletcher et Karl Kerschl 2018 p. 88
La Schtroumpfette de Peyo 1967 p. 122
Saga de Brian K. Vaughan et Fiona Staples depuis 2012 p. 140
Sheena, reine de la jungle de Cary Burkett et Gray Morrow 1985 p. 10
Spirou et Fantasio T6. La Corne de rhinocéros de Franquin 1955 p. 122
Tif et Tondu (intégrale) T7. Enquêtes à travers le monde de Maurice Tillieux et Will 2010 p. 122

À ÉCOUTER

Anti de Rihanna 2016 p. 228
Chaleur humaine de Christine and the Queens 2014 p. 190
Chris de Christine and the Queens 2018 p. 190
Cure d'Eddy de Pretto 2018 p. 190
GiedRé est les gens de GiedRé 2018 p. 190
Good Girl Gone Bad de Rihanna 2007 p. 228
Loud de Rihanna 2010 p. 228
Music of the Sun de Rihanna 2005 p. 228
Rated R de Rihanna 2009 p. 228
Unapologetic de Rihanna 2012 p. 228
Voices de Madame Gandhi 2016 p. 190

À JOUER

Another Lost Phone: Laura's Story Accidental Queens 2017 p. 212
Battlefield V Electronic Arts 2018 p. 212
Bayonetta 1 et 2 PlatinumGames 2009, 2014 p. 90
Cibele Star Maid Games 2015 p. 212
Depression Quest Zoë Quinn 2013 p. 212
Emily Is Away Kyle Seeley 2013 p. 212
Gone Home The Fullbright Company 2013 p. 212

Carbone #03

Amazones
Automne 2018

Carbone est une anthologie trimestrielle sur la culture contemporaine (et le kyūdō) publiée au rythme des saisons. Elle est éditée par FAUNS, SAS au capital de 50 000 €
RCS nº 453199697
35, place Bellecour 69002 Lyon
hello@carbone.ink

Directeur de publication :
Raphaël Penasa
Directrice générale :
Flore Poinsard
Rédacteur en chef :
Jérôme Dittmar
Assistant éditorial :
Mathieu Rivero
Responsable R&D :
Dr François Grosbellet
Relecture & corrections :
Élise Lejeune, Fabienne Riccardi
Diffusion : MDS France

Illustration de couverture :
Claire Wendling - Spectrum Grand Master 2018
Illustrations d'ouverture :
Jaouen Salaün
Direction artistique :
Superscript²
Maquette et graphisme :
Dalil Boudaoud

Relations presse : Isabelle Lanaud
isabelle.lanaud@gmail.com
Community manager :
Margaux Saly

Merci au soutien de l'Amitié :
Superscript² & Kiblind
Stagiaire en or :
Marie Grosbois

Ont fièrement collaboré à ce numéro :
Julien Abadie, Sébastien Bénédict, Louis Blanchot, Véronique Bergen, Mélanie Bourdaa, Erwan Higuinen, Xavier Mauméjean, Ursula Michel, Victor Moisan, Camille Nevers, Nathan Reneaud, Noémie Reyero, Yal Sadat, Nicolas Tellop, Nicolas Turcev

Les auteurs de la maison Carbone :
Steve Baker, Mathieu Rivero

Nos illustrateurs ont du génie :
Simon Bournel-Bosson, Anna Wanda Gogusey, Anne-Catherine Ott, Cyril Pedrosa, Jaouen Salaün, Claire Wendling

Traducteurs de l'espace :
Pierre-Paul Durastanti, Maxime Le Dain, Laurent Queyssi

Nos partenaires de l'Amour :
Éditions Caurette, Gigawatts Productions, La Volte, Le Bélial' Éditions, Miroslav Pilon, Nöbl, Pôle Pixel, Superani, Urban Comics et MDS (vous assurez, toutes et tous)

Crédits images
American Broadcasting Companies, BBC America, Celestial Pictures, Condé Nast, DC Comics, Dupuis, Electronic Arts, Everett Collection, Marvel Comics, Metropolitan Filmexport, Fosco Maraini, Johnny Moncada, Nikkatsu, Netflix, Franco Rubartelli, Sony Pictures, Studio Ghibli, Toei, Twentieth Century Fox Pictures, Walt Disney Pictures, Warner Bros., Yoshiyuki Iwase

Le site est une création du mirifique studio **Waaark**.
L'application est conçue avec des croissants pur beurre par **One More Thing Studio**.

Carbone #03
Amazones
Automne 2018
Dépôt légal : novembre 2018
ISSN : 2607-723X
ISBN : 978-2-490164-02-8

Notre imprimeur de qualité :
Standartų Spaustuvė Printing House, Lituanie

Et notre papier se trouve être un très bel Munken Print white.

Nous l'avons oublié et nous nous en excusons sincèrement, coeur avec les doigts. **Jaouen Salaün** réalise également la couverture du **hors-série Jane Fonda**. Toi-même tu sais.

Au prochain numéro, on se perd dans le temps. Ça vous tente ?

Oublala ! 2019 c'est déjà demain.

_science/fictions!
Par Steve Baker